李春雷

短篇报告文学精选

李春雷◎著

木棉花开

夜宿棚花村

摇着轮椅上北大

朋友

——习近平与贾大山交往纪事

……

河北大学出版社

LI CHUNLEI DUANPIAN BAOGAOWENXUE JINGXUAN

李春雷短篇报告文学精选

李春雷 著

出 版 人：朱文富
责任编辑：邓一鸣
装帧设计：傳新BOOKS DESIGN
责任校对：边志鹏
责任印制：常 凯

图书在版编目（CIP）数据

李春雷短篇报告文学精选 / 李春雷著. -- 保定 ： 河北大学出版社，2021.1
ISBN 978-7-5666-1396-7

Ⅰ. ①李… Ⅱ. ①李… Ⅲ. ①报告文学－作品集－中国－当代 Ⅳ. ①I25

中国版本图书馆CIP数据核字(2018)第136019号

出版发行：河北大学出版社
地址：保定市莲池区七一东路2666号 邮编：071000
电话：0312-5073033 0312-5073029
邮箱：hbdxcbs818@163.com 网址：www.hbdxcbs.com
经 销：全国新华书店
印 制：河北新华第一印刷有限责任公司
幅面尺寸：170mm×240mm
印 张：14.5
字 数：200千字
版 次：2021年1月第1版
印 次：2021年1月第1次
书 号：ISBN 978-7-5666-1396-7
定 价：38.00元

天机云锦用在我（代序一）

——李春雷短篇报告文学论

◇ 李炳银

报告文学是从比较短小的篇什开始走向社会和读者的。这是因为，起初报告文学受到新闻纸的影响和约束。后来，报告文学独立发展了，新闻传媒的方式也有了改变。这样，报告文学在适应社会生活不断变化的同时，在篇幅上出现了明显的变化。虽然短小的作品还有不少，但自20世纪80年代以来，篇幅在10万字以上的长篇作品明显地多了起来。

报告文学篇幅和规模的变化，说明这种文体所选择的某些题材内容需要有足够的空间，也说明报告文学承担重大题材对象的能力在增强。自然，也有一些篇幅较大的作品，是因为作家提炼、把握题材不力，不忍剪裁、不会结构或受利益驱动而产生的。好的长篇报告文学，是一种厚重和优势的表现；简单的资料堆砌、为长而长的报告文学作品，就表明作家创作的乏力。所以，人们呼吁报告文学尽量要写得短小精致一些。短小的作品，既能够及时应对社会生活矛盾事件的变化，也有利于作品及时被读者接触阅读，赢得更大的受众面。在这样的背景下，有必要呼吁作家多写、写好短篇报告文学。写好短篇报告文学，既是时代的需要，也是对一个作家写作功力的考验。

近年来，在短篇报告文学创作上，李春雷是用功最勤、发表最多、成就最高、反响最好的作家之一。他凭借丰润的文学修养和独到的审美选择眼光，在充分汲取前辈大家作品营养的基础上，又进行了多层次的探索，对短篇报告文学这种文体贡献颇丰，成就突出；他强化文本意识，丰富文体意蕴，提升文章质地，取得了不少开创性的成果。鉴于此，他被评论界誉为“中国短篇报告文学之王”，这是当之无愧的。

叙事结构上的探索与创新

传统的报告文学叙述方式，大致有顺叙、倒叙、插叙等几种。而李春雷则突破常规，在借鉴古典散文、现当代小说和西方文学叙事笔法的基础上，进行多维叙述与时空转换，使文本结构形式更加生动灵活，内容环环相扣、引人入胜，增添了作品的文学性与可读性，取得了新奇的艺术效果。

在《我的中国梦》中，李春雷用两条线索呈现了航空工业英模罗阳的人生经历和生前几天的情景：双线缠绕交叉，并行推进，一紧一缓，一张一弛，结构精致，叙述畅达，最后合为一体，共赴高潮。同样，《寻找“红衣姐”》也是设置了两条线索：以“红衣姐”拾金不昧不留名为主线，以她平静清贫的日常生活为副线，交织叙述，结构回环曲折，串起了一朵朵缤纷的花絮，也串起了“红衣姐”几十年的苦乐酸辛。这种结构形式，构成叙事脉动的线条，起伏有致，诉诸读者以图式的美感。在这种形式美感的律动中，进而深入挖掘人物形象的内涵，塑造其存在的深远意义，为世人提供一个道德高地。

在《索南的高原》中，李春雷更设置了三条线索：小索南父母相恋、结婚及孕育的过程，部队紧急救援和兰州军区医院政委朱自清父亲病逝的过程，藏民族特殊文化风情展示的过程。三条线索平行叙述，交相辉映，却又有条不紊，一动一静、一生一死，相互衬托，相得益彰。这样的叙述手法，为平面的事件营构了空间感，人物和事件在这个空间里活动，带给读者一种特殊的阅读氛围。

李春雷在短篇报告文学叙述结构上的探索，丰富了报告文学这种文体的文本结构形式，进而也使报告的内容巧妙地转化为文学审美趣味。

意大利美学家克罗齐在《美学原理》中强调："内容确实可以转化为形式，但在转化之前，不具有可确定的性质；我们对于内容一无所知，只有当它确实转化之后，才能成为审美内容。"同样，李春雷所报告的事实内容未经艺术地赋予叙述结构形式之前，所谓的内容，更多地带有本原性，本无所谓美；经过他艺术性地熔铸再现后，内容与形式才散发出一种文学艺术的美。

叙述角度上的探索与创新

就像摄影家的功力在于镜头和角度的选用一样，多数报告文学作家都在探索着叙述角度的问题。在近几年的重大事件或典型报告中，虽然有不少作家在尝试，却大都手法相似，角度单一，少有创新。而李春雷总在用自己的视角选取着新的叙述角度，且屡建奇效。

汶川大地震过后，相关文学作品不计其数，且不乏鸿篇巨制。而李春雷不足 4000 字的短篇报告文学《夜宿棚花村》从中脱颖而出，获得好评，并入选《大学语文》教材。他没有写山崩地裂的大场面，没有写抢险救灾的众英雄，而是把视角瞄向了一个小山村，一个普通的农村妇女，切入点很小，很独特。村主任娘子在晚上炒菜招待作者时，支使男人"出门去借一撮味精，几粒花椒"，说，"第一次打牙祭，要好好庆贺一下哩，没有味精有啥子味道哦"。这样的切入有两层意思：对北京来客的重视，从中表达对党和政府支援灾区的感激之情；体现百姓雅致的生活情趣，在这情趣的背后，昭示着灾区民众对美好生活的向往以及重建家园的信心，散发着浓浓的烟火味道。用一个普通妇女在面临巨大灾难后对生活的认真，折射全川，用文学温静、细腻的笔法写出受灾群众从无序到有序、由慌乱到镇静，进而逐渐走出恐惧、走向阳光的过程，其艺术价值有别于那些正面普泛报告、翔实叙述说教的长篇报告文学和新闻报道。

在反映玉树地震的作品《雪中小卓玛》里，他又把目光聚焦在路边的一个小孩子身上，通过风雪中作者与小卓玛的几句对话，写出了灾难的沉重，聚焦的是民族大团结的主题。在描写同一场地震的《索南的高原》中，他更是另辟蹊径，凝眸于一个刚出生的藏族婴儿，围绕这个名叫索南的婴儿出生前后的故事，把一场大地震发生后的紧迫、艰难情形具体地写了出来。

《夜宿棚花村》《索南的高原》《雪中小卓玛》三篇写地震的短篇报告文学，角度完全不同，却取得了同样的艺术效果。在别人直逼地震灾害现场，描写救灾救命现场的时候，他却通过微小而独特的切入视角，侧面记录灾难的事实，释放灾难记忆中的人性光芒，抚慰心灵，彰显作品的艺术创造力。

标题富有诗意的《乡村的笑靥》，是反映我国农村义务教育经费改革题材的作品。李春雷从一个小山村中的一个小女孩儿的亲身经历切入，生动形象地反映了这场惠及千家万户的农村教育改革。太行山深处的初一女生孙红艳，生活不幸，但她幸运地赶上了国家“两免一补”的好政策。2007 年春季新学期，本已濒临辍学边缘的她又回到了学校。是年初春，李春雷跋涉在太行山里，以自己的实际观察，用他的笔，见证了一个乡村孩子的笑靥，也展现了无数共和国小公民从中受益的缩影。

社会和政治体制改革题材的报告文学作品很难把控，更难写出文学味。而李春雷在这类题材叙述角度上的创新及文学性的强化，着实难能可贵。《木棉花开》描述了任仲夷在广东主政期间坚定地推进改革开放政策的故事。这样一个重大题材，在他的手里举重若轻，仅用 1 万多字的篇幅，就使推动改革开放的关键人物任仲夷活灵活现地跃于纸上。他用春秋史笔，如实地创作，披露了当年鲜为人知的真实细节。同时，从大人物的平民情怀与平民情结切入，透视时代风云。例如作品写任仲夷刚上任时，在市场上感受广州缺鱼的情景；写他合情合理处理棘手的“鱼骨天线”风波；写他站在深圳的文锦渡口看灯火辉煌的香港和内地死寂灰暗大地的对比……

而《北海，你好!》则是一篇反映一个地方整体工作提升的作品，写作难度很大。但作者独辟蹊径，找准了个性化的叙述角度：从生态变化入手，用纯文学的笔法，写出了北海细细碎碎，却又是轰轰烈烈的变化；从一个朋友入手，拉近了作品与读者的距离，让文章的气氛立时活跃起来。

面对能折射人性光辉的灾难题材和政治题材，李春雷没有选择盘根错节般的宏大叙事，而是删繁就简，标新立异。他的短篇追求原生态的真实，展示生活的和美、时代的壮美与文学的精美。作者把悲悯的目光投向普通民众的生存状态和精神状态，体现了浓厚的人文关怀和人文精神。深入浅出的文字引领读者进行探幽入微式的心灵触摸，从中感受时代的风云变幻。

文学说到底是人学。李春雷的短篇报告文学以重大的社会新闻事件为背景，展现给读者的是活生生的贴近生活的小人物的生存状态，以及大人物的平民情怀。那里的一草一木、一人一物，都融入了作者的情感和思考，融入了作者对生活、人性和社会的深刻理解，并用“善于发现美的眼睛”去发现普通事物中的闪光点，再用生花妙笔去捕捉闪光点、艺术地报告闪光点，让报告文学的写实魅力，在浓烈的审美鉴赏中凸显出精神震撼力。作者深谙写作中的“大”与“小”的辩证关系，从大处着眼、小处切入，艺术而巧妙地以小喻大，收到见微知著、以少胜多的艺术效果。

叙述语言上的探索与创新

语言是文学作品的第一要素，就像歌之旋律、鸟之双翼。自古以来，优秀的作家无不注重修炼语言。

李春雷是一位语言表达颇具特色的作家，精到、准确、博雅。他吸收散文、小说、诗歌的语言特点，甚至新闻语言，将之融为一体，联合发酵，使自己的报告文学语言散发出独特的艺术芳香。读李春雷的报告文学，扑面而来的是一种语言的美，像四月的花信风，像五月的桃花水。

他从不去直白地图解政治主旨，而是曲径通幽，润物无声，不声不响，不枝不蔓，却早已尽得风流；他的叙述细密，但不显冗余与臃肿；他的语言温润，却没有柔弱与无力。

《夜宿棚花村》里：

在村头一片刚刚收割的油菜田里，铺着一张帆布，上面堆满了蓬蓬松松的油菜棵子。一个年轻的村妇赤裸双脚，两臂猛力地挥舞着连枷，上下翻飞，噼噼啪啪，虽是在捶打脱粒，却更像在冲着地球撒气。

《木棉花开》的开篇，他这般定格任仲夷的形象：

到广东上任的时候，他已经 66 岁了。面皱如核桃，发白如霜草，牙齿几乎全部脱落了，满嘴尽是赝品。心脏早搏，时时伴有杂音，胆囊也隐隐作痛。但他显然还没有服老，一米七一的个头，80 公斤的体重，敦敦实实；走起路来，风风火火，踩得地球咚咚直响。

他在《索南的高原》里写道：

迟到的暖风，在小镇的街上欢快地跑着、唱着、喊着，像一群群活泼的藏羚羊……

四周白蒙蒙的，雪已经很深了，像一件厚厚的藏袍，裹在群山和大地上。现在已经是四月了，春天的锣鼓，像迎亲的队伍，在山那边鸣响着，正沿着山沟沟中的小路，向这里进发。

这是《雪中小卓玛》里的句子。

这些闪烁着平仄韵律的句子，精致动人，散发着朴素、唯美的气息。语言的传神在于洞察的清明。李春雷就是通过现象洞彻事情的真谛，进而用生动形象的语句，细致入微地书写常被忽略的生命情绪，营造了一幕幕亲切生动的生活气氛和场景。

19 世纪初的英国批评家赫兹里特在《论平易的文体》一文中说："词汇的力量不在词汇本身，而在词汇的应用。……正像在建筑中，要使拱门坚固，关键不在材料的大小和光泽，而在于它们用在那里是否恰好严丝合缝。"从李春雷的作品中，足可以领略作者词汇应用的过人功力。他把握语言的分寸火候恰到好处，将普通的语言材料发酵研制成了一坛佳酿，温润优雅的语言让读者仿佛呼吸到油菜花般醉人的芬芳。

叙述意蕴上的探索与创新

优秀的报告文学作品，绝不仅仅是机械地尊重真实事实对象的作品，而是作家借助真实的社会事件和人物，文学地表达自己的社会关切和价值取向的作品。因此，我多次说过："真实性是报告文学的生命，理性精神是报告文学的灵魂，文学艺术性是报告文学的翅膀。"

李春雷短篇报告文学作品中所彰显出的这种理性精神和能力，也可以说是作品的丰厚意蕴和思想高度，赋予作品以高贵的灵魂，充分体现了一个报告文学作家的高深内功。

意蕴丰厚，需要作品的真实性、文学性和思想性有机融合，诚如叶燮说的"妙悟天开"，使读者品之余味深长。纵观李春雷的短篇报告文学作品，展现的不仅仅是"真实的社会事件和人物"，而是将其进行了特殊的文学处理与社会意义的概括，使作品蕴含了多义的可能性。

作品有没有分量和社会影响力，除了文学艺术上的创新之外，与作品是否有丰富的内蕴有很大关系。李春雷的作品凝练而富于张力，表现着尽量丰富的生活，能够让人对作品感动不已，回味无穷。《朋友——

习近平与贾大山交往纪事》从表面上看是记述了时任县委书记习近平与作家贾大山的交往及深厚友谊，然而通过二人充满世俗烟火气息的交往故事，让读者感受到报告文学作为文学作品的文字之美、细节之美和生活之美；让读者在时光的倒影里看见一种心如明月的赤诚，聆听一曲高山流水的清音——使“习贾之交”成为一段时代佳话。《我的中国梦》展现了航空工业英模罗阳无私献身祖国伟大建设事业的动人事迹，通过罗阳有代表性的生活和工作细节，深入地挖掘了新闻报道所不能挖掘的罗阳的生活和精神世界，细腻地表现了罗阳丰富的内在情愫。作品所散发出来的精神的力量，感召着无数中国人在逐梦、圆梦的道路上奋力前行。

“文似看山不喜平”，一个平常的素材，李春雷往往能化平坦为奇崛、化腐朽为神奇。他在看似简单而确定的事物中却蕴蓄着多重意义，将其演绎得风生水起，也便有了多种“读法”，给读者曲径通幽之韵味。《朋友——习近平与贾大山交往纪事》中两次写到“唐三彩”，写贾大山和习近平的离别：

……那天晚上，大山回来时，怀里抱着两尊唐三彩：一峰骆驼和一匹骏马。他一言不发，倒头便睡，直到第二天中午。起床后仍是呆呆地发愣。

妻子以为他病了，催他吃药。他摇摇头，慢慢地说一句：“习书记调走了。”

结尾处，作者去正定采访，在大山家里看到：

……唯有那两尊唐三彩骆驼和骏马，依然新鲜如初，精神而挺拔地伫立着，伫立在时光的流影里，相互顾盼，心照不宣，像一对永恒的朋友……

这样写，前呼后应，虚实相间，言简意赅，给读者留下足够的想象空间。《索南的高原》初读似乎只是在地震的危难关头抢救一个新生婴儿，再品，方能感觉到蕴含其中的民族大团结的厚重主题。在这些作品中，作者委婉而生动地表达了自己的思想情感，使读者在百转千回中体验到报告文学作品的美妙。

李春雷短篇报告文学通过精巧的结构和精到的叙述语言，丰富了作品的内在意蕴，形成了自己独特的审美意识形态，给读者以妙趣横生、妙不可言的阅读享受，提高了其作品的审美向度和思想深度。

报告文学要接触和面对各种题材对象，所以，作家需要多方面的知识储备和文化修养。李春雷短篇报告文学的成功，或许得益于此。他自幼酷爱文学，研究小说技法，三十年勤奋不辍。他的古典文学功底深厚，融化在意识深处。他的大学专业是英语，能读原著，能够翻译，能把欧化的语言神韵巧妙地移植笔下。他既是写过不少优秀散文的散文家，又是获得过“中国新闻奖”的名记者。这些综合的优势，聚合发力，联合发酵，形成了别人难以企及的高度，能够曲尽其妙地把极复杂、极微妙的思维和情绪表达出来，从而达到文学性、可读性、思想性高度统一。

陆游诗云：“天机云锦用在我，剪裁妙处非刀尺。”李春雷将众多艺术“话语”融会贯通，为我所用，巧妙地编织在一起，天衣无缝，抒发今人今情今心今声，颇得“剪裁”之妙。所以，李春雷短篇报告文学的收获，不仅是他自己的劳动成果，而且对于启发他人，提升现实报告文学的文学艺术水平也有着宝贵的借鉴价值，其作品文本业已成为报告文学创作的范本。

（作者系著名文艺评论家、中国报告文学学会常务副会长）

拓展时代精神的文学表现（代序二）

——李春雷短篇报告文学艺术谈片

◇ 王力平

如果考虑到报告文学的兴起与现代新闻传播、新闻特写之间的紧密联系，报告文学应该是“新文学”的一种体裁形式；如果考虑到报告文学和以《史记》为代表的纪传体写作之间的深厚渊源，报告文学又是一种源远流长的古老文体。或者准确地说，报告文学是一种跨越新闻、历史和文学的“跨界写作”或“边缘文体”。

这意味着，从新闻学的立场看，报告文学要真实，拒绝虚构；从历史学的立场看，新闻可以就事论事，报告文学则要就“事”论“势”，对“势”的认知、把握和呈现，体现着一种历史观、一种整体性；从文学的立场看，报告文学要写人，要塑造人物形象，偏于记事、耽于论理容易丢了文学性。

大约读者已经明白了我的意思：报告文学写作，记事是第一境界；能就“事”论“势”是第二境界；不忘写人是第三境界，也是最高境界。

2014 年 4 月 24 日，河北省委宣传部、河北省作协和中国作协创研部、《光明日报》文艺部联合召开“李春雷纪实文学《朋友——习近平与贾大山交往纪事》座谈会”。在这次会上，我提出要关注和研究“李春雷短篇报告文学现象”，就是基于他在短篇报告文学写作中，对“文学性”有着自觉认识和深刻理解。

借《李春雷短篇报告文学精选》出版之际，我想谈一谈李春雷短篇报告文学的“文学性”。

“文学性”是一部报告文学作品呈现出的整体性的审美品质。因此，抽象地谈论“文学性”，往往会让人如堕五里雾中，不知所以。但如果从细微处指证其“文学性”，又容易误入“见树木不见森林”的歧途。若要讨一个两全之策，或许可以这样：论者从具体的文学要素入手，去讨论文学性问题；读者从普遍联系的立场出发，去理解诸要素间的相互关系。

首先说锤炼语言。

文学是语言的艺术，报告文学也不例外。语言至关重要，但“锤炼”只是个比喻，语言的“锤炼”，并非一锤一砧一炉火的功夫。它的本意，是要把日常语言转化成文学语言，将普通语言转化成独属于作家自己的、独属于这一部作品的言语活动。

文学语言，就是要使用文学修辞手法吗?

是，但不仅仅是，有时候甚至不是。

《木棉花开》以一段肖像描写开篇：

到广东上任的时候，他已经66岁了。面皱如核桃，发白如霜草，牙齿几乎全部脱落了，满嘴尽是赝品。心脏早搏，时时伴有杂音，胆囊也隐隐作痛。但他显然还没有服老，一米七一的个头，80公斤的体重，敦敦实实；走起路来，风风火火，踩得地球咚咚直响。

这一段文字中，有比喻，有对仗，有纪实，有夸张，有白描，有对比……这些文学修辞手法的运用，无疑有益于增强语言的文学性。但更让人欣赏的是，开篇的肖像描写，将人物形容的衰老病态与内心的青春活力对比呈现，这个特点辐射、蔓延到全篇，几乎成为作品的结构特点，每每在人物攻坚克难之际，作者都不忘提起他衰老的形容，仿佛作者和笔下的人物达成了一个共识：

他摸了摸满头霜草，似乎那是蓬蓬勃勃的南国春芽……

这就超越了修辞手法。

再说重视细节。

没有细节就没有文学性。如果说，情节为我们阐明了事件、人物的时间关系，场面为我们呈现了事件、人物的空间关系，那么，细节则为我们提供了情节和场面的具体性。离开细节，情节和场面终究不过是一本流水账。

在虚构的文学世界中，细节源于观察和体验的积累；在拒绝虚构的报告文学写作中，细节源于采访的深入，包括敏锐的观察、有效的提问、充分的聆听。

《朋友——习近平与贾大山交往纪事》中有一个习近平和贾大山深夜畅谈后，在县委大院门前叠罗汉翻越而出的细节，这个细节虽为至宝，但它出自习近平发表于1998年的散文《忆大山》，非李春雷采访所得，故不能掠美。可以见出作者艺术功力的是文中另一个细节，这个细节前后出现三次，透露出作者对于细节运用的高度的艺术自觉。

首次出现，是在对习近平办公室陈设的描写中：

……屋内最醒目的物品，是窗台上的两尊仿制唐三彩：一峰骆驼和一匹骏马，那是北京朋友赠送的纪念品。

骆驼的坚韧不拔，骏马的昂扬刚健。在汉语语境中，一切景语皆情语。室内陈设的细节描写，自然转换为人物刻画的神来之笔。

第二次出现，是在习近平调离正定时：

采访时，大山妻子告诉我，那天晚上，大山回来时，怀里抱着两尊唐三彩：一峰骆驼和一匹骏马。他一言不发，倒头便睡，直到第二天中午。起床后仍是呆呆地发愣。

妻子以为他病了，催他吃药。他摇摇头，慢慢地说一句："刁书记调走了。"

这一次，两尊唐三彩是朋友的临别馈赠。两尊唐三彩，一句"刁书记调走了"。君子之交淡如水，惜别之情浓似酪。

第三次出现在文章结尾处：

……唯有那两尊唐三彩骆驼和骏马，依然新鲜如初，精神而挺拔地伫立着，伫立在时光的流影里，相互顾盼，心照不宣，像一对永恒的朋友……

睹物思人。瞬间永恒。所谓隽永，所谓回味，此之谓也。

三说精心结构。

一个人物，有不同的身份角色，不同的性格侧面；一个事件，有复杂的过程，众多的头绪。取舍之法，在于剪裁；叙述之道，在于结构。结构的重要性，不只是为了把事情说清楚，更是为了让"说"本身成为有意味的形式。

春雷的短篇报告文学写作，有自觉的结构意识，常常打破习见不鲜的单一线索、顺序叙事的套路，将两条或多条线索交叉推进，叙事跳跃，时空交错，营构立体的叙述空间。

《寻找"红衣姐"》的采访写作，源于一位清洁女工拾金不昧的事迹。完成后的《寻找"红衣姐"》，写了一位拾金不昧的清洁女工。这之间的差异，源于作者不仅写了"红衣姐"冯欢娣的拾金不昧，同时写了"红衣姐"冯欢娣日常生活的清贫困顿；不仅写了"红衣姐"作为清洁工的角色，同时写了"红衣姐"作为妻子和母亲的角色。两条线索交叉叙述，清贫生活的呈现，让拾金不昧的行为获得了人性深度，而拾金不昧的行为，也因此成为窥见“红衣姐”心灵世界的窗口。

四说人物塑造。

文学创作的最高任务是人物塑造。现代主义文学实践中，曾经有过取消人物形象塑造，将人物符号化、理念化的努力，但迄今难以成功许之。

人物形象塑造并不仅限于刻画人物性格，人物命运、人物心理都是人物形象塑造的重要内容。不仅如此，在性格刻画中，有“扁平人物”和“圆形人物”的区别；在心理描写中，有“意识”和“潜意识”的差异。同时，人与人的关系、人与自然的关系，无不是人物形象塑造的审美疆域。进而言之，随着人自身丰富性的不断展开和不断发现，随着文学实践的发展，人物形象塑造将获得更大的自由、更广阔的天地。

成功的人物形象塑造，是李春雷短篇报告文学创作的重要收获，也是其文学性的最根本的体现。至于其人物形象塑造的具体过程，除去细读文本、感受鉴赏之外，可参见上述关于语言、细节、结构诸要素的粗略分析。遗憾的是，任何分析都是以割裂要素间的相互联系、牺牲作品的整体性为代价的。

是为序。

（作者系著名文艺评论家，河北省作家协会副主席、秘书长）

目　录

木棉花开

到广东上任的时候，他已经 66 岁了。面皱如核桃，发白如霜草，牙齿几乎全部脱落了，满嘴尽是赝品。心脏早搏，时时伴有杂音，胆囊也隐隐作痛。但他显然还没有服老，一米七一的个头儿，80 公斤的体重，敦敦实实；走起路来，风风火火，踩得地球咚咚直响。

省委门口有一个副食店，每天凌晨 3 点钟，黑黝黝的寒风中，市民们揣着鱼票、油票、糖票等花花绿绿的票证，开始在这里排队抢购。什么物资都缺——广东产鱼，广东人更喜欢吃鱼，可市民们每人每月只有 5 角钱的鱼票，而且还不能保证供应。副食店 7 点 30 分才开门营业，买鱼人的队伍长长的，比鱼还多。排在前面的阿公阿婆实在困倦了，要回家再睡一觉，于是就放下一个个替身：一把凳子，一顶帽子，或者一只菜篮子……

几天后的一个傍晚，他又来到了深圳的文锦渡口。放眼望去，河对岸就是被英国政府租管的香港，高楼大厦，灯火璀璨。而自己这边呢，黑灯瞎火，四野无声。

就在一年前，这里曾经发生了一起震惊全国的大逃港事件。7 万多饥民身背行囊，扶老携幼，面对着荷枪实弹的边防军，冒死闯关，出逃香港。一位村党支部书记向着黑压压的人群哭喊："跟我回去！跟我回去！"因为在跑过界河的人群中，还有他患难多年的妻子。但隔着界河抛过来的却是一句比石头还要生硬冰冷的诅咒："死了以后骨灰都不要吹回这边来！"……

黑格尔称中国历来就是一个"灾荒之国"；亚当·斯密则认为，中国下层农民的生活状况比欧洲的乞丐还要凄惨。

枯黄的秋风吹乱了他的满头白发和满心愁雾。

这一顶白发，这一腔愁雾，就是1980年11月的中共广东省委第一书记任仲夷！

疯狂的年代过去了，苦难的中国终于找到了自己的轨道，而濒临香港、澳门和台湾的广东省还是一片低地。长期以来的战争思维，国家在这里基本上没有工业项目投资。交通更是落后，京广铁路在广东境内竟然全是单行线，从广州到珠海、深圳，中间都要转乘四五次轮渡，需要花费一天的时间。农业也不行啊，广东是全国最大的缺粮省份，虽然国家每年都要调进5亿公斤粮食，仍是饥肠辘辘，路人相闻。1979年全省工农业生产总值人均只有520元，远远低于全国平均数字636元。还有一个数字更让粤人汗颜：偌大的广东省，面积是香港的200倍，而每年的创汇总量却不足人家的十分之一；与台湾相比，更是无法同日而语。

台湾海峡对岸的蒋经国一直在宣称，让共产党划给他两个省，看看国民党的治理水平。香港、澳门也像两颗复杂的眼睛，在冷眼观望着这一块沉浮未定的大陆。

也许正是这诸多的原因，中央政府才下决心在广东试办经济特区，先行一步。于是，在前任书记习仲勋上调中央后，就选派了他。

应该说，在共产党的高级干部里，任仲夷是一位少有的既懂政治又懂经济的通才。青年时代，他在中国大学攻读的专业就是政治经济学；抗战时期，他曾担任八路军某军政干部学校校长，并主编了党内第一本《政治经济学》教材；新中国成立后，长期担任黑龙江省委书记，他的政绩至今仍然传颂在松花江畔；主政辽宁三年，这个"文化大革命"的重灾区，不仅政局平稳，经济发展更跃至全国三甲之列。

可他毕竟已经年近古稀，又是第一次来广东，这一片土地，能接受他吗？

省委大院里植满了榕树，这南国的公民，站在温润的海风中，悬挂着毛毛茸茸、长长短短的胡须，苍老却又年轻，很像此时的他。

但他似乎更喜欢木棉树，高大挺拔，苍劲有力。二月料峭，忽地一夜春风，千树万树骤然迸发。那硕大丰腴的花瓣红彤彤的，恰似一团团灼灼燃烧的火焰；又如英姿勃发的丈夫，用刚健的臂膀傲然挽起娇美的新娘，虽然来去匆匆，却也轰轰烈烈……

他的血液像珠江一样奔腾起来。

他摸了摸满头霜草，似乎那是蓬蓬勃勃的南国春芽……

查阅《中国统计年鉴》：1978 年广东省的经济总量为 185 亿元，列全国第 23 位。可仅仅到任仲夷离任的 1985 年，广东已经赫然位居榜首。短短的几年时间，这是一个怎样超常规的跨越啊！

20 多年后的今天，回味那一场硝烟散尽的“战争”，好多故事仍然令人瞠目结舌，不可思议。

放开物价、市场经济、私营企业、出让土地、政企分离、股份制、外资银行……在那个严格的计划经济体制年代里，这一切都无异于玩火弄险，又无异于雾中疾行，而路途中又是一个个隐蔽的雷区，随时都有可能被炸得人仰马翻……

2007 年 8 月，我应邀到广州采访丰田汽车公司，晚上和广东作家吴东峰、鲍十诸位喝茶。聊及广东经济已超越香港、台湾地区和新加坡时，话题自然而然地谈到了已故的中共广东省委原第一书记任仲夷先生。吴东峰兄喟然长叹：任仲夷是广东的恩公，实在应该写一笔。

此时，窗外桂兰氤氲，室内茶香袅袅。我心内猛然一顿，似乎感应到了一个神圣使命的深情呼唤。

在哈尔滨，我曾听到关于他亲手研制和推广冰灯的传说，那里的人们至今仍然尊称他为“冰灯之父”；我也去过辽宁，他冒险为烈女张志新平反的故事更是妇孺皆知。其实，在座各位并不知晓，我与任仲夷本是同乡，相距不过百里，他的传奇在我们冀南一带也早已广为流传。

于是，年底的时候，我再一次赶到羊城，开始了有关任仲夷的采访。

很多广东人至今仍然清晰地记着当年的“鱼骨天线”风波。

经济状况稍稍好转，广东沿海地区的不少家庭开始有了黑白电视。可有了电视却没有可看的节目。内地电视台节目频道少，信号不稳，且播出时间太短。很快，不知谁发现了一个好看处，那就是香港电视节目，只需要一根带有放大器的鱼骨架形天线，用竹竿伸进天空，指向东南方向，就可以直接收看。于是，美味的食品，漂亮的服饰，欢快的主持人，批评总督的辩论，自卖自夸的广告，还有邓丽君的情歌、恋人的拥抱和接吻……哇，香港人竟然是这样生活的！资本主义社会原来就是这般模样！

一时间，家家户户效仿，很快就普及到了整个珠江三角洲，连广州市中心高高矮矮的楼顶上也发豆芽般地长出了密密麻麻的“鱼骨天线”，像葵花一样，仰望东南。

当时正值全国舆论开始猛烈围攻广东的时候，“鱼骨天线”事件犹如火上浇油，再次引爆了海潮般的谴责声，又赶上中央主抓意识形态工作的负责人正在酝酿发动“排除精神污染”活动，广东更成了众矢之的。

“香港电视每分每秒都在放毒！”

“广州已经香港化了！”

高层某领导公开批评：“广东变修了，变烂了！”有关部门更将此定性为“反动宣传”，必须“坚决打击，依法严惩”。不少内地城市甚至打出了“反对广州的精神污染”的标语。

“资本主义道路”属于意识形态的高压线，是当时最敏感的政治问题。迫于压力，广东省委、省政府紧急制定措施，严禁收看香港电视，对违反的党员干部进行严厉处分，并严令各地派出工作组，动用消防车逐村逐户地强行拆除天线。特别是每每有中央领导人莅临广州，位于东莞某地的一个大功率干扰电台就会施放出强烈的干扰信号，使得整个珠三角地区的电视屏幕里飘满茫茫大雪。

老百姓竟然想出了一个当年对付日本鬼子的办法：空舍清野。工作组未进村，消防车刚出动，家家户户的“鱼骨天线”就快速地撤下来，夜幕降临之后，再悄悄地送上屋顶，当地人称之为“晚上升旗，早晨降旗”。有的党员干部家庭被查住了，也有解释：“孩子老婆不是党员，他们觉悟低，是他们看的。”无法处分，只能收缴。但仅仅是在当天晚上，另一架“鱼骨头”就伴随着恶毒的咒骂声再一次升上了天空。

群众骂声如蝉鸣蛙鼓，“鱼骨天线”似春树满山。于是，全省各地的数百辆红色消防车，像热锅上的蚂蚁，四处出击，疲于奔命，焦头烂额。各地收缴的“鱼骨天线”像柴垛一样堆成了小山，又成吨成吨地卖给了冶炼厂。

外商们意见更大。此时，佛山、南海、江门、中山、顺德、东莞和惠州一带的“三资企业”正渐成气候，无数的港、澳、台客商及东南亚华侨资本，如过江之鲫，纷纷来粤试水。他们都在驻足观望：连香港电视也不让看，还算什么经济特区？我们的生意怎么做？我们的信息哪里来？我们的娱乐何处寻？

“鱼骨天线”，恰如鱼骨在喉，顿时成为任仲夷最为棘手的火辣辣的难题。

广东省委宣传部原副部长张作斌告诉我，当时的省委真是左右为难：中央三令五申，要求严禁收看，坚决拆除，而城乡群众怨声载道，情绪激烈。长期下去，不仅进一步激化干群矛盾，而且将严重影响外资的引进。任仲夷苦思许久，终于下定了决心。一天，他打电话把张作斌找去，给他布置了一个特殊的任务。

1983 年 5 月上旬的一天，张作斌带着两名干事，悄悄赶到深圳，住进了邻近香港的一家旅馆里，专门找了一台信号清晰的电视机，三天三夜没有合眼，把香港电视所有的节目一一记录下来，并写出了一份详细的调查报告，交给了任仲夷。报告中分析，香港两家电视台的电视剧和综艺节目，是为了迎合一般香港市民的口味而设计的，比起还处于起步阶段的内地电视剧和文艺节目，自然具有较大的吸引力。而知识分子喜欢的是香港电视台快捷的新闻，尤其是那些转自 CNN、BBC 的快讯，中央电视台要么没有，要么隔一天才能看到。低俗无聊的节目时有所见，而黄色和反动的宣传几乎没有。

几天之后的一个上午，任仲夷来到省委宣传部，召集宣传文化系统负责人开会，正式表明了自己的看法和意见。

采访时，我想方设法找到了这份当年记录的讲话稿。

在这份约 5000 字的讲话里，任仲夷主要谈了两个问题：一是不提倡看香港电视，要与中央保持一致；二就是要千方百计办好自己的广播电视节目，丰富群众的文娱生活。

正是在这个讲话里，他第一次提出了那个著名的观点："排污不排外"。自觉排污是必要的、明智的，但决不能因噎废食，笼统地反对一切外来思想文化；盲目排外是错误的、愚蠢的。排污要分清界限，要排真正的污，对资本主义国家先进的科学技术和优秀的文化成果，我们不仅不能排斥，还应当积极地吸收借鉴。

在整篇讲话里，对于拆除"鱼骨天线"和干扰香港频道，他只字未提。

就在此后的不长时间，中共中央总书记胡耀邦来到广州，住进了珠岛宾馆。按照惯例，服务员把他房间电视的香港频道全部锁闭了。任仲夷发现后，马上吩咐解除频道锁闭，并把所有的电视频道全部打印出清单来，放在电视机旁边，方便客人选择收看。

连续几天，胡耀邦始终没有提出什么意见。

从此之后，香港电视节目在任仲夷的任期内再也没有受到强行干扰，"鱼骨天线"也成了南粤大地一道独特的风景，在悄悄地却是猛烈地唤醒着传统的岭南意识……

正是这个时候，发酵的珠江三角洲像一个硕大无朋的香喷喷的蛋糕，依靠毗邻港澳的独特地理优势和侨乡众多的人文优势，以较低的土地价格和充足的廉价劳动力吸引了大量外资的直接进入，尤其吸引了港澳台制造业的大规模转移，以“三来一补”（来料加工、来样制作、来件装配，补偿贸易）为主要贸易形式的外向型企业迅速遍布城乡，如春风野火，熊熊燎原，形成了星河般繁密的群落，掀起了中国改革开放之后的第一轮经济大潮……

搬掉罗湖山、填平罗湖洼地，是深圳特区建设的第一项大工程。可刚刚开工，就遇到了种种人为的难题，任仲夷不得不亲临现场疏通。

正是从这个问题中，他又觉察到了一个更大的问题：特区的领导班子不够协调、团结，靠这个班子打不开局面，更别说“杀出一条血路”了。经与省委刘田夫、梁灵光、吴南生等人协商后，他决定马上动手调整。

经过多方考察，他认定省委常委、广州市委第二书记梁湘是最佳人选。

身材魁梧的梁湘是军人出身，新中国成立之初即跟随叶剑英南下接管广州，他不仅是一位具有开拓精神的实干家，还十分熟悉城市管理和经济工作，更重要的是，他身上充溢着一种饱满的理想主义激情。

但 62 岁的梁湘毕竟是一位老资格的省级干部了，而且性情刚烈如火。他明确表示不去深圳，愿意继续留任广州。

反复谈话，梁湘仍然不情愿。不少资料在叙述这一段历史时，都记载了一个相同的情节：梁湘曾为此事与习仲勋大吵一架。这应是笔误或者是以讹传讹，因为习仲勋此时早已离开广东到中央工作了。如果实有此事，吵架的对象应是任仲夷。这的确是一个颇具戏剧性且无比珍贵的文学细节，只是缺少鲜活文字的详细描述。采访时，我曾多方刻意搜寻，但因为两位当事人俱已作古，当时无人在场，笔者又不能妄自虚构，所以只好无奈地望风而叹了。

不过，任仲夷并没有轻易放弃，他再一次地约见了梁湘。

这一次谈话时，他的秘书琚立铭正好值班。那是1981年1月的一天晚上，心事重重的梁湘步履蹒跚地走进了任仲夷的办公室，这可以从他的满脸愁云里看得出来，也可以从他上楼时拖沓迟缓的脚步声中听得出来。任仲夷微笑着从座位上走出来，与梁湘握手后，又亲自为他沏了一杯热茶，而后就随意地坐在了旁边的一把竹制藤椅上。

据琚立铭回忆，直至凌晨时分，任仲夷办公室的门才缓缓打开。他进去的时候，两人的正式谈话已经结束，原本诙谐幽默的梁湘又回复了本性，他似乎刚刚讲了一个广州时下流行的笑话，任仲夷猛然哈哈大笑起来。他仰躺在竹椅里，一前一后地晃悠着。雪亮的灯光下，浑圆的银白色的笑声在四壁间清脆地撞击着、回响着，他头上的丝丝白发也仿佛是一绺绺导电的钨丝，在闪烁着明晃晃的辉光。

1981年2月，梁湘慷慨赴任。

随后，任仲夷又从各地选调一批德才兼备、专业对口的精锐干部，为深圳特区打造了一个特别能战斗的领导班子。

从此之后，深圳特区建设驶入快车道，开始上演一幕幕惊天活剧！

但是，一切都在试验摸索，樊篱重重，荆棘遍野，跨越常规，冲破体制，特事特办，很多创举连最高决策层也无法明确表态，这就使得深圳的道路显得格外血腥和惊险。

要加快发展，必须面向世界招商引资；要招商引资，必须提供诱人的优惠政策：这是一个简简单单的道理。对此，梁湘的“蚂蚁理论”很是明确：只有让第一批蚂蚁尝到甜头，才会引来更多的蚂蚁。于是，深圳特区政府经过相关立法程序，制定了特区土地管理法规，允许外商参与开发特区土地和缴纳土地使用费使用特区土地兴办企业，并于1982年1月1日起正式颁布施行。

这项法规刚刚出台，便引起国内震惊，传统封闭的国民意识如何能承受这种“卖国行径”呢？一时间，舆论如鞭似刀，黑云压城：“深圳除了九龙关门口仍挂着五星红旗，一切都已经资本主义化了。”“姓梁的把国土主权卖给了外国人，是卖国贼!”……正在这时，中央针对广东开展了大规模的反走私斗争，而深圳又深陷其中。更让人惊骇的是，中央有关部门还专门下发了一个白头文件——《旧中国租界的由来》，矛头直指深圳！政治气氛骤然紧张。在高层会议上，某领导人甚至声言“要收回失地”，“要杀一批头”。果然，不久，广东海丰县委书记和一名副书记就被枪毙了……

向来敢说敢干、敢冒风险的硬汉梁湘，此时也胆怯了，常常紧锁双眉，沉默不语，缓缓踱步，狠狠抽烟。

梁湘当年的秘书邹旭东清清楚楚地记得，就在这气氛最为肃杀的一个多月里，平时很少亲临的任仲夷竟然连续三次来到深圳，时间分别是2月2日、2月18日和3月6日。每次到来后，他都要与市委领导班子全体成员见面、谈话。针对北京方面和理论界的质疑，他旗帜鲜明地对大家说：“有的同志怀疑办特区有损主权，是不是会变成殖民地，我们要肯定地回答：不会！恰恰相反，只有掌握主权才能办特区，办特区是对主权的运用，是行使主权的表现!”

谈话之后，重点就是与梁湘谈心，消释他心底的顾虑。最后一次谈心是在任仲夷下榻的宾馆房间里，关着门，吩咐谁也不许打扰，一直进行了3个小时。两人具体讨论了什么内容，谁也不知道，但送别任仲夷时的场面大家都印象深刻：两人紧紧握手，相视无言，一个笑靥如菊，一个满面春风。

从此之后，梁湘如释重负，依然故我。

地球人都知道，正是在这短短的几年时间内，深圳以她特有的“深圳速度”，从一片偏僻的小渔港蜕变成一座繁茂的大都市，成为面向世界的最靓丽的东方传奇……

几年后，67岁的梁湘悄然卸任。站在市府大楼门口，面对着近千名依依不舍的深圳人，他满眼泪花，哽咽着说：“如果我必须生一千次，我愿意生在这个地方；如果我必须死一千次，我也愿意死在这个地方!”

那一天阴云密布，电闪雷鸣，但所有的人都黯然不动，任凭冷雨浇淋。梁湘汪然出涕，猛地扔掉雨伞，双手抱拳，大声盟誓："我在此先立下遗嘱：死后骨灰安葬在梧桐山上!"说到这里，整个深圳泪流滂沱，号啕失声。

历史已经证明，梁湘是这座城市的英雄。而成就梁湘的正是任仲夷。

他们之间肯定有着太多的故事和秘密，只是可惜无法探知了。但有一个细节让我感慨不已：多年以后，梁湘病重，80多岁的任仲夷不顾年老体衰，多次亲趋探望；病危通知书下达之时，任仲夷正在医院输液，听到消息后，他马上拔掉针头，执意让家人搀扶着，赶到病房，紧紧握住梁湘的手，无语凝咽，老泪纵横……

在采访中，我还听到一个任仲夷和袁庚的故事。

深圳腾飞的同时，位于其西部一隅的蛇口工业区也以惊世骇俗之举引起社会瞩目。蛇口工业区隶属交通部，管委会主任袁庚也是一位老干部，曾任中国驻印尼雅加达总领事馆领事、交通部招商局常务副总经理。此人有胆有识，敢作敢为。任仲夷经过多方考察后，深知袁庚是一个不可多得的干才，考虑到特区工作过于繁重，而梁湘又身兼两职，便以省委的名义向中央推荐袁庚拟任副省长兼深圳市市长。中央组织部经过相关程序后，同意省委意见，并颁布了任命。

可是，出乎所有人意料的是，袁庚竟然拒不赴任。他表示蛇口的改革试验刚刚全面启动，自己不愿离开；另一个原因是自己与梁湘性格相近，一山二虎，恐生矛盾；更主要的是本人无意为官，决心为中国的经济改革和政治改革做一些实质性的探索。

任仲夷经过慎重考虑后，理解并同意了袁庚的请求，后来又反复向中组部解释，使中组部最终收回成命。

不久，任仲夷主持省委常委会，专门为蛇口工业区制定了一个"31号文件"，赋予四大特权，使之成为中国大陆第一个真正实现政企分离的企业，为袁庚的改革扫平了道路。果然，蛇口很快便成为中国最先锋也是最鲜亮的“改革试管”。

如果说深圳是中国改革开放的皇冠，那么蛇口就是这顶皇冠上的明珠。

深圳和蛇口，梁湘和袁庚，相互避让，相得益彰，成为一段佳话。

那一年，青涩男孩郑炎潮还是华南师范大学的一位在读研究生，专修经济学。

这时候，他用自己的眼睛惊奇地发现了一个天大的秘密：马克思经典著作与广东现实之间竟然存在着尖锐的矛盾！

按照马克思《资本论》中的界定，个体经济的雇工不能超过 8 人，超过这个数目就不是普通的个体经济，而是资本主义经济，其性质是资本家剥削。根据这个论断，1980 年出台的中央“75 号文件”，对个体经济的帮工和学徒数目进行了明确限定，不允许超过雇工 8 人的个体经济存在和发展。但是，广州的现实情况却是大相径庭，几百年通商口岸的历史在这里积淀了丰厚的经商传统，政治气候稍稍回暖，以手工业者和小商贩等为代表的中国第一代个体户已在街头巷尾星火重燃。特别是近年来，随着与港、澳地区联系的增多和外资企业的逐渐进入，以服装、皮具、电器、餐饮等行业为主的大量家庭作坊和私营工厂的规模越来越大，雇工数目何止 8 人，有的已经突破 80 人，甚至 800 人。这是一种什么性质的经济呢？他们都是新兴的资本家吗？

此时，“私”在中国还是一个让人谈虎色变的名词，官方理论界仍然坚持马克思的说法，言辞很是霸道，甚至杀气腾腾。他们说，个体企业的再扩大就是私营化，而私营化就是私有制，私有制就是地地道道的资本主义经济，允许私有制经济发展，中国就是走资本主义道路。正在这时，1981 年 12 月 30 日，国务院出台了严格控制农村劳动力进城务工的规定，舆论界更蔑称农村劳动力为“盲流”。

面对这种现状，郑炎潮很是担心，但这个课题却又强烈地吸引着他。于是，这个初生牛犊不怕虎的研究生在毕业论文里悄悄地列出一章，进行专门探讨。他走街串巷，对广州市超过 8 个雇工的个体企业进行了大量调查，为这种新兴的经济形式定义了一个名字：社会主义初级阶段的私营经济。无疑，这个概念太敏感、太越轨了。论文答辩前夕，导师明确告诉他，这一章必须放弃；如不放弃，答辩肯定不能过关，他也不能毕业，更分配不了工作。

郑炎潮很迷茫，很痛苦，也很不甘心。这时候，他偶然听到一则消息：省委第一书记任仲夷很重视个体经济的发展，最近曾要求广东学术界专门研究这个问题。于是，1982 年 5 月的一天，他突发奇想，把这一敏感的章节单独抽出来，买了一张 8 分钱邮票，用平信寄了出去。

让他做梦也没有想到的是，仅仅几天之后，任仲夷的电话就来了。

任仲夷的电话是亲自打给学校研究生院办公室的，说要找小郑。办公室人员根本没想到对方是省委第一书记，说小郑不在，有什么事我们转告吧。任仲夷说这个事可没法转告，我要和小郑本人见面谈谈。于是留下了一个电话号码，让郑炎潮晚上与他联系。

那一天晚上，这个平时羞与人言的农家小伙子忐忐忑忑地拨通了省委第一书记办公室的电话。

“您是任书记吧？”

“是啊。”

“我是郑炎潮，您打电话找我吗？”

“是啊，我打电话找不到你呀。”

“您有什么事吗？”

“你的论文，我收到了，感觉非常好，我想约你谈谈这个事，你有没有时间来？”

“好啊，我也想请教您啊。”

“明天来吧，怎么样？我接你过来。”

“不用接，不用接，我自己坐车就行了，我知道您在省委。”

“你不用自己来，我派车接你。是我请你的嘛，怎么能让你自己来？”

郑炎潮的心激动得嗵嗵狂跳，他不敢想象省委第一书记的专车到学校接他会引起什么后果，他不想让别人知道他的秘密，于是在电话里结结巴巴地解释着，坚持要自己去。最后，任仲夷只好同意了，并约定明天下午3时在省委办公楼三楼办公室等他。

谈起那一天，郑炎潮永远记得。

第一次走进省委大院，而且是面见省委第一书记，对于这个乡下出身的孩子来说，实在是太离奇了，太紧张了。当走进那栋神秘的办公楼时，他愈发地双手颤抖，心如撞兔。他被领进了一间宽大且简朴的办公室，一位满头白发满脸皱褶的老者微笑着迎了出来，拿住了他的手，用力地握着。当郑炎潮明白这一掌温暖、这一泓微笑就是任仲夷时，心底那只惊慌的兔子竟然倏忽不见了，他猛地感到面前这位慈善的老者极像自己乡下的父亲。这位慈善的父亲告诉他，自己46年前上大学时，专业也是经济学，自己也曾对理论感兴趣，后来在战争间隙还写过一本书叫《政治经济学》……话题就这样徐徐展开了。

原来，以任仲夷为首的广东省委，对新兴的个体经济和雇工经营不仅没有任何“制止”和“纠正”，而且一直在努力为其争取着合法地位：上一年底，广东省工商局就出台了全国第一个鼓励、支持个体经济发展的具体措施；就在十多天前，佛山市还成立了全国第一家个体劳动者协会。

郑炎潮不知道，此时的任仲夷正在被“陈志雄事件”困扰着。

陈志雄是广东省高要县沙浦公社社员，1980年承包鱼塘141亩，夫妻俩参加劳动，雇请固定工1人，临时工400个工日；1981年承包497亩，雇请固定工5人，临时工1000个工日。广东省委认为“集体增加了收入，承包者也有所得益”，应大力推广。但1982年初召开的全国农业生产责任制问题讨论会认为，陈志雄已经不是以个人劳动为基础，而是以雇佣劳动为基础的大规模经营，其资本主义性质是明显的。于是，新华社某记者以《广东沙浦公社出现一批以雇佣劳动为基础的承包大户》为题写了一份内参，引起高层重视。几天后，主管意识形态的中央领导的批示送到了任仲夷的手上："附上材料一份，不知确实性如何。如果属实，不知省委怎样看法？我个人认为，按这个材料所说，就离开了社会主义制度，需要做出明确规定予以制止和纠正，并在全省通报。事关农村社会制度的大局，故提请省委考虑。"

这个批示，无疑是下了一道讨伐"雇工"令。

正是这个时候，任仲夷收到了郑炎潮的来信。

郑炎潮结合调研资料和一些具体案例，对自己的观点进行了阐述。

任仲夷说："现在对于个体经济，只能扶持不能压制，但要扶持，首先就要正名，如果头上始终悬着一把'资本主义'的达摩克利斯之剑，那还怎么发展？马克思关于个体经济有一个'8 人规定'，但是到底超过雇工 8 人的个体经济应该叫什么，我们也没有想好。刚好看到你的论文，这在理论上是一个重大突破和创新，为我们的决策提供了依据，我支持你！我们还要围绕你的这些观点，制定一个政策，给它取一个正式的名字，就叫'私营经济'怎么样？让它发展，让它壮大。"

从此，中国改革开放史上正式诞生了一个全新的名词：私营经济。

接着，任仲夷深深地叹了一声："在中国搞学问不容易啊，有风险。"

"是啊，导师提醒我有麻烦，答辩可能过不了关。"

"你已经超出了马克思的书本，人家说你怎么样你就怎么样，说你反马克思你就成了反马克思。"

"我没有反啊，马克思也主张解放生产力，列宁还有'新经济政策'呢，为什么我们不能借鉴呢？"

"不过你不要怕，时代在进步，你要根据自己掌握的材料，选准自己的研究方向。选准了方向就要坚持下去，坚持自己的学术品格，不要为任何非学术的评价所动。"

……

窗外的木棉树在静静地谛听着，思考着。

谈话时，任仲夷的眼睛一直在慈祥地抚摸着郑炎潮。据不少见过他的人说，任仲夷相貌清奇，最奇迥的就是那一双凸出的大眼：愤怒时猎猎如火，静思时深邃如渊，兴奋时明亮如灯。“文革”的时候，造反派画漫画，就抓准他这个特点，三笔五画，就是一幅肖像。多少年后，郑炎潮依然铭记着那一双慈祥的眼睛，热热的，亮亮的，像一盏灯，在他的心底温暖了几十年。

这次见面之后，郑炎潮的论文答辩顺利过关。毕业后，他走上了经济研究之路，直至成为广东省一名优秀的经济学家。

这一年，广东有关部门专门召开了一次关于雇工问题的大型研讨会。由于是国内理论界第一次公开讨论这个敏感话题，立时引起社会关注，中央有关部委也派负责人前来参加。经过激烈争论后，会议认为：在我国现阶段里，雇工经营有利有弊，利大于弊，对雇工经营应因势利导，兴利除弊。会议还进一步认为，对改革开放中出现的一些新情况、新矛盾，要多做调查研究，对一时看不清楚的问题，要多看一看，不要操之过急，更不应动辄指责和取缔。

这一年，广东省进一步出台了一系列支持个体私营经济的措施，并组建广东省和广州市个体私营协会，同时划分皮具、服装、美容、饮食、眼镜等行业分会，西湖路灯光夜市、一德路咸杂干果市场、文园电器城、番禺易发商场等专业市场纷纷成立。

“东南西北中，发财到广东。”一时间，广州成了个体私营者的天堂，成了试水者、冒险家最早的乐园，大街上挤满了操着南腔北调、提着大包小包的外地批发商……

喇叭裤、牛仔装、运动鞋、电子表、计算器、烫发头、迪斯科、邓丽君……“广式潮流”引发的蝴蝶效应，像春风一样吹绿了全国城乡的角角落落，为正在从动乱和贫穷中走出的10亿国民送上了第一束五彩缤纷的时尚之花。

据不完全统计，截至1985年底，珠江三角洲地区的个体私营从业人员已经超过500万人。

这500多万名个体私营企业雇工，连同“三资企业”里的数百万打工仔一起，共同掀起了声势浩大的第一轮中国民工潮，汹涌澎湃，直至今天。

他们为传统的中国带来了时尚，带来了财富，带来了活力，也带来了方向……

那是一个乍暖还寒的时节。一棵初试天地冷暖的幼苗刚刚出土，或冻死荒郊，或傲霜凌寒，但只要挺过惊蛰前的冰雪肃杀，她就是天之骄子，她就占领了整个春天。

那是一个意识形态过分敏感的年代，“公”和“私”，“资”和“社”，“左”和“右”，这几个金属般生硬的字块常常在天空中碰撞着，碰撞得火光四溅，铮铮作响。浓雾弥漫，空气中的每一丝颤动，都有可能引爆一场闪电和惊雷……

1981 年，广东旅游部门开始组织内地公民香港游，这是中国大陆第一批惊艳的眼睛。

也是在这一年，香港歌星第一次来广州演出。按照多年的模式，歌者只能端庄地站在舞台上，对着固定的麦克风，像做报告一样表演。但是这一次却出了大乱子：唱到兴奋处，这位名叫罗文的著名歌星，一把抓过麦克风，拉起电线，在舞台上边跳边唱，指手画脚，摇头摆尾，煞是陶醉。这一下引得舆论大哗。各地报刊纷纷开炮，痛批“资产阶级腐朽台风”。

炮声越来越响，硝烟愈来愈浓，任仲夷不得不出面表态：马克思怎么说的？难道站着唱就是社会主义，走着唱就是资本主义？我们共产党的省委应该只管唱什么，不应该管怎么唱。

东方宾馆最早开设了一家营业性音乐茶座，很是火爆。笙歌悠悠中，霓虹明暗里，青年男女在这里唱歌、跳舞、喝咖啡，广州人开始享受一个个温馨浪漫的彩色之夜。

时尚渐起渐盛，街头巷尾处处飘起了港台流行的抒情歌曲，浓浓的情歌情调中，款款而行的是烫发头、喇叭裤、迷彩服、高跟鞋、超短裙……内地传言成虎：广州街头到处是“美军”（因男青年的迷彩服上襻多、兜多，类似美国军服）！到处是妓女！内地一位副省长来广州出差，看到种种场面，气愤得在旅馆里擂墙大哭，“没想到我们社会主义国家竟然变成这个样子了！”还有一位老将军，更是跺足捶胸，仰天长叹：“靠这一代年轻人当兵上战场，我们部队如何能打胜仗？”于是向中央写信控诉，痛骂广东，坚决要求“收复失地”。

1981 年 4 月，国务院副总理万里来广州督导疏港（因广东进出口量剧增，港口吞吐量太小，致使不少外国货轮无法报关，在公海等候，形成国际纠纷），看到大街上的花花世界，这位中国农村改革的先行者也有些担心，便以一个老朋友的口吻好言相劝：“仲夷，还是管一管吧，北京议论很大啊。”

任仲夷半开玩笑地说：“万里同志啊，我们要管大事，这些生活小事还是随他吧。留胡子？我们共产党的祖师爷马克思就是大胡子。穿喇叭裤有什么不好？我们老祖先在唐朝就开始穿了。至于迪斯科，不就是蹦蹦跳跳扭扭屁股吗？男女并不贴身。我们过去跳交谊舞，可都是男男女女搂在一起的。在延安时，我们党的领袖们不是每个周末都举办交谊舞会吗？”

白天鹅是第一个来粤试水的海外来客。

这是中国大陆出现的第一家五星级宾馆，由香港霍英东先生投资，设计楼高 40 多层，是当时广州的最高建筑。可想而知，白天鹅从开工的第一天起，就引起国内舆论热议：“共产党怎么能和资本家签约呢？”“五星级宾馆里允许开妓院。”……

白天鹅本来是涉外宾馆，服务对象是港澳台等境外客商，可是为了汇聚人气财气，1982 年试营业时，霍英东决定向全社会开放。于是，门童的斑马裤、礼仪小姐的旗袍、银制的餐匙、精致的牙签、室内的瀑布等等都惊爆了广州人的眼球。

可好景不长，尴尬事接踵而至。原来不少广州人此时还没有见过牙签、餐巾等一次性用具，顺手就牵走了。当时卫生纸在普通市民中还未普及，因此酒店卫生间的厕纸也成了抢手货，一天就要补上几百卷。更让店方痛惜的是，一些男青年穿着时髦的带有铁掌钉的皮鞋，在大理石地面上随意踢踏，留下了难以修补的斑斑点点。

宾馆不得不有所规定：衣冠不整者禁止入内，皮鞋掌钉者禁止入内。并在门口专设了拔除铁掌钉的工具和工作人员。

这一来，引起举国诉讼，羊城内外，南北媒体，口诛笔伐，气势汹汹地围攻这一只刚刚出巢的白天鹅：根本不合中国国情，倡导资产阶级生活方式，歧视国人，是旧中国“华人与狗不得入内”的翻版。

霍英东忧心如焚，悔恨自己投资内地过于冒险了。

苦恼中的霍英东决定在白天鹅宴请任仲夷，于是便试探着发出了一份请柬。

身边人员劝说任仲夷，这种场合还是不要去了吧，一旦出席，明天的香港报纸就登出来了，北京也都知道了；你吃一顿饭，人家就会说你与资本家穿连裆裤，是“把兄弟”。

他一边打领带，一边哈哈大笑，“广州和香港不是‘把兄弟’，而是亲兄弟，不仅合穿连裆裤，还同吃一个奶（指同饮珠江水）。今天亲兄弟请客，又是一个出名的好机会，我为什么不去？况且，谁规定共产党的省委书记不能去五星级酒店呢？”

席间，面对着境内外的新闻记者，西装革履的任仲夷与港澳各界商人谈笑如故友，满堂生春风。

霍英东喜出望外，唤来纸笔，请他题词。

任仲夷环视大家，“题什么好呢？”稍稍构思，援笔立就，是李白的浪漫诗句：“两岸猿声啼不住，轻舟已过万重山。”

白天鹅起飞之后，李嘉诚、胡应湘、郑裕彤、利铭泽、李兆基等港商投资的中国大酒店、花园酒店也先后落户羊城。接着，连官方的东方宾馆也扩建成了五星级。

1985 年，中国公布了大陆第一批五星级酒店，共 5 家，前 4 家全在广州。

一场突如其来的风暴，几乎击碎了广东的春天。

那是 1982 年的早春二月。

广东率先放开物价等几项大胆的经济改革引起了各地恐慌，在价值规律的作用下，国内流通渠道里原本十分匮乏的商品物资纷纷流向广东，周边几省惊呼“广东成特区，我们变灾区”，于是在省界各路口设立岗哨，严查过往物品和商贩。财政部、经委、计委、税务总局、工商总局、外贸部、物资部等国家机关也叫苦不迭，因为当时实行严格的计划经济，而广东的市场经济是对全国一盘棋的巨大冲击。还有意识形态的开化和自由，也让内地省份视若洪水猛兽、瘴疠瘟疫。这一切，都使得中央高层屡屡震怒，甚至曾严厉斥责：“任仲夷还是共产党员吗?”

风暴在云层里剧烈地酝酿着。

伴随着经济的突飞猛进，广东沿海也出现了较为严重的走私现象。于是，走私事件便成了这场风暴的导火索。

1982 年 1 月 11 日，中央以“2 号文件”形式下达了一个紧急通知，矛头直指广东，言辞之烈，让人心惊肉跳：“对于这个严重毁坏党的威信，关系我党生死存亡的重大问题，全党一定要抓住不放，雷厉风行地加以解决。对那些情节严重的犯罪干部，首先是占据重要职位的犯罪干部，必须依法逮捕，加以最严厉的法律制裁。”

文件下达后，中纪委主要领导立即带队进驻广东，调查办案。

不难想象，此时的南粤大地已是山水战栗，群鸟惊飞。

事态还在继续恶化。2 月上旬，中央书记处紧急电令广东（还有福建）所有的省委常委立即进京开会，集中整顿。接到通知，任仲夷大惊失色：本党针对某一个省委班子采取如此特殊的严厉措施，在“文革”之后还从未有过。

会议气氛极为紧张。中央大员纷纷发言，认为这是“资产阶级向我们发动的又一次猖狂进攻”，“宁可让业务上受损失，也要把这场斗争进行到底”。因为“文化大革命”后已经宣布不再搞政治运动，所以就讲这场斗争是“不叫运动的运动”，“决不能手软”。由于过去对走私罪没有规定死刑，会上就有人提出要修改刑法，要准备枪毙一批人。某领导人在讲话中明确表示，广东已经变了颜色，过去的租界就是糊里糊涂送给外国人的，经济特区就像当年的租界。还有人说，广东这样的地方，是资本主义的熟门熟路，不应当用思想解放的人，必须用“金刚钻”；广东出了那么多事，任仲夷为什么见怪不怪？甚至提议免去他省委第一书记的职务。

同时参加会议的福建省委书记项南附在他耳边，善意地提醒：“开了两天会我才明白，原来福建是来‘陪绑’的，（这次会议）实际就是针对你们广东。”

会议结束后，他扛着一颗覆满白发的沉重的脑壳，踉踉跄跄地回到了广州。刚刚坐下，胡耀邦的电话又急急火火地追了过来，说书记处将会议情况向中央政治局常委做了汇报，政治局常委认为广东省委主要负责人的思想还是不够通，有些问题还没讲清楚，明确指令任仲夷一个人马上再次赴京。

这就是社会上传说的所谓“二进宫”。

见面后，胡耀邦代表政治局常委再次对广东进行严肃批评，并希望他站稳立场，明确表态。最后，责成他给中央政治局写出一份书面检查。

任仲夷呆若木鸡。

胡耀邦摊开双手，同情却又无可奈何地说：“我都（口头）检查了啊。”

当天晚上，任仲夷回到宾馆后，枯坐无言，感慨如海。参加工作近50年，他还从来没有写过检查。“文化大革命”中，他曾受到过2300多次大大小小的残酷揪斗，鞭鞭见血，唾液满脸。一年冬天，红卫兵把一桶臭臭的墨汁兜头浇下，棉袄棉裤全湿透了，他彻底被涂成了黑人。虽然皮肉受苦，脸面受辱，可他的心底是坦然的、清白的。但这一次写检查，他是违心的、扭曲的。作为一个历经政治运动的省委第一书记，他清楚这份检查意味着什么。但是，如果不承担这一份责任，不仅自己过不了关，整个广东的干部都难逃一劫啊。

夜色如铁，冷月似冰。昏黄的灯光，映照着任仲夷乱草般的白发，和乱草般的愁绪：47年前，就是在这里，就是在北京，自己还是中国大学的一名学生，秘密加入了共产党，从此舍生忘死，投身战火；新中国成立后，从最北端的黑龙江，到最南端的广东，兢兢业业为党工作了一辈子，总还算是一个合格的党员吧，难道中央真的要开除自己的党籍吗？他的心在颤抖，在泣血。他哆哆嗦嗦地拿起了笔……

在以后的日子里，他一直在挂念着这一份沉痛的检查。退休后，他曾多次向有关部门申请，想复印一份，留作永远的纪念，但至死也未能如愿。

书面检查交上去了，所幸邓小平、胡耀邦等领导人并没有表态处分任仲夷。

但另一道难关却在广州等待着他。

如何向全省传达会议精神呢？广东的各项改革刚刚开始，正是如火如荼的时候。现在不少地方墙壁上“千万不要忘记阶级斗争”“阶级斗争一抓就灵”的“文革”标语还没有洗刷干净，人们对那一场刚刚过去的大灾难仍然心有余悸。如果把会议实况全部传达下去，势必会浇灭大家的热情。还有，会议明确提出要查处一批杀掉一批，但他坚信，广东的干部除极个别害群之马外，绝大多数是无辜的。面对这些披荆斩棘、冲锋陷阵的亲爱的可敬的勇士们，他怎么能忍心下手呢？

几天之后，全省三级干部大会庄严肃穆地召开了。

风声鹤唳，草木皆兵。各路诸侯早就闻知了中央会议的内幕，不少人战战兢兢，如临大难；有的人干脆带来了行李，准备接受随时可能到来的询问和审查。

但出乎所有人预料的是，在会上，任仲夷仍然镇静自若，谈笑风生。他在检讨自己对“走私犯罪”重视不够并申明将加大打击力度的同时，反复重点强调的仍然是“改革开放坚定不移”，并正式提出了“对外更加开放，对内更加放宽，对下更加放权”的“三放”政策，希望大家进一步放开手脚，加快发展。

省委班子里一位年龄稍长的老干部闻听此言，心内暗暗吃惊，在会议休息时间悄悄地拉住他，担心地说："现在都是什么时候啦，你怎么还讲这些话？最近北京的报刊都不讲了。"

任仲夷盯着这位好心的老友，看了一会儿，又故作轻松地反问道："中央文件并没有不让讲啊？"

讲到大家最为关心的干部处理问题时，任仲夷霍地站了起来，深深地注视着在座的各位，双目炯炯似火，然后，慢慢地却是庄严地、斩钉截铁地承诺："只要没有往私人腰包里装钱，而是按照省委部署抓工作的，即使出些问题，也由省委负责，主要由我负责！"

这时候，整个会场鸦雀无声。旋即掌声雷动，泪飞如雨。

广东的那一批干部至今都在感谢任仲夷。他们说，如果任仲夷是一个明哲保身的官僚，或者是一个胸怀野心的政客，他完全可以顺着高端的旨意，严厉清查干部队伍，进行人人过关，撤职一批，判刑一批，甚至杀掉一批。他自己不仅可以金蝉脱壳，顺利过关，而且可以博取上悦，邀功讨宠。如果那样，广东肯定会是另外一种样子，广东就没有今天。

这一场风暴总算过去了。但是，有谁知道任仲夷为此付出的是一个怎样沉重的代价？

那一年的秋后，中共十二大即将召开，以他的资历、能力、政绩和威望，本来已经被列入中央领导班子的考察人选，并很有可能出任十分重要的职务。但他到广东后的所作所为，在社会上引起了太多的是是非非，更惹恼了一个庞大的官僚群体，他的名字最终被删除了，并且永远地被删除了。

历史上的改革者大抵如此。他们在冒险革除社会痈疽的同时，往往也革除了自己的前程。

香一年，臭一年，香香臭臭又一年。

在这香香臭臭、坎坎坷坷的雾途中，是任仲夷和岭南人倔强的背影。

走私事件之后，中央政府及有关部门把下放给广东的外贸进出口权收了回去，在很多有关经济政策的文件中也特别注明“经济特区也不例外”或“经济特区也要执行”的字样。内地一些省市也采取措施，把广东运往各地的许多物资当作走私物品扣压、冻结。广东的供销人员到外省市进行正常的业务活动，也受到冷落，有的还被当作走私分子看待，轻者搜去证件，重者无理扣押，有些省市甚至明确表示不准供销人员去广东做生意……

全国各地的邮政部门对来自广东境内的邮品也格外虐待，随意拆封检查。在他们的意识里，广东就是全国黄货、毒品的老巢，精神污染的源头。

这种现象也渗透到了意识形态领域。在那些年拍摄的电视和电影中，几乎形成了一个固定模式，大凡经济领域的反面人物都被刻画成广东人，讲一口半生不熟的粤语。此类流风余绪，直到今天。

一段时间，北京曾纷纷传言，要将任仲夷撤职，开除出党。

经济特区的思路是邓小平提出的，但是几年来，他一直在观察，在思考；不否定，也没有肯定。他只是说：“深圳经济特区是个试验，路子走得是否对，还要看一看，搞成功是我们的愿望，不成功是一个经验嘛。”

境外不少媒体就此大肆渲染，夸大中共高层的分歧，说深圳只是一个试验品，很可能是牺牲品，最后肯定还要斩马谡。

那些年，中国的经济改革正是全面探索时期，连国务院的官方文件中也表示“要摸着石头过河”。的确，在那个复杂的年代里，在那个特殊的环境中，处在那个敏感的位置上，任仲夷需要摸的石头太多了，不仅有经济的，还有政治的、文化的，稍不小心，这些石头就会突然飞起来，无情地砸破他的头颅。

他的秘书琚立铭告诉我，年岁的逐渐增大，工作的极度繁忙，心理的重重压力，再加上生活习惯上的巨大差异，使得任仲夷的健康状况频频亮起红灯。他的牙齿们很快地全部下岗了，满口假货，吃东西很不方便，且极易损坏，常常要去看牙医。

1983 年春天，任仲夷明显感到心律不齐，去医院检查，连医生的脸都白了：他的心跳竟然每天早搏 3 万次。劝他马上动手术，他笑一笑，说自己身体好，能抗得住，拒绝了；又劝他半天工作半天休息，可这无异于与虎谋皮，怎么可能呢？

任仲夷的工作量之大让人难以想象。有一个细节可窥一斑：他在任期间极少乘坐轿车，他的专车就是一部 12 座的丰田面包。为什么？就是为了利用路途时间听取汇报和讨论开会。面包车就是一个流动的办公室，而他就是一台永远不知疲倦的机器，每时每刻都在高速地高效地运转着……

驾驶着羸弱的身躯，背负着繁重的压力，任仲夷像一个无所畏惧的孤胆英雄，高擎着自己的灵魂之火，透支着全部的生命能量，义无反顾地行走在广袤的岭南大地上。他在探求着一条道路，他在追寻着一个梦想。

那是百姓的福祉，那是文明的微笑，那是人类的大道！

……

他的胆囊又开始隐隐作痛了，愈加剧烈，发展到腹胀，厌食，疼痛难忍。

1984 年元旦过后，他被送进了医院。胆囊结石，严重发炎，必须马上切除，否则，腹背受敌，危及生命。

手术开始后，所有的医生惊呆了：做了这么多例手术，还从来没有见过如此畸大的胆囊，畸大的胆囊被撑得鼓胀胀的，像一个熟透的桃子，随时可能爆裂。打开“桃子”，医生们更是目瞪口呆：里面塞满了 16 枚疙疙瘩瘩的结石，大的像杏核，小的似黑豆、豇豆……

哦，怪不得老家伙如此生猛，原来他的胆囊里揣满了石头！

哈维尔说：政治是求得有意义的生活的一种途径，是保护人和服务人的一种途径。

但在中国，政治是一个复杂、危险而又甜蜜、高贵的特殊职业，大大小小的官员们大都只是在使用和享受着政治的特权和舒适，而很少去理解和履行真正的政治责任。“实事求是”和“不唯上，不唯书，只唯实”等等这些崇高的信条在官场重复学习了几十年，但真正执行到位的又有几人呢？当群众的根本利益与上司的私家利益发生冲突的时候，他们往往不敢坚持前者，而是乖乖地选择了后者。这种传统、落后而又根深蒂固的“官本位”思想，不能不说是我们中华民族政治文明的一个大大的悲哀。

其实，真正的政治家，并不仅仅是那些手握国柄、经略风云的股肱巨擘，而是每一个公务员，他们是不是在各自所处的岗位上尽到了应尽的社会责任。从这个意义上说，绝大多数的人都有所欠缺，而任仲夷则是一位伟大的政治家。他在广东省委第一书记的任职上，竭尽全力，敢踩逆流，不避斧钺，为天地立心，为生民立命，为岭南开太平，尽到了当时的历史条件下所能尽到的几乎全部天职。

但他又是一个清醒的现实主义者，他阅尽沧桑，大彻大悟，洞察世事，知其能所为，亦知其不能所为。这就注定了他的一生是一位奋勇的开拓者、冒险者，同时又是一位清醒的孤独者、失落者。

任仲夷离休的 1985 年，广东的经济总量已经跃居全国第一位。岭南大地已经全面发酵，物阜民丰，山河肥美，而只有他自己萎缩了。他的体重比上任时减少了近 30 公斤，身材也矮小了 5 厘米。他瘦弱成了一个干巴巴、颤巍巍的岭南阿公……

卸任前，他又一次去了深圳。站在文锦渡口，眺望着两岸星河般灿烂的灯光，他笑了，他的笑容一如这星河般灿烂。

挥挥手，他要告别这一片灿烂的星河了。

这是一次平静而隆重的谢幕……

任仲夷离休时，中央本已安排他到北京定居。但是，他的感情已经在这里深深扎根，他决心把自己的余生交给这片土地了。

生为岭南人，死亦岭南土！

他的身体在一天天地衰老下去，像一株粗皴枯朽的木棉树，但他思维的枝叶依然滴青流翠，激情的火焰仍旧时时喷薄迸溅。而且愈到晚年，其情愈殷，其心愈烈，殷殷似血，烈烈如火。他用颤抖的双手高捧着自己滴血的心脏，向他的后人向这个民族奉献着最后的真诚……

他惋惜邓小平的人生憾事主要是没有利用自己的崇高威望，在经济改革基本成功之际适时地进行政治改革。

他大胆建议，中国可以借鉴经济特区的成功经验，进行政治体制改革试验，然后再逐步推广。

对于“和谐社会”建设，他也有着自己独特的慧解：从字面上看，“和”字左边一个“禾”，右边一个“口”，表示老百姓张开口要吃饭，首先要解决的是温饱问题，也就是民生问题；“谐”字左边一个“言”，右边一个“皆”，表示人人皆言，言无不尽，也就是实行民主。一个民生，一个民主，这两个问题解决好了，社会和谐就不难了。所以，和谐社会的基础应该是经济发达、生活富裕、社会民主、言论自由。

……

哦，人之将死，其言亦善。让我们理解这位可敬的老人的一颗大爱之心吧！

任仲夷晚年交往的多是思想界人士。

2004 年 3 月的一天，他突然吩咐儿子把家院的门槛锯掉，家人大惊。原来是北京的好朋友于光远要来了。于氏小他 1 岁，已经瘫痪，出行需乘坐轮椅。

于光远终于来了。90 岁的任仲夷颤巍巍地推着轮椅上的老友，慢慢地在东湖边散步、聊天。哦，两个历尽沧桑的思想者，他们的躯体已经垂垂老矣，但他们的心理依然青春，他们思想的羽翼像两只轻灵的鸟儿，在高远的天空中自由地飞翔着，鸣啭着……走不动了，就坐下来，静静地看着湖畔晚霞般漫衍的猩红的木棉花，那是生命的火焰，那是岁月的叹息，那也是他们永远的遗憾和隐痛啊……

2005 年 4 月 5 日，在广东省中医院住院的任仲夷，再次约见郑炎潮。他仰躺在危重症病人监护床上，浑身插满了导管，喘着粗气，竟然交谈了 3 个多小时。临别时，他语重心长地说：“大胆地想问题，讲的时候要谨慎。我们过去批评胡适的‘大胆假设，小心求证’，但他是对的。鲁迅和胡适都是伟大的，鲁迅是揭露黑暗的人，胡适是在黑暗中点亮蜡烛的人，在黑暗中点亮蜡烛的人更重要。”

郑炎潮没有想到，这竟是任仲夷留给他的学术“遗嘱”。

公元 2007 年 11 月，我去广东采访的时候，任仲夷已经去世两周年了。

我穿过繁华的广州街市，去银河公墓凭吊。浩瀚的碑群中，静静地矗立着一块普通的石碑，碑面上只是镌刻着他的名字。如果不注意的话，来往的人们根本不会联想到他。可他的碑石似乎是一块奇异的磁铁，吸引了几乎所有人的目光和脚步。人们站在他的面前，垂首躬身，默默地致敬；或上前抚摸一下石碑，似乎在与主人对话，似乎在与主人握手。而那块幸运的碑石，早已被抚摸得光光亮亮的了，像老人慈祥的笑脸。

他的儿子告诉我，临终时，任仲夷早已不能言语，但意识里仍然半明半昧，交代完遗言后，似乎仍有牵挂，便以手指为笔，在儿子的手掌上哆哆嗦嗦地写字，让把生前所用的老花镜、放大镜、收音机、钢笔与他的骨灰放在一起。

哦，可爱的老人，即使在天国里，也在惦念着这片土地，凝视着这个民族……

我相信，千年之后，当广东的后人们在数念起 20 世纪时，仍然会敬重他的名字。

岭南的疆土上肃立着数不清的木棉树，像一把把硕大的火炬，默默地燃烧着……

（发表于《广州文艺》2008 年第 4 期）

创作后记

2007年秋天，我应上海《文学报》社长兼总编辑陈歆耕先生的邀请，赴广州市采访丰田汽车公司。一天晚上，广东作家吴东峰、鲍十两位老兄宴请。东峰兄是报告文学名家，其代表作《开国将军轶事》文笔简约，形神兼备，影响广远。鲍十兄作品《我的父亲母亲》被张艺谋拍成电影，更是一位当红小说家。

席间，他们提到明年是改革开放30周年，中央要高规格纪念，广东是引领这个时代潮流的排头兵，有很多题材，希望在座者关注，并列举出几个。当谈到任仲夷时，我眼前一亮，似有感应。稍加犹豫，便欣然接受。

任仲夷是邢台市威县人，与我的故乡成安县相距不远。前几年我创作《宝山》时，在北京采访原冶金工业部部长李东冶，曾几次谈到他。看得出，李东冶对他十分钦佩。

之后，东峰兄安排《广州文艺》杂志编辑部主任朱继红女士多次与我联系。年底的时候，我再次来到广东，正式采访。因任仲夷公已于两年前去世，所以采访过程十分艰难。记得当时接触了数十人，有省委老领导、任老的家属和秘书，还有理论界人士，其中省委原副秘书长、时任省政协秘书长琚立铭先生帮助颇多。

稿子写作是在春节期间。我闭门谢客，认真研究文字材料，努力想象任仲夷的音容笑貌。对一些缺少的素材，又进行电话采访，比如任仲夷与大学生郑炎潮的交往故事。

创作的过程十分艰难。我想创新，却又力有不逮，只能苦心营构，钻木取火。素材太宽泛了，我要在熟悉全国和广东整个改革开放全过程的基础上，凝眸几个最具代表性的亮点，于是反复比较，多方筛选。我喜欢古典散文，特别向往其神妙的叙事结构和语言，便悉心玩味，揣摩借用。任仲夷是一位政治和经济通才，且因其爱党爱国心切，言论热辣大胆且敏感，我应该如何处理？

总之，真正的创新是一个综合发酵过程，少有轻松愉悦，多是苦恼郁闷。突然一道电光闪过，便趁机前进；猛然一扇石门洞开，遂疾步跨入。但是，坦途不远，欣喜未尽，面前又是一团深不可测的迷雾，一道紧紧关闭的石门。于是，再苦恼，再痛苦，再突破。就这样，反复轮回，轮回反复。直到最后一道难关攻克，你才会感到如释重负，死里逃生，天蓝地绿，鸟语花香，心旷神怡，生命多么美好！

所以，真正的快乐是在成功之后！

但话又说过来，又有几个人能挺过来呢？

别的不说，单说文本结构，我的确煞费苦心。表面上，看似只是选取了广东改革开放过程中几个最具代表性的亮点，加以表述。如果仅是这样，那就太简单了，谁都会筛选。最关键的难点在于，这几个亮点如何排布，在叙述中如何相互避让、补充和响应，以及在叙述过程中的节奏、详略和高潮点等等的火候把握，都十分微妙。这一系列的细节都激活到位，效果就出来了。而这一切，大都只可意会不可言说，偶尔心中有，届时笔下无。

初稿写完后，我已感觉不是一个俗物，只是其中有些地方较为敏感，担心过头。但想到文学的使命，便没有删除。发送东峰兄后，他大力赞赏，并表示甘冒风险，也要全文推出。于是，发表于该刊 2008 年第 4 期。

文章发表后的反响，大大出乎我意料。上海《文学报》最先转载，而后《新民晚报》《光明日报》《广州日报》和《羊城晚报》等纷纷跟上。接着，《新华文摘》也转载了。更出乎我意料的是，吉林省委以红头文件形式向全省推荐阅读。再往后，高潮迭起：《人民日报》《河北日报》及全国各地报刊纷纷转载，连民间发行量最大的刊物《读者》也进行了选载；中央国家机关工委、新闻出版总署及 30 多个省、市、县级党委，以文件形式进行推荐阅读；数百家机关、单位组织研讨、学习；各类报刊发表评论达数百篇之多。

至今，《木棉花开》已有 300 多家报刊转载或选载，入选数十个选本，并荣获第四届徐迟报告文学奖、新中国六十年优秀中短篇报告文学奖等等。

诚然，这种罕见的文学现象有诸多原因，但的确是作者的幸运，也是报告文学的幸运。

但愿这种幸运更多地伴随着我，更多地伴随着我深深热爱的中国纪实文学事业。我坚信，随着社会体制改革的核心深入，中国纪实文学繁花似锦的春天正在到来！

《木棉花开》走红内幕

◇吴东峰

一

李春雷短篇报告文学《木棉花开》发表转眼快十年了。作为当时的《广州文艺》杂志社社长兼主编，我至今仍为这篇作品能够在我们《广州文艺》首发感到自豪，而且是越来越自豪。

其实，当时发表这篇作品之时，我们除了兴奋，还有一些忐忑不安。

春雷兄在《木棉花开》的开头透露了一点儿采写这篇作品的缘起。当时的情景我还能回忆起来。那是由上海《文学报》社与中国报告文学学会在广州举办的一次“中国作家聚焦广丰汽车”的采风活动。我和李春雷都作为被邀作者参加了这次采风。2007 年 9 月 16 日下午，各地作家纷纷来到广州天河嘉逸国际酒店报到。那天晚上，我们《广州文艺》杂志作为“地陪”，在附近的炳胜私厨宴请先期到会的作家们，其中有陈歆耕、黄传会、陈道阔、张俊南、田永昌、李春雷、杨守松、何锦新等，《广州文艺》杂志社副主编鲍十、编辑室主任朱继红陪同出席。我们《广州文艺》之所以做“地陪”，还有一个目的，就是想乘机向名家们约约稿。

席间，大家自然聊到了广东的改革开放形势，谈到了广东改革开放先行者任仲夷。我提出这是一片报告文学富矿时，并提出一个观点：一百年以后，任仲夷的历史地位，就是今天的曾国藩、左宗棠，甚至可能还要高些，可惜广东没有作家写。“谬论”一出，大家议论纷纷，便议出了创作任仲夷报告文学的策划。

在这次聚餐中，我和李春雷是第一次见面。他给我的印象很好，清秀谦和略显腼腆，瘦削文弱激情洋溢。在春雷兄自告奋勇和其他作家一致推荐下，我们在餐桌上当场敲定了邀请李春雷为《广州文艺》杂志社采写任仲夷报告文学。

李春雷果然不负重望，《木棉花开》一面世便迅速走红大江南北。除了数百家报刊转载外，还先后获得第四届徐迟报告文学奖（2009 年 8 月）、新中国六十年优秀中短篇报告文学奖（2009 年 12 月）。2010 年 10 月，还与第五届鲁迅文学奖差之毫厘而擦肩而过，内中原因只有春雷自知。后来，甚至包括现在，一直有很多人问我：广东作家那么多，为什么不邀请他们写？我的回答是：“当时根本没有想过这个问题，只想找一位能把任仲夷写好的作家。”

其实，任仲夷只是我们《广州文艺》拟定的改革开放人物系列中的首篇。为了纪念改革开放 30 周年，我们原来酝酿过一个宏大的出版计划，想在《广州文艺》连续推出十位改革开放中任省委书记的人物，如任仲夷、万里、高扬、项南、段君毅、彭冲、杨易辰、汪锋等等，并结集成书，书名就叫《省委第一书记》，可惜这一宏伟的计划由于经费问题而未能实现。在这个计划中，《木棉花开》是一个美丽的开头，也是一个美丽的结束。

李春雷当年 10 月即来广州采访，住在越秀区的合群宾馆。他来后，我们组织任仲夷夫人王玄、次子任克宁一起在广州大道的冰花酒店吃了一餐饭。冰花酒店是一家具有浓重东北风味的饭店，任仲夷在世时经常光顾。这次聚会由广州书画研究院副院长孙戈先生牵头。孙戈是哈尔滨人，与任仲夷私交甚好，正在创作任仲夷的画像。

李春雷采访虚心、认真、细致，给王玄留下了很好的印象。但任克宁的态度，好像不是太积极，也可能是写任仲夷的书太多了，他已习以为常，可谈起他父亲来还是滔滔不绝。

李春雷大约在广州采访了10多天，便回去埋头写作。

这期间，李春雷打过一个电话来，说稿子写好，但自己还要改，要往后推一推。我说可以。原准备春节发的稿子最后推到了4月份。

《广州文艺》杂志社编辑室主任朱继红是责任编辑。她不但负责稿件的编辑，还负责全程陪同李春雷在广州的采访活动。李春雷在广州共采访了10多位任仲夷的知情人员。

《广州文艺》当时条件不是很好，只能提供保障采访的基本条件，与那时作家采访企业的条件相差甚远，但李春雷毫不介意。

据朱继红回忆，李春雷的全部采访费用，只用了不足1万元。

二

大约是过完春节后，我们收到了李春雷发来的报告文学《木棉花开》。看完稿子，我们都认为很好，确定朱继红担任责任编辑。

这篇稿子李春雷基本是放开写了。对于任仲夷“二进宫”和与于光远交往这两段比较敏感的内容，我们经过反复考虑还是坚持保留，当然也“磨了一磨”。最后定稿时，我、鲍十、朱继红三人一起过一遍，主要是把个别“骨刺”再“磨一磨”，增加一些“肉感”（其实骨头还在）。磨得最多的是，稿子中涉及的党中央、国务院的具体部门，全部改成“有关部门”或“有关单位”，这种改法容易伤害文气，但也是迫于无奈。

对任仲夷这样一位重要人物的稿子，按照出版规矩，应该送广东省党史研究室和宣传部门审稿。但我只是在刊物出来后，送了一本给广州市委宣传部常务副部长李哲夫。我对他说，我们在这期推出了一篇任仲夷的报告文学，可能会打响，也可能会挨批。广东省的宣传部门领导饱经风霜，见多识广。李哲夫看后，对李春雷的文笔赞不绝口，最后轻描淡写地说了一句：“现在你们办刊物确实很难，想办好嘛就得出点儿格，但一出格又会挨批。这是一个矛盾。我觉得只要事实没有错就不用怕。”他的豁达，使我至今想起仍感到很温暖。

这里有一个小插曲，我也要报一下料。李春雷《木棉花开》写得这么好，其实他到现在为止还没有见过木棉花呢。李春雷的稿子发来后，我对朱继红说：“文章没有问题了，就是题目不理想，跟春雷商量一下能不能换个更好的。”我现在还是觉得这个题目太普通了，雷同的也多。后来我又拟了几个，如《火红的木棉花》《燃烧的木棉花》等等，但始终没有满意的。这时，朱继红告诉我，和李春雷沟通过了，他不愿意换题目。我就说：“那就尊重作者意见吧！”

可惜李春雷没有见到木棉花开。如果他见到木棉花开，肯定会激活灵感，想出一个更好的题目来。

三

《木棉花开》于2008年4月在《广州文艺》杂志首发。

我们没有想到该文发表后，出人意料地出现了一股自发的媒体宣传热潮。尽管李春雷没有见过木棉花开，但《木棉花开》还是劲爆地火红起来了。

下面，我想概略回顾一下2008年媒体对《木棉花开》的主要传播情况：

4月3日、4日，上海《新民晚报》分上、下篇全文连载。这是全国媒体首家转载此文。

4月4日，上海《文学报》以一个版加编者按刊登。

4月26日，《光明日报》以大半个版面节选《木棉花开》。

5月23日，广州《南方日报》开始全文连载。几乎同时，《广州日报》也开始全文连载。

6月，《新华文摘》12期转载。

7月，吉林省突然在该省各大媒体掀起了刊登《木棉花开》和“学习任仲夷，学习广东”的热潮。

这期间，全国各地报刊开始纷纷转载，不胜枚举。

9 月 11 日，《南方都市报》以一个版的篇幅刊登记者许黎娜采写的专题报道《他写任仲夷，红遍大江南北》。

9 月 15 日，北京《文艺报》发表了著名评论家李炳银的评论《“木棉花开”红胜火》。这是最早的一篇有关《木棉花开》的评论文章。

9 月 26 日、27 日，《河北日报》推出两个版，刊登《木棉花开》和作者李春雷独家访谈报道《花开南国　根扎燕赵——与〈木棉花开〉作者李春雷对话》。

10 月 16 日，中国作家网和《文艺报》发出新闻《两岸三地专家学者探讨中短篇传记文学新突破》，报道了中国传记文学学会在广州召开传记文学研讨会，研讨《木棉花开》的情况。

10 月 27 日，《人民日报》发表上海《文学报》主编陈歆耕的文艺评论《〈木棉花开〉引发的思考》。

12 月 3 日，广东省委机关刊物《南方月刊》发表该刊记者孔令源写的评论《广东报告文学，何时木棉花再开?》，称非广东籍的李春雷意外地摘取了“广东的葡萄”。

……

据不完全统计，《木棉花开》发表后不到一年，全国就有 300 多家报刊转载该文和发表该文的评论。至于发表有关消息，则是海量了。

上述情况表明，从 2008 年 4 月始，中国的新闻媒体由南至北，由东向西，你呼我应，前后接力，自发形成了一股《木棉花开》红遍大江南北的宣传热潮。

四

《木棉花开》究竟是怎样红起来的?

现在回想起来，还真是有点儿像奇迹。

我们《广州文艺》在宣传方面，没有策划，没有炒作，没有领导指示，没有进京开会，没有花一分钱的宣传费。《木棉花开》就这么突然红起来了。

一篇文章的流行，需要诸多条件甚至特殊的机缘才行，一般都要等待相当长的时间孕化。《木棉花开》流行离不开媒体的努力宣传，这其中有几个至关重要的关键点。

上海《新民晚报》和《文学报》最先发声。上海媒体向来谨慎小心，但他们这次则大胆果断。《文学报》以一个整版转载，《新民晚报》以《任仲夷在广东》为题转载两个版。他们的敏感和速度出人意料。接着《光明日报》和《南方日报》转载。上述报纸的宣传为以后的《新华文摘》转摘，起了预热和铺垫的作用。

应该说《新华文摘》的转摘，是《木棉花开》红遍全国的关键一环。那时《新华文摘》是中国最权威的代表中央声音的时政类综合性刊物，被称为高层人士的“案头必备刊”。我与《新华文摘》总编辑张耀铭神交已久，但从未谋面。当时春雷曾打过电话给我，希望向《新华文摘》推荐一下。我没告诉他《新华文摘》有熟人。我们给张耀铭寄了刊物后，只给他打了一个电话，问他《木棉花开》看过了没有。他对我说：“看过了，文章写得好，如果本刊要用，就一定要修改，你们同意不同意修改?”我连忙说：“没有问题，按你们的要求改，作者也没有意见。”我和张耀铭的这层关系并没有告诉李春雷。没有落实的事，我是不会承诺的。

正是由于《新华文摘》的刊用，引发了后来吉林省掀起学习《木棉花开》热潮。2008 年 7 月，吉林省委将《木棉花开》一文印发全省各地，供干部学习，学习任仲夷，学习广东。由此，吉林省委办公厅参阅件第 3 期加按语全文转发了报告文学《木棉花开》。“按语”中写道：“当前我省正深入开展‘继续解放思想、推动吉林振兴’大讨论活动，重温任仲夷与广东改革开放的历史，仍有着特殊的借鉴意义。现将《木棉花开》一文印发各地各部门，供参阅。”随即，学习讨论《木棉花开》

活动在吉林省各地全面开展，使《木棉花开》迅速在东北大地红了起来，包括黑龙江、辽宁两省也做了大量报道。

一篇文学作品，得到如此高度的重视，这种“待遇”，自改革开放以来，只有江苏作家陆文夫“享受”过——1983年，时任河北省委第一书记高扬读了陆文夫小说《围墙》后，很有感触，建议把这篇小说印发给河北省直机关各单位所有的工作人员阅读。

2008年9月上旬，《南方都市报》记者许黎娜在一次会议上了解到吉林省委对《木棉花开》批示的情况，以记者的职业敏感，马上电话采访李春雷，当晚便写出长篇报道《他写任仲夷，红遍大江南北》，于9月11日以一个整版篇幅发表在《南方都市报》上。

这篇报道，把《木棉花开》从吉林又引回了广东。

时任广东省委书记对《木棉花开》有何表态，至今我们仍然不清楚。据说他上任之初，就找来阅读，只是因为种种原因没有公开表态。但在2008年10月25日，广东一年一度的“南国书香节”上，我们看到了广东省委常委、宣传部长林雄为《木棉花开》站台的情景。据报道，广东省委宣传部长林雄和广东省新闻出版局局长朱仲南邀请李春雷参加“南国书香节”，隆重推出《木棉花开》一书。广东省委宣传部副部长顾作义发表讲话，对李春雷的创作成果给予高度评价。

据李春雷回忆，在这之前，他受广东省委宣传部邀请，将原作《木棉花开》扩充为包括“玉兰飘香”部分在内的一本书，书名仍为《木棉花开》，由广东人民出版社出版。这是广东省宣传部门首次公开介入《木棉花开》的宣传。

纯属偶然，几乎与“南国书香节”同时，中国传记文学学会在从化市召开了传记文学作家参加的座谈会。由于此次座谈会由我们广州市文联承办，研讨的又是中短篇传记文学发展问题，我们建议在会议中间插进一个《木棉花开》研讨专题（不到半天时间）。

大家看过《木棉花开》后，发言格外热烈。著名报告文学作家理由、报告文学评论家李炳银、文学评论家谢望新和台湾传记文学学会会长成露茜等在会上集体发声，都给予《木棉花开》以极高评价。

在这里，要特别感谢的是李炳银和陈歆耕的发言，及他们撰写的文学评论《“木棉花开”红胜火》和《“木棉花开”引发的思考》，为《木棉花开》的迅速走红起到了慧眼先觉的专业认证作用。

五

《木棉花开》为什么这样红？回想当年，不胜唏嘘。

这里面固然有许多偶然因素在起作用，但也有其必然性的规律。这就是我们不能忽视的2008年，改革开放30周年纪念大潮的历史背景。

李春雷也曾经如是说，《木棉花开》“火爆”的主要原因还是时代背景。他说：“今年是改革开放30周年，各地都在掀起新一轮的‘解放思想大讨论’活动，重温广东当年艰难的改革历程，仍有着特殊的借鉴意义。”

了解改革开放高层内幕的人都知道，在中国共产党党内，任仲夷是改革开放的象征和代表人物之一。怀念和赞美任仲夷，在某种程度上可以说，就是进一步呼唤改革开放。

十六大、十七大以来，中国成为世界上仅次于美国的第二大经济体。那时在全国各级领导岗位上的干部，大多经历过30年前改革开放和解放思想的洗礼，期盼进一步解放思想、深化改革已成为他们凝聚改革力量的共识。

《木棉花开》之所以能够红遍大江南北，是当时社会舆情的必然趋势。

一场以纪念改革开放30周年为由头的希求继续深化改革的美好期盼，正好在任仲夷身上，在《木棉花开》这样一篇小文章上倾注了希望的情感，爆发了压抑的欲望。

作家的创作激情，出版家的责任担当，评论家的学术肯定，政治家的开明介入，形成了一股宣传任仲夷的合力、宣传解放思想的合力、宣传改革开放的合力。

就是这种合力，把《木棉花开》推上了纪念改革开放 30 周年的舆论高峰。

最后我还要补充一点，很多人在《木棉花开》中看到的是这篇文章的思想性和艺术性。我个人认为，其实在这篇文章中最能打动人的，是李春雷在全文中贯穿着的人性光芒。

人性化地描写人物，是李春雷报告文学创作的一大特色。这在李春雷后来创作的《朋友——习近平与贾大山交往纪事》和“我的抗日战争纪实”系列短篇中也有充分体现，它将为作家以后的文学发展增强不可限量的后劲。也正是李春雷的这一思想高度，使这篇仅 17000 字的作品，真诚地打动了亿万读者的心。

夜宿棚花村

汶川地震过后几天，我随中国作家小分队入蜀。集中活动后，我申请去重灾区的一个点上采访。于是，就结识了棚花村。

从成都出发，经广汉、德阳，再过绵竹、遵道。汽车沿着龟裂的公路，小心翼翼地颠簸爬行，不足百公里的路程，竟走了 4 个多小时。大难甫降，余震未歇，正是极度恐慌的时候，路上行人大都心有余悸，惊魂未定。我下车时，已是日影西斜了。

在村头一片刚刚收割的油菜田里，铺着一张帆布，上面堆满了蓬蓬松松的油菜棵子。一个年轻的村妇赤裸双脚，两臂猛力地挥舞着连枷，上下翻飞，噼噼啪啪，虽是在捶打脱粒，却更像在冲着地球撒气。一串串油菜荚带着金属般的声响爆裂开来，黑黝黝的籽粒纷纷滚落——这就是几千年来为川人提供了生命能量的油料。

我上前打问村主任的住处。她停下手，抹一抹满脸汗水，定定地看着我，客气地询问从何而来。

我打趣地说那是一个遥远而偏僻的地方——北京。

村妇的眼中立时放出光亮来。她身材瘦削而结实，头上戴着一顶时髦的浅黄色旅游帽，红红的脸庞被太阳晒得有些发紫，像一枚刚刚成熟的桑葚。

我问她家里的情况。她叹息一声：“全洗白啰。”说着，又狠狠地跺了一下地壳，再一次表示了自己的愤恨。

“今年的庄稼好吧?”我赶紧转移话题。

果然，她的脸上立时多云转晴，笑一笑说：“今年春上雨水足，小麦、油菜都盈实，土豆也长得拳头大。唉，这老天爷啊，有时是魔鬼，有时是菩萨。”

攀谈了一会儿，我再一次请她指点去村主任家的路线。

她肯定地说：“他不在家的。”

“你知道他在哪儿吗?”

“晓得，晓得。”说着，她放下连枷，领着我走过几个路口，然后朝着村东面一片亮亮的水田指一指。

棚花村分布在一片片高高低低的岗坡地带，自然形成50多个散碎的部落，零零星星的耕地就更多了，达上千块，大的似球场，小的如炕面。地震过后，房屋全部荡平了，田地却毫发无伤。天府之国的地理和气候特点类似江南，水网密布，极适合油菜、小麦和水稻轮茬种植。现在正是油菜、小麦收获季节，腾田之后马上要翻茬、筑坝、蓄水、插秧。耕牛们并不理喻人间的灾难，依旧在水田里一边尽力地劳动，一边尽情地歌唱。

绕过一堆堆新鲜的废墟和一道道泥泞的田塍，我终于找到了村主任。这是一个40多岁的汉子，中等个头，皮肤黧黑，胳膊粗壮，他和几个村干部正踩在水田里，弯着腰，帮一个受重灾的女人插秧。这个女人的婆婆和孙女都被砸死了，丈夫也受了重伤，住在成都的医院里。

看得出，村主任不善言谈，对我的到来，似乎有些为难，尤其听说我还打算住一夜时，更是搓着手，皱起了眉头。

但他还是把我领进了他的家——一顶蓝色的帐篷。

说是家，其实是村委会，因为门口挂着牌子。说是村委会，更是村里的仓库。仅8平方米的地方，堆满了杂七杂八的货物，全是外面救济的日用品和药品。靠南侧的角落里，放着一张单人床，这就是他一家三口人的卧具。紧挨着卧具，是一张破旧的书桌。书桌上有一个账本，这就是小村的行政事务中心了。

他给我倒了一碗水，不好意思地说："杯子都砸碎了，别见怪。"又指指挂在床头的一包白白胖胖的泡腾片说："水消过毒，放心喝。"

"你们村多少人?"我随口问道。

"1700人，哦，不，不，"他猛地停住，一会儿后，嗫嚅着说，"1663人。"说完，背过身去，又陷入了沉默。

地震时多亏是白天，村里的青壮劳力都在户外，可仍有37个孩子和老年人遇难，80多人重伤。震后又下起大雨，全村人跪在山坡上，以手掘土，就地葬埋了死者，大人们像孩子一样号哭着，孩子们则像大人一样冷峻。恐惧像四周的大山一样黑魆魆的，那是鬼魅的影子？直到两天后，外面的援救才进来。但是，身受重伤的小村像一条刮去鳞片的鱼，时时疼痛，撕心裂肺的疼痛。

我们谈话时，不时有村干部和村民来找他办事，一个个来去匆匆，气喘吁吁。是的，现在正是最忙乱的时候，大量的救济物品林林总总，都要登记造册，一户户地均分下去。那么多的重灾户，都要帮他们料理家事，还要防疫、捕狗、搭帐篷……更别说迫在眉睫的农活儿了。

我愈发感觉出了自己的唐突，便有了连夜赶回成都的打算。

他一把按住我，"莫客气，莫客气，住处已经安排了。"

天渐渐暗下来了，在滚滚黄尘中奔波了一天的太阳已经困倦了，西侧的蔡家山、鹿堂山、跑马岭像一个个巨大的枕头，静静地横卧在那里。耕牛们饿极了，纷纷叫嚷着"回家、回家""吃饭、吃饭"，急切切地向着小村跑去。还有水田里那些刚刚定居的秧苗们，在晚风中欢快地唱歌、跳舞，像幼儿园里顽皮无忧的娃娃仔。它们哪里晓得小村的痛楚呢。但，生活恒定是要前行的，就像树一样，总往高处长；就像水一样，毕竟东流去。不错的，你看，四外的帐篷里，渐次亮起了蜡烛，烛光幢幢中，妇人们在准备着各自的晚餐。男人们呢？坐在帐篷外，抽着烟，似乎又恢复了本性，开始吹嘘各自的传奇和历险。稠稠的暮色中，不时有笑声弥散开来。一簇簇炉火燃起来了，一缕缕炊烟飘起来了，小村的黄昏在慢慢地浑厚和丰富起来。

这时，一个女人背着一只硕大的竹篓，摇摇晃晃地走进了帐篷，主任娘子回来了。

我看着有些面熟，猛然想起竟是下午帮我引路的村妇。

她疲惫地冲着我笑一笑，弯腰从竹篓里搬出一袋沉甸甸的油菜籽——这是她今天的收获了，又拿出两棵圆滚滚的卷心白菜，还有几个黄澄澄的土豆。

眨眼间，她不知从哪里拿出了锅和盆，油和盐，还有砧板和菜刀，已经开始洗菜淘米了。

我发现，锅和锅盖竟然都是畸形的。

她惋惜地说："都被砸扁了，捏一捏，又圆了，还能用的。我们家还算幸运，从废墟里刨出了五个碗、一壶油。有的家更稀烂，连筷子都砸断了。"

这时，她又变戏法似的拿出一条猪肉。我真是有些惊奇了。

"作家兄弟，你真是福星哩。这几天，政府把米面油盐都发全了，每人每天还有 10 元钱，可就是没见荤。今天你一来，村里就分肉了，每人二两半。"

锅灶支在帐篷外，是用几块砖头垒起的。主任娘子往锅里注满水，放在灶上，从竹篓里抽出一束油菜秸，掏出打火机，点燃，又在上面架起几根细长木柴。猩红色的火苗哔哔剥剥地欢唱起来了……

她忽然想起了什么，便支使男人出门去借一撮味精，几粒花椒。

男人为难地搓起了手，嘴里直怪女人矫情多事。

"要的，要的，第一次打牙祭，要好好庆贺一下哩，没有味精有啥子味道哦?"女人用力地白他一眼，又说："现在是共产主义，谁也不存私货，前天我们家还赞助出去两只碗、半壶油和五双筷子呢。"

主任看了看我，不情愿地走了出去。

这时，主任娘子诡秘地告诉我，今天是男人的生日，他 42 岁，属羊的。

等了好半天，寿星终于回来了，两个拳头攥得紧紧，生怕有所遗漏，想必是走了好几个帐篷吧。娘子小心地接过去，深深地闻了闻，粲然一笑，兴奋得双颊艳红，像刘备得了西川似的。

晚宴终于开席了：一盘炒白菜，一盘炒土豆，一盘土豆炖肉。味精、花椒果然是天生尤物，把肉香渲染得格外浓烈，像花粉一样弥漫了所有的空气。

主任娘子欣赏着自己的杰作，又拿出几瓶“矿泉水”，“作家兄弟，你陪寿星喝几杯酒吧。”说着，拿来两只大碗，咕咚咕咚地倒满了，爽快地对男人说：“往常不让你喝酒，今天你可以放开，一醉方休。”

我的兴致也一下子被点燃了，似乎闻到了浓浓的酒香。

那晚上的饭菜确乎简单了些，但因了味精和花椒的多情襄赞，因了寿星的厚朴和帐篷的别致，更因了主任娘子的美意和厨艺，竟变得别有滋味，别样丰盛，变成了天下最华贵的佳肴和盛宴，连那碗中清淡的白水也变成醇香浓郁的琼浆玉液了。我胃口大开，直吃得唇齿生香，酒也喝得别有洞天。我们一碗接一碗地碰着，痛快淋漓，都变成了梁山好汉。

慢慢地，主任便有了一些醉意，脸上也终于绽开了笑容。

主任娘子的话也多了起来，她告诉我，今年小麦收了 600 多斤，油菜收了 300 斤，粮食够吃的，菜籽一半留着榨油，剩下的卖掉，2 元钱一斤。另外，她的另一门手艺——蜀绣年画也要派上用场了，那是她和村上的 30 多名姑娘、媳妇一起拜师学成的。蜀绣和绵竹年画是两门绝技，而把两者结合起来，更是独创。棚花村是绵竹最有名的年画村，国内外的商人每年都来订货呢，今年遭了灾，订单就更多了。政府免费提供的安置房很快就要完工了，住不了几年，他们将会盖起自己的房子，比以前的还要好！

说这些话的时候，主任娘子的眼中亮亮的，像一汪蓄满清水的稻田。

天已经很晚了。主任说，我们过去休息吧。

原来，下午的时候，他已经安排新搭了一顶小帐篷，就在他家的后面。

我打着电筒，走进去，发现地面上铺着一层厚厚的油菜秸，油菜秸上面是两床军用棉被，显然这是我俩今晚的新居了。

奔跑了一天的我，躺在松软的棉被上，有些昏昏欲睡了。

村主任却不肯躺下，歉疚地对我说："你先睡吧，我出去一趟。"原来，他还要去巡夜。村里这么多重灾户，他要亲自看一遍才放心。

我提醒他，夜半天凉，多穿一件衣服。

他笑一笑说："晓得，晓得，没啥子事，我喝了酒的。"灯光明灭中，他走远了，村路上留下一串清脆的脚步声。

夜已经静下去了，躺在小村坚实的土地上，拥卧着油菜秸散发的香气氤氲，我反而睡不着了，总感觉有一种声音在耳畔回响着。我知道，那是小村的脉搏，那是小村的脚步声，那么浑厚、有力、齐整。听着这些脚步声，我似乎又看到了主任、主任娘子、那个失去婆婆和孙女的女人以及很多很多人的脸，虽然忧郁，却也坚定。是的，他们牵着手，正在一步步地走出灾难，走向阳光，由无序到有序，由慌乱到镇静……想到这些的时候，瞌睡虫们不知不觉地已经爬满了我的眼睑，浩瀚的倦意像温暖的海水一样把我淹没了。

我酣酣地睡着了，连梦里也开满了黄灿灿香喷喷的油菜花。

第二天醒来时，太阳已经高高，早不见了村主任的影子。隔着帐篷往外看，远远的山坡上，一片片闪亮的水田正在向着小村招手。人们或背着竹篓，或扛着连枷，或拎着镰刀，匆匆地向外面走去，连跟在身后的耕牛们也有些迫不及待了……

哦，棚花村的五月忙忙的，只有我一个远方而来的闲人。

（发表于 2008 年 6 月 28 日《光明日报》副刊）

创作后记

汶川大地震发生的那一刻，我正在好朋友、诗人、评论家、邯郸学院党委副书记董海林的办公室里喝茶，突然感到头晕目眩。刚开始，我以为身体出了毛病。再看天花板，几根电棒在猛烈地晃动。董书记赶紧跑到窗前，向外观看。这时，院子里到处是惊慌的学生。

我们这才意识到：地震了！

电视里关于地震的消息不断传来，伤亡惨重，损失巨大。

接下来的几天内，伤亡数字急剧攀升。各地都在忙着支援，或捐款。但我在想，身为作家，我能做些什么？于是，大约是 15 日晚上，就给中国作协副主席高洪波发去一个短信，希望到灾区采访。片刻之后，他回复说，中国作协已经组织一个采访组，随中央文艺小分队一起行动，名单已经确定。

我有些遗憾。

不想，第二天上午，就收到了中国作协办公厅的电话，让我以最快速度赶到中国作协报到。

代表团阵容不小，以高洪波为团长，团员有何建明、黄亚洲、李鸣生、高伟、刘颋、马娜等十多个人。

我们飞到成都后，集中采访了几个重灾区。之后，大家便分头行动。

我报名的对象，是棚花村。

我为什么去棚花村？

因为当时大家都在选择大题材、大场面，目光都缠绕在解放军、志愿者、震中焦点人物身上。我却感觉这些都是常规动作，是新闻记者的手段。如何独辟蹊径呢？于是想到了孙犁的《荷花淀》。同样写抗日战争，难道只有赤膊拼杀、刀光剑影、血流成河吗？为什么不写战争背后的泪眼，以及泪眼背后的心灵？这时，我想起了沿途采访时路过的一个小村——棚花村。那是一个很有特点的小山村，倒塌的墙壁上画满了年画，废墟旁边是正在成熟的散发着香甜味道的枇杷。

那天下午，我赶到棚花村时，正好遇到了这位主任和他的家人。这些，都在文中有所表述。

我想通过一个小村折射全川，用文学温静、细腻的笔法写出灾民从无序到有序、由慌乱到镇静，进而逐渐走出灾难、走向阳光的心灵过程。文中的村主任虽然是真人，但应该是当时灾区的一个普通形象，所以我没有写出他的具体姓名。这一点，有些像小说，或者散文，但其内核是真实的。

文章写出后，我马上发给了高洪波副主席。没想到，不一会儿，他就回复一条短信："好！名篇！"

关于此文的发表过程，还有一个有趣的小故事。

文章经高洪波副主席推荐，原准备在《人民日报》副刊发表。但可想而知，《人民日报》的稿子实在太多。他们打来电话，让我把此文压缩到3000字以内。我再三琢磨，实在不忍删改，就打电话沟通。他们委婉地告诉我，如果不能压缩，就不适合发表了。斟酌再三，我不忍耽误时机，于是把原稿转而发送《光明日报》。没有想到，《光明日报》副刊的责任编辑付小悦马上回复：准备在本周发表。于是，我马上给《人民日报》文艺部负责人和责任编辑分别发去短信，告诉他们另一家大报准备刊用，请不要再费心了，并表示感谢。一会儿，我担心他们收不到信息，就又重发了一次。

几天后，此篇在《光明日报》全文发表。当天，就收到若干赞扬的电话和短信。没想到，这天夜半，我突然收到高洪波副主席打来的电话，劈头盖脸就是一顿批评，怪我一稿多投：既然给了《人民日报》，怎么又给《光明日报》？

原来，由于《人民日报》文艺部负责人和责任编辑事务太多，并没有注意到我发给他们的短信。其实，他们对此稿也十分重视，感觉弃用可惜，便决定发表。他们安排发表的时间正好在《光明日报》见报的第二天，并已进行了精心的设计和校对。当天晚上，报社值班副总编辑在印刷之前的最后一次审稿时，突然发现此稿已在今天的《光明日报》发表。这，是办报的大忌！

值班副总编辑迅即打电话给文艺部负责人，责令马上换稿，不然就可能耽误报纸印刷发行。文艺部负责人已经休息，又马上起床，安排编辑加班，挑选了另一篇字数相等的稿子补上。一番折腾之后，这位负责人自然不悦，就打电话给推荐者高洪波副主席，发泄怨气。于是，高副主席便又打电话，把这份怨气和批评，转赠给了千里之外的我。

睡梦中的我猛然清醒。我告诉高洪波副主席，我已于几天前分别两次给他们发出短信，肯定是他们没有注意，并请他们查看，如果有谎，我甘愿受罚。

高洪波副主席沉吟一下，没再吭声。

后来，我与《人民日报》的这两位当事人都成了朋友。

名家导读

精美的抗震文学名篇

——李春雷短篇报告文学《夜宿棚花村》赏析

◇ 关仁山

静夜里，读完李春雷的短篇报告文学《夜宿棚花村》，我呆坐良久。不得不承认，我被作品里那种舒缓平静却又内敛炽热的情感所震撼了。

汶川大地震后，我们在各种媒体上感受到的多是悲壮、豪迈、呐喊、激越、昂扬。诚然，在旷古少遇的大灾难面前，这所有的表情都是自然的、由衷的，也是必需的。但是，如果我们的文学作品仅仅停留在这种轰轰烈烈的新闻性上，就难以达到艺术上的高度，而没有了这种高度，就不可能成为艺术精品。

《夜宿棚花村》舒缓平静的文本之所以能给我带来震撼，是在它表面平静舒缓的文字下面隐藏着的生命血流的奔突、人性光辉的闪电，是那份"于无声处听惊雷"的心灵体验。

在村头一片刚刚收割的油菜田里，铺着一张帆布，上面堆满了蓬蓬松松的油菜棵子。一个年轻的村妇赤裸双脚，两臂猛力地挥舞着连枷，上下翻飞，噼噼啪啪，虽是在捶打脱粒，却更像在冲着地球撒气。一串串油菜荚带着金属般的声响爆裂开来，黑黝黝的籽粒纷纷滚落——这就是几千年来为川人提供了生命能量的油料。

这就是李春雷让我们第一眼看到的特大灾难后的棚花村。

初初看来，这不过是棚花村一个最普通的劳作场景——一个村妇在挥动连枷捶打油菜棵子。但是，让我们再仔细审视一下这些字句吧：

"两臂猛力地挥舞""冲着地球撒气""金属般的声响爆裂开来""生命能量"。在这些文字的深处，难道你没有听出一个最普通的川妇从心底发出的对大自然的责问吗？难道你没有看到她对特大地震灾害的顽强抗争的身影吗？难道你没有感受着她那颗刚刚与死亡擦肩而过但却不惧不怕的魂魄吗？难道你没有触摸到一棵小草被巨石砸压后依然顽强地伸枝展叶的强大生命力吗？这是比金戈铁马、拔剑抗争毫不逊色的英雄气概。事实上，汶川人民在特大地震面前已经一次次地向世界展示了这种倔强不屈的品格：汶川不哭！李春雷以一个优秀作家的敏锐眼光和对灾区人民的至深情缘捕捉到了这种品格，并把她融化进了自己的作品，他只不过是用了一种温婉的叙述罢了。

只是，《夜宿棚花村》的这种在特大灾难面前的文本语言，不同于我们惯常看到的甚或我们习惯期待的那种文本语言，但如果我们不能理解和发现平静舒缓中隐藏着的这种与面对大灾难时的人们的坚韧品格相通的宝贵之处，不能对这种与特大地震貌似有些游离的文本语言进行明察细读并品味出个中三昧，那将是一份遗憾。令人欣慰的是，李春雷的这篇领异标新的抗震文学力作，已经为文坛瞩目，并引起了广泛的认同和好评。

文学就是人学。一个作家不论写什么，不论怎么写，只有把笔端伸进人性的深处，才能写出让人感动的文字。《夜宿棚花村》正是以字里行间处处闪耀着的人性的光辉，才照亮了我们阅读的眼睛，并和我们心底的那份最原初的冲动产生了强烈的共鸣。

地震带给人们的是恐怖、鲜血、废墟、死亡。但是，作为生命，作为万物之灵的人，必须埋葬尸体，擦干眼泪，在废墟上重建家园，在泪水滴落处继续生活。这是生命的尊严所在，是人性里最耀眼的灵光所在。李春雷在《夜宿棚花村》里给我们展现的正是这样一幅图画：

天渐渐暗下来了，在滚滚黄尘中奔波了一天的太阳已经困倦了，西侧的蔡家山、鹿堂山、跑马岭像一个个巨大的枕头，静静地横卧在那里。耕牛们饿极了，纷纷叫嚷着“回家、回家”“吃饭、吃饭”，急切切地向着小村跑去。还有水田里那些刚刚定居的秧苗们，在晚风中欢快地唱歌、跳舞，像幼儿园里顽皮无忧的娃娃仔。它们哪里晓得小村的痛楚呢。但，生活恒定是要前行的，就像树一样，总往高处长；就像水一样，毕竟东流去。不错的，你看，四外的帐篷里，渐次亮起了蜡烛，烛光幢幢中，妇人们在准备着各自的晚餐。男人们呢？坐在帐篷外，抽着烟，似乎又恢复了本性，开始吹嘘各自的传奇和历险。稠稠的暮色中，不时有笑声弥散开来。一簇簇炉火燃起来了，一缕缕炊烟飘起来了，小村的黄昏在慢慢地浑厚和丰富起来。

巴乌斯托夫斯基在评价凡·高时说，画家的事业就是用自己的全部天才竭尽全力地对抗苦难，创造欢乐。我想，每一个作家也应该是这样。我们的文学作品，即使是直面灾难的作品，也必须引领人们对抗苦难，创作欢乐。李春雷的《夜宿棚花村》无疑做到了这一点，也正是在这一点上，这篇作品才以它的舒缓平静在我的心底引起了强烈的震撼。

在棚花村夜宿的这个晚上，作者亲历了这个小村特大地震后的生活，触摸了小村刚刚从惊恐中安静下来后最平稳的脉搏，并在“灯光明灭中”聆听了“村路上留下一串清脆的脚步声”，最终，作者让我们看到了棚花村的百姓追求美好生活的身影：“他们牵着手，正在一步步地走出灾难，走向阳光，由无序到有序，由慌乱到镇静……”

“作家最大的幸福是，不把自己视作独特的、独来独往的人，而是做一个和一切人一样的人。”（普列什文语）李春雷正是这样的一位作家，因为我从《夜宿棚花村》里深深地感到，他已经把自己彻底地融入了棚花村的人们中间，融入了他们的生活，融入了他们的情感，融入了棚花村“忙忙的”五月。

在棚花村这样一个普通而又极其不平凡的夜晚，作者“酣酣地睡着了，连梦里也开满了黄灿灿香喷喷的油菜花”。正是与他所描写的人们和描写的大地的血脉贯通、水乳交融，李春雷才能在面对大灾难，面对大灾难后的脸庞，面对大灾难后的废墟时，在“隔着帐篷往外看”时，在一片片闪亮的水田里，在远远的山坡上，在人们背着的竹篓上、扛着的连枷上、拎着的镰刀上，他发现了棚花村的人们、汶川灾区的人们，甚或全四川全中国的人们心中那种不曾被也不会被任何大灾难压灭的人性的光辉和对美好生活的向往。

《夜宿棚花村》是不可多得的抗震文学的名篇。我相信，多少年后，当我们回眸汶川大地震时，我们必定会想起棚花村里的人们，想起棚花村那个五月的夜晚。

索南的高原

索南是谁?

她是一个婴儿。不!她是一个胎儿。我们的故事开始的时候,她还缱绻在阿妈肚子里呢。

她每天的工作很简单,就是睡觉,打哈欠,伸懒腰,闭着眼,做冥思状。阿爸、阿妈、大草原、酥油灯,还有芳香的佛经……外面的世界喧嚣却又丰饶,都在呼唤着她。

突然,她感到一阵剧烈的颠簸和疼痛,痛得哭不出声来,憋得喘不过气来。阿妈,阿妈,这是怎么了?

青果,是青藏高原上一个小村的名字。

她位于玉树藏族自治州首府——结古镇的南部草原上,村里是稀稀落落的土房,村外是高高低低的山峰。山腰间灰灰白白的雪痕,那是冬天的记忆。一条小河喧响着从村头流过,那是牧民们的笑声和哭声。春天呢,像一位娇弱的女子,正羞羞怯怯地沿着河边的碎石小路翩翩而来……

天蒙蒙亮,32 岁的才仁求吉挺着硕大的肚子,起床了。丈夫去玉树打工,她要做一锅酥油茶和几个糌粑。猛然一阵眩晕,房子塌了,眼前黑雾腾腾。什么也看不见,鼻子里充满了浓烈的土腥味,隐隐约约地听到外面凄惨的呼喊声。她的身体被坍塌的房屋压住了，动弹不得。

她害怕极了，嘴里不住地喃喃着“菩萨保佑，菩萨保佑!”就昏过去了……

时间凝滞在 2010 年 4 月 14 日 7 时 49 分。

“结古”的藏语含义是“货物集散地”。

这里是长江上游第一个人口密集区，也是青海西宁、四川康定和西藏拉萨三地之间的交通、军事和贸易重镇。汉唐以来，每年要从川西雅州发送数万驮茶叶到这里，然后一半运往拉萨，另一半销往附近藏民聚居区。除了茶叶，还有内地的丝绸、陶瓷……高原的历史和文化由此而发酵而丰腴了。

这里的使者就是冬虫夏草了，那神秘的东东实在是高原的灵物。

这些年，市场愈加丰富，外地的西服、电视、电脑、手机、MP4纷至沓来，此地的藏药材、奶产品、肉制品和银制器皿也都成了内地市场的抢手货。镇上高楼林立，车水马龙，参参差差已是十万人家。前些年，与西宁之间新修了一条 214 国道；去年，玉树机场也通航了。

而现在，一切贸易戛然而止。往这里狂奔的是帐篷、方便面和矿泉水……

甘孜离玉树 800 公里，才仁求吉的娘家就在那里。她上过多年的藏文学校，少女的情思，也曾经青青葱葱。后来呢，柔软的水碰上了坚硬的山，无奈地退缩了。唉，她悄悄地埋葬了自己的梦想。那几年，她的心总是迷迷惘惘的，像山间的雾岚。

8 年前的夏天，一个四处游唱的藏族民间歌舞团来到了村里，吉他手叫索南杰，是青海玉树人，和阿爸交上了朋友，就住进了自己家里。每天晚上，屋后的山坡上，索南杰的吉他，弹得月光颤颤、花香袅袅，把她冰结的心也弹拨得春水沥沥。

阿爸是一个爽快人，竟然答应了他们的婚事。

索南家族里有15口人，阿爸、阿妈和4个兄弟姐妹，都住在一起。

属于他们小夫妻的，只有两间土坯房。还有16只绵羊、5只牦牛和几百亩草场。

在阿公阿婆的传授下，她学会了独自饲养牦牛、绵羊，学会了挤奶，做酸奶和酥油茶，还学会了种青稞、油菜……

黑黑白白的日子，如同清清浊浊的河水，静静地流淌着……

16日凌晨3时，才仁求吉被武警救援队从废墟中扒了出来，抬到了兰州军区野战医院的营地。

公公、婆婆都受了重伤，被送往西宁，家里的牦牛和绵羊们死伤各半。可幸的是，丈夫只是轻伤。

她惊恐地睁开眼，几个穿绿军装的人，正在微笑地注视着她，像在梦里。

“别动！”朱自清赶紧按住她的肩膀。

朱自清是兰州军区医院政委，也是这家野战医院的领队。前天，他正准备着向军区首长请假——远在陕西乡下的父亲病危，他是长子，要回家尽孝。可地震来了，上级命令：火速组建野战医院，开赴前线！这个时候，还能说什么呢？当天下午，他率领18台车100多名医护人员就出发了，日夜兼程31个小时，赶到这里。“爹，儿子不孝，对不住您了！”路上，他一遍一遍地念叨着。当然，这只是他自己心底的疼痛，没有人知道，包括身边的王芳医生。

36岁的王芳是野战医院唯一的妇产科医生，毕业于第一军医大学，是一位在读博士。

虽然是医学博士，但面对眼前的特殊情况，她有些束手无策了。

孕妇腹部受创，造成内部出血，致使胎盘早剥、羊水污染、胎心微弱。

语言不通，两个人比比画画，像是说哑语。王芳急得满头冒汗，好不容易才搞清楚，胎儿的预产期还有一个多月。

尽最大可能保胎！注射急救药品——地塞米松。该药可促进胎儿心肺功能成熟。

但是，这个时候，问题出现了：预防子宫出血的必备药——催产素告罄！

这是一种妇产科专用药，玉树当地医院全部倒塌，无以寻找；相邻卫生机构携带的又都是救治地震创伤的药品。

不仅药品难寻，而且通信瘫痪。

情况紧急！

怎么办？

“要不惜一切代价救人！”朱自清命令。

他亲自启用国际海事卫星电话，与最近的800公里之外的西宁方面联系。拨打了数十家，终于确定由青海医药供应处供货。可西宁到玉树的车程最少要16个小时，又紧急联系航空部门……

玉树全境平均海拔4000米以上，其中超过5000米的山峰就有900多座。

茫茫的高原，每年几乎有一半时间与冰雪相拥，直到5月份，才会泛起一层朦朦胧胧的青绿。花开的时候，要到6月了，草原才像天真烂漫的小姑娘一样，开开心心地欢笑起来。所以，七八月份的青藏高原是最美的季节，像一个风姿绰约、魅力四射的少女。刚刚跨入九月的门槛，纷纷乱乱的一场大雪，便早早地给这片土地裹上了一层厚厚的藏袍，一直穿到来年的清明。不过，雪白的高原，又像一个圣洁的孕妇，虽然安静无言，却是充满了希望和期待。

才仁求吉每天的生活就是在家里侍候老人，饲养牲畜，等待丈夫。

家里有一台电视机，原来信号微弱，常常满屏雪花。去年，政府给每家每户赠送了一套卫星天线，可以接收50多个频道。她听不懂，看着里面的人笑，也跟着笑。北京、上海、广州和西宁，那些遥远的繁华，像神话一样……

平日的主食是糌粑。把青稞晒干，炒熟，磨成面，加酥油、水和曲拉，捏成团团……

夏天里，她常常做酸奶。将牛奶煮沸，倒进容器内，加入少量酸牛奶做发酵剂，使乳酸菌大量繁殖。随着乳酸的增加，牛奶中的酪蛋白开始沉淀，凝结成嫩豆腐状。

丈夫最爱喝她的酥油茶了。

酥油是她亲手从牛奶中提炼出来的。先将奶汁加热，倒入一个大木桶里，用力上下抽打，来回数百次，油水分离，上面便浮起一层鲜黄色的脂质，舀起来，灌进皮口袋，冷却之后便是成品。制作酥油茶时，要先将茶叶或砖茶用水煮成浓汁，倒入茶桶，再放入酥油和食盐，搅得油茶交融，然后倒进锅里加热……

家里那一把吉他，是他们爱情的信物。冬天的夜晚，每每一碗酥油茶后，索南杰就抱起吉他，开始弹唱……

你有一个花的名字，
美丽姑娘才仁求吉。
你有一个花的笑容，
啊，美丽姑娘才仁求吉。
你像一只自由的小鸟，
歌唱在那草原上。
你像春天飞舞的彩蝶，
闪烁在那花丛中。
啊，才仁求吉。
……

这时候，她就闭上眼睛，感觉四周开满了鲜花，而自己变成了一只小鸟、一只彩蝶，飞了起来，飞了起来……

3 个小时后，催产素飞来了。

注射之后，王芳和小儿科副主任戴永利一起，会同泌尿外科、普外科医生，每小时做一次检测，密切监视病情……

此时，救援工作已经全面展开，大量的伤员纷纷涌来。

伴随着伤员涌来的，还有汹涌的高原反应。大部分医护人员是第一次上高原，头痛脑涨，胸闷气喘，严重者出现了脑水肿、肺水肿。

反应最强烈的是朱自清。50 多岁的年纪，三天没有睡觉了，高烧 40.1 度，满嘴血痂，形容枯槁，不得不依靠输液、吸氧支撑。

大家认为他仅仅是高原反应，缺乏休息，却不知道他内心的煎熬。弟弟在电话里哭诉：父亲已是弥留之际，昏迷中还在喃喃着他的名字，家里人正在准备棺材和寿衣。

他的家乡在咸阳附近的兴平县朱曹村，那里紧挨着汉武帝的陵墓。小时候，父亲常常带着自己去那里，在夕阳残照中绘声绘色地讲述卫青、霍去病和飞将军李广的故事。可自从 1974 年入伍后，自己就很少回家了。

他永远记得，当兵出发时的那一个秋天的早晨，自己戴着红花，骑在马背上，父亲哈哈大笑着，牵着马，大步流星地走在前面，步行三四公里，一直把自己送到公社大院里。

后来，自己在部队里提干、升级、结婚，有了一个温暖的小家庭。条件好一些了，再三邀请父亲到城市里住几天，享享福。可父亲总是推托，担心给自己找麻烦，造成不好的影响，直到现在也没有去过一次。

自己还是年轻无知啊，总感觉来日方长，还有机会，可今天……

哦，父亲，他的心在滴血，在哭泣……

结婚后，丈夫便不再出去游唱了，只在附近打工——垒石头，盖房子。

此地牧民多是土房，墙壁是土坯，顶上加木料或水泥板，蒙上塑料布，再覆一层厚厚的黄土。天寒冰冻，每年只能干五个月，也就能挣四五千元。

收入不多，却很平安，她也很知足。

家里有一尊佛龛，佛龛前是一盏常年不熄的酥油灯，时时散发着淡淡的奶油香味。

每天，她都要磕头、祈祷，祈祷全家吉祥，祈祷丈夫健壮，祈祷自己早早生子……

她也常常步行到八公里之外的新寨村，那里有一个世界上最大的玛尼堆。那是一座由石块和石板垒成的祭坛，东西长 240 米，南北宽 74 米，高 3 米，据说已有 20 多亿块玛尼石，上面的刻字近 200 亿个，大都是阻止秽恶、禳除灾难、祈祷祥和的经文。

每年 7 月，结古镇都要举办一次盛大的赛马会。绿草为毯，蓝天为帐，骄阳为灯，整个草原沉浸在铺天盖地的欢乐之中。男人们穿着藏服，跳起了锅庄舞，歌声和笑声像山鹰一样和云彩比翼而飞。

这是索南杰的节日，操起吉他，放开嗓子，边舞边唱，汗流浃背，吸引着姑娘们流光溢彩的眼神。

她在一旁安详地听着、看着、笑着……

17 日上午，孕妇病情出现异常：胎盘剥离面积增大，胎心继续减缓，腹痛加重，流血量剧增。如不及时手术，胎儿将会因缺氧窒息而死。

“马上送西宁，或兰州！”朱自清命令。

救护车火速开往玉树巴塘机场。

可是，机场太小，伤员太多，而且孕妇病情急剧恶化，疼痛难忍，飞机起降的剧烈颠簸，极易造成母子双亡……

目前的最佳方案——立即就地进行剖宫产手术！

可是，现场手术条件根本不具备。

全城水电系统瘫痪，医院全部倒塌。

但是，别无选择！

唐代之前，藏族以麦熟为新年。后来，中原文化逐渐传入，其中包括历算。到公元 9 世纪初期，藏族天文学家重新创制了历法，这样，藏、汉两个最隆重的节日便常常相遇在同一个月中，甚至是同一天。

藏历年的仪式是很讲究的。从十二月十五开始，家家搞卫生，祭灶神。二十九这一天，女人洗头，男人剪发。二十九晚上，家家“驱鬼”。

索南家里有 15 口人，每年的“驱鬼”仪式都进行得有声有色。

阿婆照例要准备一顿特殊的晚餐，含有九种食物，如麦片、豌豆、面疙瘩、人参果、萝卜等，还要选择不同象征意义的物品包进面团里，煮成可口的面食。饭前，每人手中先拿一团湿面揉擦自身的各个部位，然后把这些粘满疾病和晦气的面团投到一个装有“鬼”的破陶罐中。之后，阿婆亲自掌勺为大家盛饭，当有人吃出包有羊毛、石块儿或奶制品的面食时，大家会评头论足，夸赞他的性格像羊毛一样柔软，意志像岩石般坚强，心灵像奶子一样纯洁。当有人吃出食盐、辣椒或木炭时，家人便会规劝他干活时屁股不要像食盐般沉重，对人不能像辣椒一样尖嘴薄舌，做人不能心太黑……

饭后，索南杰端起装有“鬼”的破陶罐走在前头，家人举着火把，跟随其后，高喊着“滚出来，滚出来!”直到十字路口，然后再转回家门……

野战医院迅速成立四个工作组。

指挥组：由朱自清全面协调调度。保障组：负责保障手术的发电、供水等。医疗组：由妇产科王芳和助产师杨丹、泌尿外科董永超、普外科朱万坤和麻醉师王公校组成。护理组：由护士谢洪燕和吴平莉组成。

没有电。从附近部队借来 70 公升柴油，安装启动自备发电机。

没有自来水，手术中需要大量的消毒和清洗。大家纷纷跑回帐篷，把自己备用的矿泉水拿过来，一瓶、两瓶、三瓶……三百瓶……

没有血源。战士们纷纷排队，争相献血……

半个小时后，手术条件已经初步具备。

手术室呢，就选在军用卡车的后厢中。

真是巧得很，2010 年的藏历年和农历春节，恰在同一天。更巧的是，这一天，还是情人节。

她终于怀孕了，胎儿已经 6 个月。

过年时，天冷路滑，妊娠反应，她出不了门，就守在家里。丈夫陪着她，专心为她弹吉他，唱歌：

月光落地的声音格桑花听得清，
才仁求吉，我的才仁求吉。
无论山高水远，
我听得见你心跳的声音，
只因为你牵动着我的心。
……

女人又想起了甘孜老家的那一个夏天的夜晚，脸上悄悄绽开了一朵绚丽的格桑花。

“咱娃娃长大后，要好好上学，学汉语，不能像咱们。”女人说。

“嗯，听说北京好多了，还有民族大学。明年，咱们抱着孩子，一起去旅游?”

“要是能坐飞机就好了，玉树都有机场了。”

……

这是地震后在高原上进行的第一例外科手术!

4 月 17 日 13 时 30 分，妇产科、小儿科等 7 名大夫走进“手术室”；麻醉师王公校采用对胎儿影响最小的腰椎管手麻术，对才仁求吉进行麻醉；无影灯下，妇产科王芳、普外科副主任朱万坤和泌尿外科副主任董永超，开始术前准备。

14 时 18 分，王芳轻轻地在才仁求吉的肚子上切开一个 10 厘米左右的口子。她屏住呼吸，娴熟地分离，将胎儿从腹中取出。

王芳激动地告诉大家，是一个“千金”，母女平安。

在场的人，都深深地出了一口气。

没有体秤，女婴的体重，估约 2.5 公斤。

婴儿的哭声高亢洪亮，弥漫了整个青藏高原……

迟到的暖风，在小镇的街上欢快地跑着、唱着、喊着，像一群群活泼的藏羚羊……

朱自清的父亲是在婴儿出生后的第二天上午 10 时去世的。大家都还沉浸在婴儿手术成功的喜悦中，谁也没有意识到他的情绪的特殊变化。

接到弟弟报丧电话的那一时刻，朱自清咬着牙，独自跑到帐篷后面的河滩里。他朝着家乡的方向，双膝跪下，以头叩地，号啕大哭……

索南杰更没有意识到这一切，兴奋的他正在到处寻找哈达，献给恩人。可到处是地震的废墟，到哪儿去找啊。他无奈地望着湛蓝的天空，那绵延千里的皑皑白云，就是世界上最长最圣洁的哈达了。

这几天，索南杰和妻子才仁求吉终于学会了第一句汉语。

于是，见到任何人，他们都会大声说一句：“谢谢！”

小索南，还只是一个婴儿。青藏高原，是她宽厚的睡床。

她每天的工作仍然很简单，就是睡觉，打哈欠，伸懒腰，闭着眼，做冥思状。只是又多了一些本领，她会哭了，会笑了，人类的情感正在渐渐地丰富起来。

是的，在她的懵懂中，她的家乡，她的身边发生了一桩大大的事件。这个事件中，有着很多很多的故事和内涵，只是她不记得，更不明白。

但是，孩子，你正在一天天地长大起来，你终究会明白的……

（发表于 2010 年 5 月 22 日《光明日报》副刊）

创作后记

玉树地震发生之时，我正住在铁道部的天佑大厦，采访高铁工程。彼时，正是中国高铁最青葱的春天。

地震发生时，北京倒没有什么感觉，但官场却有了震荡。

那一天上午，铁道部宣传部门本来约好铁道部部长出来会面，但会前又突然通知：会面取消，部长随国务院主要领导到玉树地震前线去了。我立时意识到，这次地震可能破坏力不小。

马上查询信息。果然如此！

当天下午，我就向中国作协发去一个短信，大意是如果组派采访团，我愿报名。

玉树地震，情况特殊。时在 4 月，当地天气寒冷，震中地处海拔 3000 米以上高原，且为藏民聚居区。中国作协党组经过慎重研究，决定不再派出采访团，而是只派出两位作家，与青海方面联合组团。最初确定的人选是一位解放军作家和我。但临近出发时，那位解放军作家因事不能成行。最后，决定只派我一人作为北京方面的代表深入前线。

4 月 16 日下午，中国作协党组主要领导亲自送行。

我连夜飞往西宁，到达时已是凌晨 3 时。青海省作协主席梅卓是一位女同志。她和秘书长李向宁等人在机场接上我后，安排我住进了一个宾馆，并约定 6 点钟出发。我躺下后，怎么也睡不着。不长时间，手机响起，他们到了。

我们在附近吃一碗热面后，便乘车出发了。

我们在冰天雪地中行驶 16 个小时，翻越重重大山。最高的巴颜喀拉山，海拔 4824 米。直到晚上 10 时左右，才到达震中地区——结古镇。

下车后，我就出现了强烈的高原反应，头痛欲裂，四肢无力。但我还是强忍着，和大家一起在一个剧团的院中搭建帐篷，而后几个人挤睡在一起。躺下后，我怎么也睡不着，瞪着大眼，满天金星；闭上眼睛，更是银河旋转，脑子里嗡嗡直响。第二天，当地藏族工作人员为我找来葡萄糖和氧气袋，让我吸氧，但仍是不管用。他们又联系部队，因为有传说不少年轻战士因高原反应出现了生命危险。他们决定把我连同伤员一起送回西宁。我坚决不从。

就这样，我几乎三天两夜没有休息，完全依靠吸氧和喝葡萄糖，坚持采访。

我每天穿着军大衣，带着干粮和饮水，步行在结古镇周围，累了就在路边的干草上躺一下。当时，我真是害怕，害怕自己牺牲在高原，或者即使能够走下高原，将来会不会留下后遗症。当时，我在发给友人的短信中说："无水无电无蔬菜无住处，几天未洗脸未刷牙，高原反应厉害，几欲遇难……"

在一处军营里，一个卫生员给我讲述了一个故事，主人公便是文中的朱自清。我马上约见这位老兄。他是兰州军区医院的政委，大校军衔，马上就要退休了。他请我在帐篷里共进午餐，又嗓音沙哑地向我讲述了这几天的经历。

回来后，我只是休息了两天，便开始创作。在最短时间内，共创作了四篇作品：《雪中小卓玛》《永远的绿色》《索南的高原》和《玉树日记》。很快，这些作品分别发表在《人民日报》、《求是》杂志、《光明日报》和《文艺报》。

为了创作这一篇，我查阅了很多资料，也曾深深思考，试图在艺术表现上有所突破。作品在《光明日报》刊发之后，在全国引起了反响，受到不少读者表扬。

2013 年 5 月，此篇荣获全国第二届短篇报告文学奖。

大会组委会在颁奖词中说："非常富有个性眼光和文学艺术的感染力量，在众多的抗震救灾题材文学作品中，《索南的高原》是在精简中表现出真实丰富内容的稀有佳作。"

名家导读

弥漫小生命的大爱

——《索南的高原》赏析

◇ 彭程

李春雷是我比较熟悉的一位有爱心和责任担当的报告文学作家。

青海玉树发生强烈地震后，他主动请缨，奔赴抗震救灾第一线，在极其恶劣的环境里，以报告文学的形式，忠实地记录下作家在玉树的足迹及关于抗震救灾的见闻，先后创作出《玉树日记》《雪中小卓玛》《永远的绿色》和《索南的高原》，分别在《文艺报》《人民日报》《求是》和《光明日报》等报刊发表，并被一些媒体、网站转载。这些作品，视点独特、文笔优美、感情真挚，取得了良好的社会反响。特别是《索南的高原》，作为精短报告文学，以匠心独具的架构、新颖鲜活的语言，曲尽其妙地挖掘和彰显了人性深处的大美、大善和大爱，同时在思考灾难方面显示出文学应有的生命意识和思想深度，细腻、柔美、温婉，人物形象生动感人，使灾难文学有了新的审美向度。

“文人报国无他物，唯有手中笔如刀。”李春雷是河北省作协副主席，也是历届鲁迅文学奖得主中最年轻的报告文学作家。他始终用手中的笔关注国家的命运、民族的安危，始终走在时代的前列。2010 年 4 月 16 日，由中国作协党组主要领导同志送行，李春雷只身一人，代表中国作协飞赴玉树，成为青海省之外到达灾区的第一位作家。其间，他在发给友人的短信中说：“无水无电无蔬菜无住处，几天未洗脸未刷牙，高原反应厉害，几欲遇难……”为了这些精神食粮，李春雷冒着余震的危险，克服严重的高原反应、风雪冰雹严寒、缺电缺水等困难，深入到灾情最严重的结古镇，在极端困难的条件下，与灾区人民同甘苦、共命运，不负众望，写下了这篇生动的文字。

可以说，《索南的高原》是用殷殷心血写成的，写出了震区里的真善、真美、真悲悯。的确，要写好这样的作品实在不易，首先要克服自然环境的险难，其次要捧出真情、热情、激情。一位哲人说过："真情，是开启心灵的钥匙。"老舍先生说："思索的时间长了，笔尖上就能滴出血和泪来。"

我想，正是有了深入地震灾区的采访历练，再加上用情感蘸着心血的思索，李春雷对生命的认识和表现才如此深刻。

《索南的高原》是纪实的，也是文学的；是感性的，也是精神的。它具有报告文学作品的基本结构特征，但增添了文章的美学渗透和创新元素，突出了语言的文学色彩和结构空间的营造。围绕索南这个小生命的降生，他将看似简单的地震后在高原上进行的第一例外科手术写得风生水起，为当前的报告文学创作注入了一股清新的气息。

更让我惊叹的，是李春雷在报告文学作品中表现出来的这种"化腐朽为神奇"的"魔力"。

《索南的高原》以索南震中降生和索南父母的婚姻生活两条主线贯穿始终，以兰州军区医院政委朱自清父亲从病危到病故为辅线，三条线索彼此缠绕、穿插推进，致使张与弛、动与静、生与死有机地交织糅合在一起，对立而统一；用文字描绘外在的客观世界，犹如以奇特多变的画笔，描绘出一个三维空间的立体画作。

在抗震救灾的战斗中，李春雷没有做全景式的描述，而是敏感地捕捉到令人心动的对一位藏族临产孕妇的救援故事；没有单纯地复述事件的经过与经验，而是衬托在藏汉文化的融合与民族团结和谐的大背景下，与一位军人父亲的离去对比着叙写，"高原的历史和文化由此而发酵而丰腴了"。于是，《索南的高原》变得繁富而丰饶，并赋之以深刻的寓意，使作品做到了思想性、艺术性和可读性的有机统一，具有强烈的艺术感染力和审美价值。

感情与艺术的融会，再现了灾难中"爱"的魅力。俄罗斯大文豪列夫·托尔斯泰同样强调感情在艺术中的地位，认为“艺术起源于一个人为了要把自己体验过的感情传达给别人……作者所体验过的感情感染了观众或听众，这就是艺术”。

李春雷的报告文学向来不是“报告用的语言”。他用文学的语言叙事达意，不乏“吐纳珠玉之声”，潜移默化地感染读者，提供给读者一种滋养和思想震撼的语文，让读者从中品啜到文学的芬芳。

《索南的高原》开头有呼结尾有应，整篇作品完满、圆润，给人以珠圆玉润般的艺术享受。开篇写道：“她是一个婴儿。……她每天的工作很简单，就是睡觉，打哈欠，伸懒腰，闭着眼，做冥思状。”结尾回应道：“小索南，还只是一个婴儿。青藏高原，是她宽厚的睡床。她每天的工作仍然很简单，就是睡觉，打哈欠，伸懒腰，闭着眼，做冥思状。只是又多了一些本领，她会哭了，会笑了，人类的情感正在渐渐地丰富起来……”作品一首一尾，跨度虽大，因为遥相呼应，使全篇结构更加完整谨严。呼与应的辩证统一，使《索南的高原》在艺术上形成首尾圆和的均衡美和完整美。这种美的追求，在增添作品艺术感染力的同时，我们从中不难窥见作者内心深处最柔软的情感表达。

人们习惯说报告文学是“文学轻骑兵”，在我眼里并不是指分量轻、地位轻，而是在于它能像新闻通讯一样，以最快的速度，把生活中刚刚发生的激动人心的事件及时地传达给读者；在于它能把握时代的脉搏，把群众关心的现实情况迅速地反映出来；在于它能以自己的形式，生动形象地去讴歌、去思考，给读者以其他题材的作品不能替代的震撼性。所以，当灾难来临，报告文学不可或缺。

实践证明：报告文学走在了文学创作的前沿，李春雷走在了报告文学作家的前沿。

《索南的高原》以生动翔实的内容、深情细腻的笔触、丰富多彩的手法来书写主旋律题材，为一支抗震救灾军医队素描，为他们的精神风貌留鉴。其中，朱自清政委便是抗震救灾中千万军人的缩影。危难时刻，他用“舍小家顾大家”的方式诠释了“忠与孝”这个传统话题，展示了当今“最可爱的人”的至善与大爱，绘就了世人学习的“精神图谱”。

爱的芳香像雪莲花一样，在震后的青藏高原弥漫开来。在小索南还不知道、还未出生的时候，这世界已经在爱着她了。来自四面八方的深情问候和祝福、捐赠和救援，把这个偏僻的狭窄的山沟挤得满满——生命在沉甸甸的关爱中传递。于是，小索南像一朵雪莲花得以在高原上盛开，这是人民子弟兵送给索南杰和妻子才仁求吉的一份令人难以置信的“珍贵礼物”。学会的第一句汉语“谢谢”，成了这对藏族同胞找到的向爱的世界表达敬意的最好方式。

震后的高原，人性的美无处不在，它轻轻地稀释着灾难带来的伤痛。

有人说，欣赏美，需要有发现美的眼睛。我说，对于大美则需要有打量的高度和挖掘的深度。李春雷深入震后的青藏高原，俯瞰世界，从小索南的身上考量灾难与生命，自然而又不事张扬地深层次掘进，艺术地彰显了人性的大美。这，是真正的文学报告！

雪中小卓玛

玉树大地震后的第七个清晨，我从震中的结古镇采访归来，驱车赶往西宁。

天上飘舞着纷纷乱乱的雪花，染白了青藏高原上的大山兄弟们。路途遥远，曲曲弯弯，原本 16 个小时的行程，遇上这样的冰雪天气，真是难卜难料啊。

汽车小心翼翼、蹑手蹑脚地爬行着。刚刚走出几公里，我忽然发现，前面路边悄然站立着一个藏族小姑娘，双手捧着一个奖状大小的纸板，上面歪歪扭扭却又清清楚楚地写着两个殷红似火的大字："谢谢！"

四周是茫茫的雪山，根本看不到村庄的影子，她是从哪里来的呢？

我停下车，走过去，拉住她的手，轻轻掸去她头上的一层雪花。这个在风雪中瑟瑟发抖的小姑娘，五六岁的样子，蓬乱的头发，瘦瘦的小脸上是典型的高原红，额头上还凸起一道长长的已经结痂的伤痕。

"你是哪个村庄的？"

"谢谢！"

"上学了没有？"

"谢谢！"

"你叫什么名字？"

"谢谢！"

我有些纳闷了，又问她这次地震中家里的情况。她似乎没有听懂，圆睁着大大的眼睛，迷惑地看着我，嘴里仍只是在重复着那两个字。

我猛然明白，这里是纯粹的藏族牧区，她还没有上学，自然听不懂汉语。

这么冷的天，是谁让她来的呢？是父母，抑或她自己的主意？震中心周围的房屋几乎全部倒塌了，人员伤亡惨重。她的家中、她的小村灾情如何呢？这个小姑娘，是不是想通过这种方式，希求援助呢？想到这里，我不免揪心起来。

但我马上否定了自己。地震之后，灾民们在最短的时间内都得到了政府救济，逝者安葬，伤者就医，失居者也都有了帐篷，有了粮食，有了饮水。正是因为这些，灾区才安定下来。若非，在这海拔 4000 多米的遥远的冰天雪地里，他们的生存和生命，真是难以设想呢。

我又想，她会不会是一个无人照顾的孤儿呢？

我们这个 13 亿人口的多民族国家啊，虽然还不够富裕，虽然还有那么多的不如意，但也正因为人口众多，我们从来都不孤单，从来都不缺少相互的关爱。特别是灾难来临的时候，这种热辣辣的感情便会像潮水一样包裹着你，就像现在，来自四面八方的深情问候和沉甸甸的捐赠把这个偏僻的狭窄的山沟挤得满满的，怎么可能疏漏一个可爱的小姑娘呢？

看看她额头上的伤口，早已经过医生处理，且已经结痂了。身上的衣服虽然破旧，却也算干净整齐。再看她的神情，更像是一个懂事的孩子。而且，她还抱着这个纸板，这上面的汉字肯定是请人代写的。那么，她的身后肯定也不是一个人了。

孩子，你放心吧，有什么天大的困难，这个国家定然会帮你担承起来。

想到这里，我的心底释然了。

我决定把车上的食品，送给她一些，还有她的家人。那是从城市里买来的一些奶制品和肉制品，花花绿绿，包装精致。

她的眼光一亮，旋即又摇了摇头。不仅摇头，两只红红的小手也在摇动着，像风中的枫叶。

我坚持着，有些强行地塞给她。她迟疑了一下，只得从其中拿了一块造型别致的巧克力，揣在怀里。接着，恭恭敬敬地冲着我，鞠了一个躬，再次清晰地说出了那两个字“谢谢!”之后，她细心地把巧克力塞进贴身的兜兜里。

做完这一切，她又用双手托起了那个宝贝纸板，高高地抱在胸前，遮住了自己的半张脸，只露出两只大大的眼睛，像青海湖一般澄澈和镇静。

虽然我不知道在这个孩子身上发生了什么故事，但现在看来，她的境遇决不会像我想象的那么孤苦。灾难已经过去，作为一个小小的亲历者，她只是要用自己的方式，表达一种心底里难以言说的感激。

以前，她或许从电视里看到过外面的世界，和外面世界的人们。但那些都是虚幻的，遥远的，这一次，她真真切切地感受到了，她肯定惊讶了，她肯定震撼了，她肯定明白了。于是，她向外面的世界，向这个国家，发出了第一句真挚的心声：谢谢!

“谢谢!”这是她的第一次生命感受，这是她的第一次面向外界的喊话，这是她的第一篇作文！虽然只有两个字，却是最准确最真诚的表达!

大雪簌簌地落着，很快就掩盖了她的头发和衣服。转眼之间，她变成了一个晶莹的白雪公主。但她不停地剧烈晃动身体，把雪花抖落在地上，把自己又晃回到现实中。

从她的脸上，我看到了一种与年龄并不相符的镇静和成熟。我们城市里五六岁的孩子，在这样的冰雪天气里，会干什么呢？或许正依偎在妈妈怀里睡觉呢？或许正在暖意盈盈的房间里玩游戏吧？哦，亲爱的孩子们，你们理解人生的艰难吗？你们品尝过感恩的味道吗？你们明白国家和民族的概念吗？

这个青藏高原上的楚楚可怜的藏族小姑娘，才五六岁，通过这一场灾难，却已经开始真切地感受到了这一切。

孩子，我不知道你的名字，权且按藏族人通常的习俗，称呼你“小卓玛”吧。我也不了解发生在你身上的故事，但我理解和明白你的心思。不过，今天太冷了，雪太大了，你还是回家去吧，哪怕只是一顶简陋的帐篷。

我再三地劝她。这个小姑娘，这个小卓玛，却像巴颜喀拉山一样坚定和倔强，她虽然明白了我的好意，但再一次摇了摇头，用手指了指纸板上的那两个字，指了指远方，又指了指自己的心窝。

雪仍然在落着，她坚毅地捧着纸板，面向大路，面向远方，静静地沉默着，像一个小小的思想家。

哦，可爱的孩子，可爱的小卓玛，我的眼中酸热热的，情不自禁地双手抱拳，面对她的痴情，面对她的坚定，深鞠一躬，并模仿着她的语气，说了一声：“谢谢！”

车走远了，雪中小卓玛的身影，像一簇猩红的篝火，在我的心底燃烧着，暖融融的，明亮亮的。

四周白蒙蒙的，雪已经很深了，像一件厚厚的藏袍，裹在群山和大地上。现在已经是四月了，春天的锣鼓，像迎亲的队伍，在山那边鸣响着，正沿着山沟沟中的小路，向这里进发。

我似乎看到，眼前的漫天飞雪，正在化为溟蒙的甜润的春雨，绽开了这青藏高原上的万里鲜花……

（发表于2010年4月28日《人民日报》）

创作后记

此文的创作背景与《索南的高原》完全一致，即玉树大地震。

从结古镇采访回来的路上，天上飘着大雪。我虽然头痛欲裂，极度疲软，却仍在思考着此行的任务。因为出发前，《人民日报》《光明日报》《文艺报》都已向我约稿，连《求是》杂志也预留了版面，而我怎么也构思不出四篇作品啊。

正是这时，有人喊了一声："看，路边有几个孩子！"

我用力睁开眼睛，发现车前的路边是一片简易房子，风雪弥漫中，有几个藏族儿童手捧标牌，在向来往的支援者表示感谢。于是，我们下车，也向他们表示慰问。但他们都是尚未入学的孩子，语言不通，并不能与我们交流。

看着这些满脸高原红的贫困孩子，我心里有一种说不出的温热。

……

回来后，我用最快速度创作了四篇作品——《雪中小卓玛》《索南的高原》《永远的绿色》和《玉树日记》，分别发表在《人民日报》、《光明日报》、《求是》杂志和《文艺报》上。

后来，《索南的高原》获第二届全国短篇报告文学奖，而《雪中小卓玛》更在教育系统引起反响，先后被多个省、市的60多份中考语文试卷采用，作为阅读题分别占到18、16、13分。

值得自豪的是，主要由于我们小分队的突出表现，当年8月，中国作家协会被中共中央、国务院、中央军委联合授予"全国抗震救灾先进集体"。这是中国作家协会历史上荣获的最高荣誉。为此，中国作协党组专门召开表彰会，并致函河北省作家协会和河北省委宣传部，建议对我进行表彰。

名家导读

以小见大的个性表达

——《雪中小卓玛》赏析

◇ 雷鸣

大与小的和谐统一，是文艺创作的境界追求。而“以小见大，寓大于小”则是文艺作品反映现实生活的一条普遍规律，但要达到“片言可以明百意，坐驰可以役千里”的境界，作家在创作时除了应以大帅小之外，还取决于文学艺术的个性表达。只有这样，才能取得寓无限于有限之中的艺术效果。

李春雷的《雪中小卓玛》便是这样一篇优秀作品。

《雪中小卓玛》作为精短纪实文学作品，充分体现了大与小的统一，即“从大处着眼，从小处落笔”；作者既腹藏宇宙，又洞察幽微，通过玉树地震之后，小卓玛高举的纸板上和口中的“谢谢!”这个微小举动之“小”，可以映射出灾难面前的民族大爱之“大”来。显而易见，“以小见大”在文艺作品创作中有着极其重要的作用。高尔基说得好：“应该采取微小而具有特征的事物，制成巨大的和典型的事物——这就是文学的任务。”作为纪实作品，正因为作者发现提炼富有特征性的雪中“小卓玛”的细小言行，巧妙提升“小”的典型化程度，采用“一滴水见太阳”的方法表现震区生活，才实现了此类题材的别具一格的个性化文学表达。新闻性、现实性、社会性及文学性这些作为报告文学的基本构成元素和存在形态，在这篇朴实、精巧的文字中，得以充分体现。

《雪中小卓玛》关于宏大题材的另类表达，的确是反映玉树抗震救灾文学作品中的一枚奇葩。作品从地震灾区撷取素材，抓住宏大背景中的一人一事一场景，加以集中突出刻画描写，富于时事现场氛围。这里，作者没有详尽全面地报道玉树地震灾区的惨状场景及救灾事例，而只是记述“我从震中的结古镇采访归来，驱车赶往西宁”的途中，偶遇风雪中路边高举写有殷红大字“谢谢!”纸板的小卓玛，五六岁的小姑娘，也只能口吐“谢谢”两个字的汉语。作者抓住这有限的所见所闻的感性材料，突出特征，显示其美，进行由此及彼、由表及里的思考时，让读者从她一个人身上想到她背后的许多人、许多事，乃至受灾的玉树地区。

小卓玛不仅仅是一个只会口吐“谢谢!”的小姑娘，更是整个藏族同胞的缩影。达到这样的艺术效果，取决于作者立足于时代潮头的敏锐艺术触觉，取决于作者对生活的真知灼见。如果没有开阔的艺术视野和高尚的艺术趣味，便很难做到这样的以小见大。优秀的文学作品，都是浓缩了的“小”，都是小中见大的个性化表达，都是大与小的和谐统一。“灾难已经过去，作为一个小小的亲历者，她只是要用自己的方式，表达一种心底里难以言说的感激。”这种富有表现力的小处落笔，达到了大处着眼的目的，使读者窥豹一斑，认识了一个时代，收到了以小见大的效果。

李春雷善于用崭新的眼光看待笔下的“平常人”和“平常事物”，并从中发现许多闪烁的艺术亮点。从《雪中小卓玛》中可以看出，往往被别人忽视的细微事物却被作者赋予深刻的内涵。

大画家潘天寿在谈到文章的思想和作者的观察力时说：“鲁迅的文章往往是人家不注意的极小题目，但他用先进的思想观察，因此能反映深刻的意义，并不因题材小而意义也小了。会看问题的人，什么题目都好做文章，根本在于思想的正确，观察力的敏锐深透。”童心世界和思想内涵在作者温情、圆润的笔下被再度整合，呈现出雅致的力量。

艺术来源于生活，又高于生活。这就需要作家去用一双善于发现的眼睛，去发现生活中的美，去咀嚼生活中的味。《雪中小卓玛》从平常的生活中，发现别人视而不见的真善美，使读者明白：“我们这个 13 亿人口的多民族国家啊，虽然还不够富裕，虽然还有那么多的不如意，但也正因为人口众多，我们从来都不孤单，从来都不缺少相互的关爱。特别是灾难来临的时候……”，同时，也使读者仿佛身临其境，感觉到，“眼前的漫天飞雪，正在化为溟蒙的甜润的春雨，绽开了这青藏高原上的万里鲜花……”。寓意深长的结尾，给读者以回味的余地。

大与小的艺术辩证法，不仅是一种具体的技法，而且是创作的一种指导思想。时下的纪实文学创作，一些作家热衷于大题材、大主题、大架构，往往忽视以小见大的艺术规律，由于艺术表现欠佳、思想空泛，纪实有余、文学不足，作品显得假大空，失去了可读性；有的虽然写了小，但由于缺乏典型性和表现力，苍白无神，浅薄乏味，小中难以见大。

《雪中小卓玛》之所以很好地实现了大与小的统一，是因为作品的文学表现力——文本富有探索性，以散文般的艺术手法经营篇章，叙述生动自然，结构轻巧质朴；文字富有意味性，语言简洁干净，不奇不饰，言简意赅，向读者传递出丰富的意蕴和情致，既是细小事物与广阔外延的完美结合，也是报告文学这种文体的一种生动探索。

摇着轮椅上北大

其实，她只是一个普通的女孩——天资普通，相貌普通，家境普通。如果没有那一次人生的变故，她或许能考上大学，或许不能；或许已经结婚；或许已经下岗……

但正是因为那一次变故，她的生命核能被激发了。这个小学未毕业的弱女子，完全依靠自学，竟成了北京大学百年历史上第一位残疾人女博士。

这是一个奇迹，也是一个神话，但这首先是一个事实！

她曾有一双弹跳如簧的腿啊。

在邯郸市实验小学读书的时候，郭晖喜欢跳舞、长跑。穿着漂亮的裙子，跑着，跳着，风的翅膀擦过耳翼和双腿，飘飘欲仙，像童话中的白雪公主。她还是班里的卫生委员，教室在高高的四楼上，擦玻璃，双腿像猴子一样缠住窗框，身体探出窗外，摇摇欲坠。老师吓得脸色煞白，她却在嘻嘻地笑……

一次体育课，比赛爬杆，她排名落后，急得直哭。晚上，父亲在操场上教她，告诉她如何用力。十颗蒜瓣般精灵的脚趾认真聆听，心领神会，合力团抱，腿窝一用劲，噌的就上去了，灵巧得像家里豢养的猫咪。

那时候，她的梦想是当一名舞蹈演员。

一切的转折，是 1981 年 5 月 9 日。

她刚刚 11 岁，在读小学五年级。

那一天上午，亮丽的太阳，轻柔的春风，天地祥静。体育课上练习跳远，她不小心崴了脚，脚踝处隐隐作痛，豇豆大小的一片猩红。

晚上睡觉的时候，细心的母亲发现了，心疼得直唏嘘。城里的母亲，大都如此宠爱孩子呢，就带她去医院。

后来的一生中，母亲是多么后悔啊。如果不去医院，几天之后，孩子的脚便会自愈。可这一去，却把唯一的女儿抛进了一个黑色的无底深渊。

第一家医院说是滑膜炎，连打了三四针封闭，红肿未见消退；第二家是中医院，建议喝中药；第三家是本市的权威医院，白头发、戴眼镜的老权威粗粗看了看，说是风湿性关节炎，需肌肉注射激素。一个多月，连打了 17 针，不仅未见好转，而且身体虚胖起来，嘴边竟然长出了毛茸茸的胡须。她吓得直哭，父母小心地试探着上前询问，可权威不容置疑，怫然变色，坚持说这是正常反应，应该继续用药，说着又开了 10 针激素。父母不寒而栗，夺门而逃。

另一家医院的切片化验结果终于出来了，是滑膜结核。

天啊，这鬼怪一样的东西是如何附身的呢？为什么偏偏染上了花季的蓓蕾呢？

结核，在 20 世纪 50 年代之前被称为痨病，是不治之症。《红楼梦》女主人公林黛玉因此而殇。学医出身的鲁迅先生笔下的病人形象多为结核患者。不幸的是，他本人最终也因此病而亡。但现在，人类早已攻克此病。

北京的几家医院门槛太高，根本挂不上号。转而向南，她的老家在湖南长沙。通过熟人，终于住进了当地一家专业医院。

这时的她还能走路。医生乐观地说：不用多久，你就会像以前那样蹦蹦跳跳了。

天真的小姑娘笑了，心底舞台上的《天鹅湖》又开幕了。

她曾注射过几个月的激素，结核菌早已在体内扩散，可医生确定的治疗方案是保守疗法，连片子也没有拍。那时候，国家的整体医疗水平还是低下啊，拍片子是特权，需要门路。

就这样，阴险的毒菌在骨髓里暗燃着、繁衍着，筑起了一个个蜂窝般的病灶。只是可怜的她、她的家人，还有权威的医生们，都没有意识到。

又是几个月。腰椎隐隐作痛，再次要求拍片检查。医生笑笑说，没事，北方孩子不习惯南方潮湿，忍一忍就好了。

机会，就这样生生地耽误了。

1982 年 10 月的一天，突然发起高烧，连续不退。

三天后的一个夜里，昏晕中的她突然问陪床的母亲："妈，我的身子呢？我的腿呢？"

妈妈摸着她的双腿，惊奇地说："不是在这里吗？"

"没有啊，我感觉不到呀！"郭晖用手狠命地拧着自己的腹部和双腿，居然没有一丝痛感。想翻一下身，除了头颅和双臂，浑身都不听指挥了。而且，大小便也不自觉地流淌出来。

刹那间，她明白：自己已经彻底瘫痪了！

天塌了，地陷了，母女两人抱在一起，痛哭着，拼命地揪着自己的头发，一绺绺地扯下来。医生回家了，根本联系不上。南方的夜空里，流浪着母女两人无助的歇斯底里的号啕。

一夜之间，母亲满头白发，满脸皱褶，变成了呆若木鸡的祥林嫂。

医院赶紧拍片，这才发现，骨结核导致脊椎 7 至 9 椎严重畸形，压迫神经，其中部分脊椎已经损坏殆尽。医院无计可施，不得不劝他们另寻高明，去北京手术。

留在该院，无异于等死，可长途跋涉去北京，又无异于送死。走投无路时，家人只得把她抬进了长沙市人民医院。

那是一次开胸手术啊。刀口从腋下切开，冰凉的手术刀下，自己的身体像拉链一样被划开了。她甚至清楚地听到了自己肌肉和骨骼分裂的声响，感受到了温热的血液在汩汩涌出。她的梦呢？她的翅膀呢？她的羽毛呢？现在，不仅羽毛被拔掉了，连翅膀也被剪除了。

12 岁的小姑娘，看着白白的天花板和医生们在灯下忙碌的身影，忍受着人世间莫大的痛苦与悲哀。

手术只是清除了结核病灶，但高位截瘫已是确定无疑。

父母无论如何也不相信会出现这种结果，他们拼死也不会放弃啊。

1985 年 1 月，父母终于将她送到了位于北京市通县的国内最著名的骨结核医院，进行第二次开胸手术。

这次开胸从背后切入。骨肉如泥，任由宰割。

术后半年，她的身体再一次被嵌进了坚硬的石膏里。每天吃利福平等杀菌药，输红霉素。每次五六个小时，剧痛如剐。她忍着，咬着牙忍着。对疼痛，她早已习惯了，她甚至渴望疼痛，疼痛是存在，疼痛是唤醒，疼痛是幸福，可大部分的身体连疼痛的感觉也没有啊，只要能站起来，不，能爬起来也行啊。她在疼痛中坚持着，坚持着……她总相信，忍到最后是希望。

但，希望的影子，最终也没有光临。

郭晖的世界只有两平方米。以手臂为半径，连近在咫尺的窗帘，她也没有能力去拉开或关闭。她只能仰躺在床上，不能侧身，不能翻身，更不能坐起来。想想看，一个脊椎失效的人，还能干什么呢？

白天，家里只她一个人。父母都上班了，为了自己，家里已累债两万多元，而父母的月工资相加也不过 200 元。家里连一台电视机也没有，她只能这样躺着，躺着……

“嘭，嘭……”有人敲门。她无法打开。

忽然闻到一股臭味。原来自己大便了，她没有感觉。

一次，楼上人家装修，天花板和墙壁剧烈地震荡。她以为是地震，吓得嗷嗷大哭，想逃跑，身体却动弹不得。

家里养着一只雪白的猫咪，小猫咪在房间内进进出出，上上下下，无忧无虑地睡觉，自由自在地唱歌。我的生命，还不如一只猫咪啊。

这样活着有什么意思呢？她想到了自杀。可她，连自杀的能力也没有啊。

父母觉出了她的心态变化，就把她的睡床搬到客厅里。这样，家里来人可以说说话，大家围坐在一起，消除寂寞。还给她买回来一个收音机，没日没夜地陪她说话。

楼上有几个小伙伴，也不时地来看她。敲门后，她无力开门。她们就站在门外，陪她聊天，唱歌，讲学校里的故事。

她仰躺在床上，静静地听着，脸上绽开一缕缕苦笑。

生命的信念，如同一盏油灯，飘飘忽忽地闪亮着……

既然生命不能就此终结，那为什么要让时间白白流失呢？

于是，她决定开始自学。她又拿起了小学课本。

可是，她是一个连翻身能力也没有的重残人啊。她不能坐起来，只能仰躺着，用双手举着书，看。

就这样，无腿的她，开始了一场匪夷所思的攀登。

一起上路的还有她的父母。母亲日夜操劳，端水喂饭，梳头洗脸。她生了褥疮，后背溃烂，母亲时时扶她翻身。大小便常常失禁，被子、褥子需要天天清洗。家里积债如山，工资几乎全部用于还债，连一台洗衣机也买不起。母亲就是一台永不疲倦的洗衣机啊，洗白了黑夜，洗暖了寒冬，时间长了，手上的筋骨全部变形，其中九根手指竟然变成了曲曲折折的树根状。

父亲早年毕业于浙江大学，爱好音乐，拉得一手小提琴。可现在，乐器们全藏在了床下，被猫咪咬断了琴弦。他学会了打针，成为女儿的保健医生，每天夜里帮她按摩和屈伸双腿，一次、两次，直至1000次……固执的父母，总希望突然有一天，女儿猛地站起来，笑盈盈地说："爸，妈，我好了，上学去了。"说完就蹦蹦跳跳地跑出了门。

可，这是一个怎样的幻想啊。

在母亲的搓衣声中，在父亲的按摩声中，郭晖仰躺着，用三年时间自学了全部初中、高中课程。最令人难以置信的是，物理、化学等需要做实验才能弄通的原理和公式，她也全部揣摩透了。

胸中的世界慢慢胀大起来，有了色彩，有了笑声。

她还不由自主地喜欢上了文学，古典诗词、外国名著、现代小说。在艺术的氤氲中，她悟到了生命的真谛，无意中也觅获了通向未来的秘径……

要活下去，首先要坐起来。

但要坐起来，是一项多么巨大的工程啊。

胸部以下没有知觉，脊椎无法用力，只有靠臂力带动。可她现在是一个没见过阳光的羸弱的女孩儿啊，就像温室里一根残缺的豆芽。母亲在她后背下垫被子，一层、两层、三层……天天加高，每次垫高四分钟、五分钟、六分钟……日日增多。又买来两个哑铃，让她练习臂力。有时，父母两人一起动手，和她比赛掰手腕……

她已经习惯了仰视，刚坐起来的时候，眼光迷离而散乱，世界在她面前像一组组摇晃着的镜头。

这个过程整整经历了一年，她终于能坐起来了，世界在她眼里各就各位，又恢复了秩序。

好几年没有出门了，她要走出去！

父母为她买了一辆手摇车，时时推出去晒太阳。她苦苦的生命第一次嗅到了阳光的暖香，尝到了微风的甜润，世界真是美好啊。明艳艳、鲜酥酥、香喷喷的阳光，滋润着她枯黄的皮肤，悄悄地泛起了红晕，像一棵孱弱的含羞草，舒展开了叶片。

有时候，她自己摇着小车，在户外观光。虽然蹒蹒跚跚，但那是她再次迈向社会的脚步啊……

一次，在学校操场散步时，遇到父亲的同事张老师。张老师说，最近学校办了一个英语自学考试大专班，像她这种情况可以报名。

大专班的教室在五楼，郭晖怎么上去呢？只有借助父母的后背。

父母已经年近60岁，多年的心力交瘁，营养不良，瘦骨嶙峋，体重只有百多斤。每次都是替换着背上去：父亲背到二楼，再转到母亲背上；母亲背上三楼后，父亲又接过去。背进教室后，郭晖不能就座，父母就用四张课桌把她的身体挤在中间。大小便时常失禁，怎么办？最好的办法是从前一天就开始不吃饭、不喝水，但女儿饿着渴着，母亲心痛啊，所以，总也不忍给她停饭停水。每次上课的时候，母亲就拿着女儿在厕所用的特制木凳，在门口等候。每到课间休息时，就急匆匆地跑进去，把女儿背进厕所……

别的同学都是高中毕业，系统学过英语，只有她是小学程度。刚开始的时候，听不懂，跟不上，气得直想哭。

由于是成人自学考试，参加者大都有稳定工作，所以，上课的时候，这些健全人大都嘻嘻哈哈，心不在焉，窗外的诱惑太多了。只有她认认真真，字斟句酌，如春蚕食桑，全变成了腹中的经纬。

学校里有两个来自美国的外教：英格和劳荔。郭晖与她们成了好友。不久，口语水平大进。

毕业考试的时候，全班30多名同学，只有郭晖一次性全部过关。

接着，她又报考自学本科。

两年后，在父母的背负下，再次顺利通过。

1996年初，山东大学在本市开办英语研究生班。她想报名，可一打听，三年下来，费用三四万元。这对自己这个外债累累的家庭来说，是一个天文数字啊。可父母总是感觉有愧于女儿，如果当初不是小题大做，带孩子去医院，那么女儿现在早已大学毕业了吧。咬咬牙，借来

17000 元，预交上了首期费用。

1998 年 7 月，研究生课程全部考试完毕，第二外语——日语也轻松考过。就在准备申请硕士学位的时候，高教委出台最新规定。按照新规定，她三年后才有资格申请。

这时候，在英语世界游弋几年的她，已经迷恋上了英语诗歌翻译。她对中国古典诗歌有着天生的喜爱，接触英美诗歌原著后，再审视国人的译著，总感到缺少美感，那原本是一个美妙无比的世界啊。

她立志要在这个世界里走自己的路。她找到了属于自己的舞台。

2002 年 6 月下旬，当三年期限结束的时候，她赴山东大学进行学位答辩，论文题目就是《诗歌翻译的韵律问题》。

那是一次怎样的旅行啊。陪同的有父母、哥哥、轮椅和行李，还有一个最重要的伙伴，那就是母亲的搓衣板。

从大专到本科，再到硕士研究生，郭晖最害怕的就是外出考试。

她害怕的不是考试的难度，而是考试的过程。每次考试，父母都要全程陪同。因为轮椅宽大，无法乘坐出租，只有步行。到达考点后，还要把自己背上楼。国家正规考试都是单人单桌，自己无法就座。怎么办？还要把轮椅抬上来。

麻烦还远不止这些。轮椅上如何答题呢？

为了解决这个难题，大学土木工程系毕业的父亲曾想过不少办法，但都不成功。轮椅上地方窄小，无法固定木板，极易滑落。后来突然发现，把母亲的搓衣板翻过来，横放在轮椅的铁架上，竟然不大不小，不宽不窄，稳稳当当，恰是一张最稳固的课桌。

母女俩苦命相依，真是人世间少有的缘分啊。

郭晖双手摇动轮椅，静静地驶进了答辩现场，面对着以著名教授李玉陈为首的几位资深评委，心底忐忐忑忑。

“什么是诗?”答辩开始了。

“所有的文学都是诗。”——好大胆的回答！

“假如给你一首汉语诗，让你用英语格律译成英诗，你感到困难吗?”

“困难，但我能够译好。”

“茅盾先生认为，诗歌是不可译的，你去译，岂不是明知不可为而为之吗?”最尖刻的问题出笼了。

她轻轻一笑，“茅盾先生是在阅读了美国诗人艾伦·坡的组诗《乌鸦》之后说这番话的，我曾经翻译过这组诗，现在我想朗读其中两首。原诗每节六行，押 door、your、more 韵，我的译诗也是六行，押说、着、么韵。诸位老师请听：‘曾有一个无聊的夜晚，我思索得困顿、疲倦 / 翻过一个离奇怪诞、被人遗忘的传说……’”

母亲在门外等候。两个小时后，李玉陈教授出来了，问：“你是郭晖的奶奶吗?”

“不，我是她的母亲。”母亲嗫嚅着，担心出了什么意外。

李教授尴尬地打量了一会儿，接着快步上前，握住她的手，激动地说：“感谢你培养了一个好女儿，这是我们十年来听到的最好的论文答辩……”

白花花的泪水簌簌而下，映照着白花花的银发，那是幸福的白玉兰啊!

一个月后，山东大学正式授予郭晖英语硕士学位。

2002 年底，郭晖在网上查阅 2003 年度博士生招生情况，发现有四所大学所设专业与自己的方向相近。于是，她试探着给四位导师各写了一封信。

一周后，只有北京大学的沈弘教授回信了。这位从牛津大学留学归来的博导欢迎郭晖报考，并坚持“择优录取”。至于身体情况，他只字未提。沈教授还把自己的电子邮箱告诉了她。

全国博士统招考试在 3 月份。即使从现在开始准备，也不足 100 天。自己不仅要学好第二外语法语，还要通读数十本专业书籍，而这些书，自己一本也没有。怎么办？

哥哥跑遍了北京市区各大书店，但仍缺少 30 余本。

只能从网上下载、打印了。

可上千万字的资料，要打印出来，谈何容易？

父母从学校借了一台针式打印机，购买了三个色带和 20 包打印纸。

连续三天两夜，可怜的打印机“吱吱”地响着，直累得头热脑涨，气喘吁吁，硬是把上万页纸全打印了出来……

郭晖一头扎进书海里，开始了冲刺。

不要以为郭晖天资聪颖，不，连她自己也承认，她只是一个普通智商的人。她的特点就是专心持久，心无旁骛。她是一个重残人，相对于两次开胸手术的疼痛来说，学习对于她实在是太享受了。而且，她已经没有别的希望和出路，她把生命的所有光亮全部聚集到了一个焦点上。

“精诚所至，金石为开”啊，一扇扇沉重的大门在她面前洞开了……

2003 年 3 月 22 日，郭晖在全家人的陪同下，赶到北京大学。

考试那一天，当郭晖父母再次把她背进考场时，由于监考人员不知道她是一位重残人，早已把她的考号贴在考桌上，可她根本无法端坐在桌后。怎么办？这时，母亲拿出早已准备好的搓衣板，放在轮椅上。转眼间，一个特殊的课桌组成了。

但，这是违背考场纪律的啊。

监考官马上请示考点主任。考点主任又立即请示招办领导。经紧急协商同意，这才把桌上的考号揭下来，贴在搓衣板上。

郭晖突然看到，搓衣板似乎变成了一双瘦骨嶙峋、残缺变形的手，在召唤自己，要搀扶自己。她又似乎听到了父亲沉重的喘息声，看到了母亲汗水涔涔的面庞……她不敢再想别的了，赶紧俯下身去，拿起笔，走进另一个温暖的世界，乔叟、莎士比亚、拜伦、雪莱、埃略特和琼生，都在向自己微笑……

这真是一张天下绝无仅有的考桌啊！

考试结束后，郭晖才知道，与她一同报考的另几位考生都是国内知名大学英语专业的教授或副教授，其中一位是与北大齐名的一所大学里的硕士生导师，为了争取博导资格而报考。而沈教授的招生名额，只有一个。

她气馁了，后悔了，直骂自己蚍蜉撼树，不自量力。

很快，分数出来了。

出乎意料的是，她竟然考了第一名，各门分数都超出第二名许多。

她真是又高兴又悲哀啊。高兴的是自己多年的辛苦终于没有白费；悲哀的是这些名校里声名煌煌的教授们啊，你们身膺高位，贵为人师，怎么竟不如自己一个正规小学未毕业的小女子呢？

但麻烦同时来敲门了。

北大百年历史上从没招收过如此高度残疾的博士生，但从去年开始，国家明确规定：各大学不得以任何借口拒绝招收残疾学生。面对这个从未有过的难题，北大犹豫了。

招生办的一位负责人试图劝退郭晖，却又不好明言，便试探着与她进行了几次网上对话。

“北大是老建筑，台阶多，轮椅无法通行，你生活上能自理吗？”

“据我了解，北大不少建筑物有无障碍设施，只需对我进出的几处台阶略加改造即可。再说，我妈妈可以陪读。”

“北大博士不易毕业，不少人延期。你的身体和经济条件能承受吗？”

“北大是我儿时的向往，翻译是我最大的心愿。我从小没有受过正规教育，我要在这里实现我的梦想……”

“我们完全可以以体检不合格的理由不录取你。”

“据我所知，（体操运动员）桑兰也是一位高位截瘫的残疾人，去年被北大新闻学院（本科）录取了……”

……

这时，沈弘教授站了出来，给学校写信：“在国外，我从没有听说过因残疾而被大学拒收的先例……”

北大招生办经过多方权衡后，终于向郭晖伸出了欢迎的手。

那一天夜里，这位可敬的负责人向郭晖发出了最后一个 E-mail：“我本人敬佩你，北大敬佩你，欢迎你来北大读书！”

那一天夜里，沈教授在网上向这位唯一的新弟子发来他全家的照片和电话号码。

那一天夜里，新月如灯，春风蹈舞。

郭晖一夜无寐，泪水浩渺。

……

北大，真是一座宽容的学府啊。

郭晖报到的时候，校领导已经指示破例为她单独分配一间宿舍，允许家人陪读。更让郭晖感动的是，她将经常出入的房间、楼道、厕所、教室等地方的台阶被全部铲平，代之以适应轮椅行走的平缓通道……

我采访郭晖，在北大校园里进行。我们一起在燕园吃饭，绕未名湖散步，进图书馆查阅资料。她用双手摇动着轮椅，来去自如，长发飘飘，像鱼儿在湖塘一样欢快，鸟儿在森林一样自由……

这是她的生命之舞啊。

（首发于 2006 年 3 月 15 日的《河北日报》，引起反响。后被《青年文摘》等多家报刊转载。在此基础上，创作同名长篇纪实文学，由河北少儿出版社和光明日报出版社先后出版）

创作后记

2005年底，河北少儿出版社的一位编辑打电话约稿，希望我关注一下我所在城市——邯郸的一位残疾姑娘郭晖。

郭晖的故事，我早就听说过。11岁时，因为一次轻微的挫伤，由于几家医院的错误治疗，她竟然成了高位截瘫，先后做过两次开胸手术，死里逃生。所以，从小学五年级开始，她就辍学了，只能仰躺在床上，连翻身的能力也没有。但她没有放弃，而是仰躺在床上，先后自学了小学、初中、高中课程，之后又在父母的帮助下参加国家自学考试，学习了专科、本科课程。2002年，她以优异成绩获得山东大学硕士学位。2003年，她以第一名的成绩考取北京大学计划内统招博士生，成为北大建校百年以来第一位残疾女博士生。

这是一个世上少有的凄美却又让人激奋的人生故事，但是，如何把这种凄美和激奋传递给全社会，进而感动中国呢？

初次接到这个创作任务，我的心里空落落的。这是一个特殊的世界，之前我总是不忍走近它。我总以为这是一个被上帝冷落的群体，是一个可怜的人群，他们每一个人都有着深似海洋般的隐痛，就像一扇尘封的门，门后是一个个凄惨的故事。我不是高明的医生，也不是富有的企业家和慈善家，既然不能救治他们、帮助他们，也无力改善他们的生存状况，那就远远地避开吧，悄悄地为他们叹息，默默地为他们祈祷。

但是，当我在北大的博士楼里采访她之后，却发现她是一位乐观的女孩子。除了身体瘫痪之外，别的生活与正常女孩子一样。她不仅会裁剪，会编织，还会画画，墙上贴满了她的作品。她珍惜生活的每一天，每一个细节。在食堂里吃饭时，剩下的饭菜会打包；织毛衣时，她会耐心地用竹针勾两朵梅花；画画时，她会精心地描摹出人物的每一根睫毛。还有，她十分喜欢音乐……

唯一让我意外的是，她并不像外界传说的那样天资聪颖，漂亮动人。其实，她只是一位普普通通的女孩子，天资普通，相貌普通，家境普通，和我们周围的普通的女孩子一样。

那么，这么一个普通的女孩子如何能创造出这样的奇迹呢？

这是一个凄美的励志故事，尤其在当前的社会环境下，更是对孩子们进行“挫折教育”的最好教材。

于是，我开始了采访。几次去她位于河北工程大学的家中，又赶往她当时就读的学校——北京大学进行现场感受。

这一篇作品写作之前，我就暗下决心，要改变风格。因为过去写过《钢铁是这样炼成的》和《宝山》，虽然得到了鲁迅文学奖，但总有人说我是主旋律作家，只会写大题材。于是，我另辟蹊径，一反过去工业题材创作的豪放派风格，调动和运用多元的艺术因子，使整个故事跌宕起伏，引人入胜，让人读来潸然泪下。在语言运用上，我尽力发挥散文作家特有的风格，文笔舒缓、曼妙、温婉，一唱三叹。为了最大限度地便于读者阅读，我又化用新闻写作的形式，把一段段精彩的内容凝含成一节节精致的短篇。

经过这样处理之后，整本书由长篇变成了一个个冰糖葫芦般的精美短篇，处处是吸引人眼球的阅读点和兴趣点，最大限度地消释了读者的阅读疲劳，让人们能够在愉悦和享受中一口气读完。

初稿写出，是在2006年春节期间。恰逢《河北日报》约稿，我便发给他们。让我没有想到的是，发表后轰动全省，报社收到了很多电话。邯郸市委书记也专门到郭晖家中探望，送去一台笔记本电脑。

后来，光明日报出版社又重新出版，向全国发行。一时间，畅销全国。之后，被教育部推荐为全国中小学课外读物，被数百所中小学校列入课外必读书目，并荣获冰心儿童文学奖、团中央“五个一工程”奖和徐迟报告文学奖。

励志故事之外的艺术“附加值”

——《摇着轮椅上北大》赏析

◇ 卢勤

《摇着轮椅上北大》是一篇文学性、可读性、震撼性、励志性极强的报告文学精品。它文笔精美，形式新颖；它感人至深，启迪心智。作品似歌德的《少年维特之烦恼》，能给少男少女带来对青春、定力、学习的深层次思索和感悟；又似奥斯特洛夫斯基的《钢铁是怎样炼成的》，能给青年人带来对人生、理想、事业的高层次建构和引领……在人心浮躁的当下，越发觉得我们应当从主人公郭晖身上汲取精神营养，突破障碍，铿锵前行，追求属于自己的诗和远方。

李春雷一改“二钢”（《钢铁是这样炼成的》和《宝山》）工业题材作品的豪放风格，在《摇着轮椅上北大》中，温婉、细腻、感人，艺术精到，可读性强。这篇作品可以反复阅读，常读常新，不仅仅报告了现实生活中残疾女孩郭晖的一个真实的励志故事，还在于故事之外的艺术“附加值”。

叙述张弛有度。张与弛，其实是生活的自然节奏。波浪有高有低，旋律有疾有缓，色彩有浓有淡，人的情绪也有高涨与低落之分。反映生活的艺术自然就有张有弛了。该作品用张弛有度的叙事艺术，从 11 岁“曾有一双弹跳如簧的腿”的“白雪公主”，到意外患病、误诊、求医、求学、“无腿的攀登”直至摇着轮椅上北大的艰辛历程，搭建起故事的立体架构，使主人公在抵达的路上曲径通幽，增添了所述故事的艺术性。作者充满感情的娓娓叙说，如行云流水，舒缓、从容、不枝不蔓，似乎有一种音乐般的节奏在字里行间流淌。同时，作者采用一波三折之笔，使故事张弛结合，波澜起伏，让我们读后仍觉余音绕梁，兴味盎然。

语言雅致清朗。作品的文笔细腻美妙，秀润轻灵；回味隽永绵长，感思深刻。作品语言的个性化是一个作家成熟的标志之一，李春雷报告文学作品的语言极富特色。这里，他将关于郭晖的素材资料，经过艺术加工，从细微处滋润，呈现在作品里的语言典雅、清朗、有味，具有审美价值、认知价值。面对郭晖的人生突变与成功喜悦，作者的文字有着波澜不惊的镇定，哀而不怨，怒而不伤，喜而不狂，在平静的叙述中给读者以启迪，可谓情到深处是寻常。作品时有箴言式的警句闪烁字里行间，充满弹性与张力，也多了一份含蓄之美，让读者有了思悟空间，进而触动内心的柔软。

手法丰富多样。在这篇作品里，李春雷充分调动自己的艺术感觉，发挥自己写作体裁宽泛的优势，以丰富多样的手法来书写青春励志题材。作品以强烈的文体意识和创新元素，营构了一种迥异于现实的具有叙事作品美学特质的“艺术时空”。他吸收融入各种文学体裁乃至艺术门类的营养，集中了作者的才情、思考与创造；综合调度运用了小说的结构、散文的语言、诗歌的激情、评论的思想，乃至电影分镜头的艺术手法，成就了作品的“自我”面目，使《摇着轮椅上北大》变得精彩纷呈，增添了巨大的艺术感染力。

情理交融并重。报告文学有别于新闻报道，更不同于报纸社论。它不仅报告事实真相是什么，而重要的是要用深情的笔墨再现真相背后的启迪与思考。《摇着轮椅上北大》动之以情，晓之以理，具有强大的艺术感染力，既让人潸然泪下，又让人激昂奋进。作品中的写人状物，都是为了传情达意，首先从感情上征服人心，其次在掩卷遐思之际，品味到无穷的道理，做到情理相生。刘勰在《文心雕龙》中谈到情与理的辩证关系时，既强调了“为情而造文”，又指出“理定而后辞畅”的道理。情与理相辅相成，互为依存。所以，作为以反映现实为己任的报告文学作家，李春雷把自己对人生的独到理解和看法，渗透到郭晖的命运和成长经历之中，既写出了丰富的人情、人生和人性，也揭示出深刻的事理、哲理和命理，做到了以理为骨，以情为肉，骨肉相连，情理并重，使之成为一篇血、肉、骨丰满的优秀报告文学作品。

从这样的一个奇迹故事到报告文学作品，作者增加了许多“附加值”。唯有如此，故事才有灵魂，作品才能优秀。一个小学未毕业的残疾人，完全依靠自学成为北京大学的博士生，在这座名校的百年历史上还从未有过。这，绝对是一个奇迹。所以，郭晖身残志坚、求学不止的事迹感动、激励着我们。作品在故事之外的艺术“附加值”同样感染、震撼着我们，仿佛进行了一次灵魂的洗礼，可以指导我们更好地面对人生之旅的各种困难，更好地健康成长。

乡村的笑靥

别人有父母，唯独她没有。

走在上学的路上，看着山坡上羊群般游移的雾团，14 岁的孙红艳常常泪流满面。

是的，在这座位于太行山深处的河北省涉县常乐中学里，谁都知道这位初一年级 A 班的女生是一个苦命的孩子。说起她的身世，连满山的大树小树们都摇头叹息。

孙红艳刚刚来到这个世界上的当天，就被父母遗弃了。几经辗转，她被送到了涉县下温村一个身患残疾的光棍儿汉孙林太手里。光棍儿汉不能喂养，又把她寄养了出去。她在奶娘家只吃了 4 个月的奶粉，就开始食用小米粗粮咸菜了。在这个遥远的似乎已经被外界繁华遗忘的大山皱褶里，这个不幸的孩子犹如一茎纤弱的小草，竟也渐渐地长大了。

粗粗糙糙的光棍儿汉孙林太腿部有残疾，还患有严重的肺病，常年需要吃药，40 多岁的汉子，体重还不足 100 斤。他没有文化，只有两间土房、一亩薄田，日子过得紧紧巴巴。他抱养小红艳的目的也很简单，那就是让她上几年学，识几个字，然后回家帮自己做饭、干活、打工挣钱，最后招一个上门女婿，自己的后半生就算有了保障。

流落到这样的家庭里，小红艳的境遇可想而知。她的童年里没有母爱，没有玩具，没有糖果，没有童话，只有一堆堆空空的药瓶瓶，盛满了辛酸的泪水。

知识是阳光，知识是春风，知识是甘霖，而任何幼小的心灵都是一颗沉睡的种子呢，两者之间恒定着那么一种与生俱来的微妙的天然联系。所以，当小红艳走进简陋的村办小学后，这颗瘦弱的种子就开始慢慢地发芽了。三年级期末时，她竟然给养父捧回了一张红艳艳的奖状。

而这正是孙林太最担心的。如果她爱学习，就要一直读下去，而读下去就需要多多的费用。自己一个病人，又身患残疾，到哪儿去筹钱呢？小学里有各种各样的费用，全年加起来，要五六百元呢；如果上了初中，就更多了；而要读高中、大学，那就更不敢想象了。

每学期的开始，是父女俩最害怕的日子。开学就要交学杂费，而小村里每每有几个孩子拿不出来，于是，老师就黑着脸说，谁不交学杂费就别上学了！这时候，光棍儿汉就变成了一块儿沉默的石头，而小红艳就变成了石头上受到惊吓的小蚂蚁，在校门口和家门口之间的小街上来回流浪。光棍儿父亲苦丧地哀求："闺女，咱不上学了？爹供不起你啊。"

小红艳低着头，咬着嘴唇，酸酸涩涩的泪珠吧嗒吧嗒地打湿了鞋面。

我妈妈到哪儿去了？她曾经多次询问父亲，但父亲的回答总是让她迷惑。在村人和小朋友们的指指点点中，她终于明白了自己的身世。她对养父有一种天生的隔阂，甚至怨恨。她很少与养父说话。而困顿中的养父，对她也是粗暴多于温存。于是，小红艳第一次辍学了。

几天后，老师就找上了门。在这贫穷的山乡里，儿童失学率本来就高，老师们不忍心啊。

于是，病恹恹的光棍儿汉瘸着腿，到邻居家借钱，或去找校长、村干部申请困难补助。这样一番周折后，小红艳又怯怯地回到了教室。

小红艳在一天天地长起来，家里的债台也在一天天地高起来。

养父只好拖着生病的身子，出去到镇上和县城里打工。在打工过程中，养父认识了镇上的一个餐馆老板，商定小红艳小学毕业后来这里打工，对方管吃管住，每月薪酬 150 元。

小红艳怎敢违抗养父的意志呢。

光棍儿汉为女儿找到了一份好工作，心底无比兴奋和满足。这天晚上，他去镇上喝酒，回来的路上，竟被一辆汽车撞死。最可恨的是，肇事汽车跑得无踪无影。这一天，是 2006 年 4 月 27 日，离小红艳小学毕业还有两个月的时间。

养父就这样突然死去了，小红艳不仅没得到一分钱补偿，而且因为尸体在县医院里存放几天，又赔了 700 元的冷藏费。还有 3000 多元的丧葬费，都是邻居们垫付的。

成群的债主纷纷找上门来，盯着这个可怜的小姑娘，叹息着：她太瘦弱了，还不能干活儿；卖出去当媳妇吧，又太小了。

养父垒下的外债，合起来，竟然高达 14000 元，正好是小红艳年龄的 1000 倍。

现在面临的最大问题是，小红艳该如何生存下去。在这个世界上，她找不到一个亲人了。可怜的孩子，面对着村边的清漳河，呜呜地哭着，泪水哗哗地流淌，把河床都溢满了。

在好心人的帮助下，她终于打听到了住在山那边一个村庄里的亲生母亲。但随即从山那边扔过来一个冷冰冰的消息：拒绝认领！原来对方已经再婚，又有了几个孩子。

可怜的小红艳，提着邻居们凑集的半篮子鸡蛋，跪在亲娘的门口，哭求认母。但亲娘的屋门，最终也没有打开。

没有办法，她只得寄养在养父的两个堂兄弟家里。

这两家也是穷人，且各有两个孩子正在上学。人家还自顾不暇，哪有能力和热心去负担一个没有任何血缘关系的外人呢？吃饭是在两家轮流，饥一顿饱一顿，有上顿没下顿；花钱就更不用说了，每当要买铅笔、橡皮和作业本时，她就变成了一个畏畏缩缩的小刺猬。

最害怕的是，晚上住在哪里？她是一个胆怯的小姑娘，在自己家里，孤身一人不敢睡觉，而且，晚上学习的电费也掏不起啊。

这时候，她儿时的奶娘又伸出手，收留了她。

奶娘申林枝老人已经 68 岁了，孤寡多年，无儿无女，早已丧失了劳动能力。她家里只有三间土房，没有一件电器，仅有的几件家具还都是她 50 年前当新娘时的嫁妆。

老人家里仅有一张小桌子，那就是小红艳的课桌了。一只 15 瓦的灯泡，那昏黄的甜甜的灯光真是她难得的享受啊。

日子就像村边枯水季节里的清漳河水，在坎坎坷坷地流淌着……

她就这样过着畸形的日子，白天上学，吃饭时轮流到两家，晚上又到奶娘家借宿。就像一只流浪的无主猫咪，在凄风苦雨中泅渡着自己残破的童年。

2006 年的秋天，小红艳升入了镇办的常乐中学。这个时候，国家已经针对农村贫困学生出台了一系列优惠政策。虽然为她免除了大部分费用，但仍有不少费用需要自己负担。比如课本费，每年 200 多元；还有住宿费，也要 40 元。如果在学校就餐，更需要七八百元了。

和同学们一起住在宿舍里，那里有雪亮亮的灯光、热腾腾的暖气，还有香喷喷的饭菜……可这是一个怎样的梦想啊。

她从不敢有这样的奢望。所以，她不能住校，每顿饭都必须赶回家里。

学校距离饭桌虽说只有 4 里，可山沟里河岸边的小路，弯弯曲曲，要走上半个多小时呢。白天还好说，傍晚就不行了，夜色越来越深，她怕得直哭。要是下雨，就更惨了，她连一柄雨伞也没有，只有用手做伞了，两只小手在头顶上使劲地晃动着。她最喜欢下雪了，大雪中，自己被染成了白色，衣服还不会濡湿。这时，她就想起了白雪公主的故事。她还喜欢吃雪，双手捧起来，使劲攥成硬块儿，攥成雪糕的样子，大口大口地吃，很甜很甜。哦，她已经好几年没有尝过雪糕了……

班里不少走读生有一个饭盒，早晨上学的时候，可以带一些饭菜，中午配上热水就是一顿午餐。可她连一个饭盒也没有啊，只有劳累自己的双脚了。夏天午后时间长，冬天就太紧张了，快快地往家里跑。到家后，要是堂伯堂叔家还没有做好饭呢，那就空着肚子，再跑回来。雷雨天，她吓得不敢回家。大雾天的时候呢，她就饿着肚子，在学校的围墙外蹲着看书，等同学们吃完后，再回到教室。或者，干脆就在水管边喝水，反正学校的凉水是不收费的。

这日子过得实在是苦透了。有一次，她试探着走到镇上，找到了养父在世时曾给自己介绍的那一个餐馆老板，想去打工。

老板看她弱不禁风，端盘子也端不稳呢，就皱起了眉。

“我能洗盘子洗碗呢。”她嗫嚅着说。

“那你会记账吗?”老板又问。

她只好摇摇头。

最后，老板惋惜地回绝了她。

是啊，她还太稚嫩太纤弱。她毕竟还只是一个不满 14 岁的孩子啊。

奶娘可怜这个苦命的孩子，经常留她吃饭，也时常给她零用钱。

吃什么呢? 山里人太穷，冬菜就是萝卜、白菜、土豆三大样。平时很少炒菜，偶尔炒菜时，锅底只放一点点油，铜钱大。不舍得放油，却舍得放盐，用盐提味。盐也不是碘盐，而是工业盐。因为碘盐要 9 角钱一斤，工业盐只要 6 角钱。虽然城里人总说对身体有害，可山里人很少去理会。

奶娘的责任田里有一株核桃树，每年能产 20 多斤核桃，收入 300 元左右。她还养了 7 只乌鸡，这是她最大的经济来源了。几年来，她从来没吃过一个乌鸡蛋，但她每周都让小红艳吃一个。这孩子正是长身体、补脑子的时候啊。

那一只 15 瓦的灯泡，月电费从来都是 4 角钱，可自从小红艳借宿后，每个月竟然超过了 7 角。

昏黄的灯光下，小红艳在静静做作业。一个个汉字，一列列算式，一排排字母，像一群群敏捷的碎铁屑，紧紧地吸附在她记忆和思维的磁铁上。又像一窝窝嗡嗡翔舞的小蜜蜂，悄悄地在她的脑子里筑巢……

她还爱上了课外书。虽然买不起，却可以从同学那里借。沿着那一个个瑰丽的故事，她的思想飞出了很远很远……哦，这个可怜的姑娘，除了她生存的小山沟外，还从来没有出过远门，最远的地方，就是去过一次县城，那还是她养父火化的时候。

只有知识才能照亮自己的灵魂，才能改变自己的命运，不，才能改变整个山区的命运。山很高，出山的路很长，很远，但小红艳认准了，她要走出去，走出去……

像一株封闭的含羞草，渐渐地舒展了自己。现在，她的脸上终于有了笑颜，课堂上也敢举手了，说话的声音也大起来了。她还有了两个最好的小伙伴：曹凤清和祁静。课间的时候，她们会手拉着手，到校外的山坡上，说笑，唱歌，玩闹……

放学回来的路上，她会在河边的草地上拔一袋儿青草，或在秋收过后的大田里捡一捧黄豆、拾几块儿红薯。这些，都是乌鸡的好饲料。别人的乌鸡冬天不下蛋，而穷人家的鸡顾怜主人的贫寒，也像夏天一样下蛋呢。每天晚上，她就去鸡窝里取蛋，乌亮亮的蛋儿捧在手里，温温的。她使劲嗅一嗅，再细细数一数。每天都能收取三四枚，每 12 枚 1 斤，1 斤乌鸡蛋就是 8 元钱……

她的学习成绩也悄悄地赶了上来。2006 年底，考试分数出来了：数学 88 分，语文 72 分，英语 75 分，历史 80 分，生物 81 分……

她竟然是全班第二名。

但是，小红艳的心依然沉重。她不知道，那些弥漫在她生活和生命中的难以承担却又挥之不去的重负，会在哪一天把她再一次压扁。

她不知道该怎么办。但同时，这一个已经初谙世事的小姑娘，这一棵生长在大山深处的可以感知天地温凉的小草，似乎又隐隐约约预感到了什么。她在苦苦地坚持着，她的心底深处似乎在焦渴地企盼着什么……

丁亥（2007年）春节过后，开学第一天，是例行的升旗仪式。

可与往常不同的是，镇中心校的周校长和许多领导也来了。

果然，升旗仪式之后，周校长激动地宣布了一个好消息：从现在起，全国农村的初中和小学，学生全部免除杂费和书本费！

也是在这一天，周校长和班主任李茂堂老师还特意告诉孙红艳：如果她愿意，就可以住校，她是特困生，住宿费、课本费可以全免，不仅全免，每月还可以补助生活费30元，而且学校还要通过别的途径为她申请困难补助……

她怔怔地看着那一面红红的国旗，眼前蓦地涌起了一团湿热的水雾。

哦，这个国家在一天天地富裕起来，农业税免除了，义务教育费免除了，往后还会有更多更多的优惠。山里的日子在一天天好起来，奶娘的乌鸡也在一天天勤快起来。听说农民也要实行低保了，前几天，村干部不是到家里来登记了吗？

回到家后，她就把这个消息告诉了奶娘。奶娘高兴得直流泪。这天晚上，奶娘执意为她煮了三个乌鸡蛋，让她吃下去。她边说边笑，笑着笑着就睡着了，连梦里也开满了香喷喷的五颜六色的鲜花。她有生以来第一次睡得如此滋润和香甜。

第二天是正月十八。早晨上学的时候，太阳从东边的凤凰山上升了起来，红艳艳的，像自己的名字。她感觉自己真是幸运啊。

清漳河边的冰层在悄悄地化解着。亮晶晶的河水，冲击着已经脆断的薄冰和五彩斑斓的鹅卵石们，淙淙地敲击着，像琴声。

不知想起了什么，她的泪水又流了出来，流成了面前这条奔腾的清漳河。

这正是惊蛰过后的第二天，大地万物都在苏醒着。在这阳光和春风的拥围中，这一株刚刚从冬天里走出来的纤弱的小树苗，也和这广袤大地上的亿万株新绿一起，向着蓝蓝的天空，绽开了生命深处最甜美的笑靥……

2007 年 3 月 8 日于河北省涉县

（发表于 2007 年 3 月 19 日《光明日报》）

创作后记

2007年春季开学之际，教育部宣布：根据2005年12月印发的《国务院关于深化农村义务教育经费保障机制改革的通知》，继去年在西部农村地区推行农村义务教育经费保障机制改革之后，今年在整个中部和东部地区也全面推行此项惠农惠教政策。它包括为农村学生全部免除学杂费，对家庭困难学生免费提供教科书，对贫困复读生补助生活费等内容，惠及全国约1.5亿农村孩子。所需经费纳入国家财政预算，足额安排，集中支付。

自古上学须缴费。这个被中国农民祖祖辈辈认为天经地义的传统，在2007年春天，发生了历史性改变。

党中央、国务院做出的这项重大决策，是减轻农民负担、推进社会主义新农村建设的重要举措，也是科教兴国、实现中华民族伟大复兴的具有历史意义的重大决策。

这年春节刚过，我正在家里与朋友聊天，忽然收到光明日报社文艺部编辑付小悦的电话。在此之前，我没有在《光明日报》副刊发表过作品，与那里的编辑也没有联系。小悦编辑是怎么找到我的呢？

原来，《光明日报》副刊近期开辟"报告文学"专版，责任编辑付小悦正在寻找重点作者。经李炳银老师推荐，她便把我纳于囊中。

小悦告诉我，《光明日报》虽是综合性报纸，但更偏重于教育、文化和历史，最近出台的《国务院关于深化农村义务教育经费保障机制改革的通知》，意义特殊重大，报社特别重视，希望能有一篇报告文学生动、形象地反映这一历史事件，不知我能否执行。

我马上想到了太行山深处。这几年，我一直在搜寻抗日战争故事，走过不少深山小村，深深感受到山区贫困孩子求学的苦楚。我想，那里面一定有最典型的故事。

小悦告诉我，写作对象由我自己选择，但务必一周内交稿，字数不超过5000。

我当时在邯郸市文联工作，便立即带上《邯郸文学》杂志编辑赵明宇和我刚上小学的儿子李来金，向涉县进发。出发之前，我给邯郸市教育局打过几个电话，请他们帮着选择几个当地贫困孩子。市教育局局长赵浩军特别热情，指示涉县方面马上办理。

其实，我与赵局长并不熟悉，只知道他是一位热情、豪爽且有文化情怀的老兄。真是冥冥有缘，此事过后的第二年，我乘飞机去广州，邻座居然是他。于是，我们正式相识相知，从此成为人生的朋友、挚友。

到达涉县后，县教育局局长和相关人员已经准备好几个人选。我反复考虑后，最后选定孙红艳。

当时，刚刚下过一场雪，寒风似剪刀。我们一行，就这样踩着雪泥，走进了深山，走进了主人公的故事。

在创作过程中，我必须考虑如何在5000字的篇幅内，既要写出主人公的苦难生命，又要写出国家的恩泽，而且两者水乳交融。更重要的是，要在艺术上如何突破，呈现出我理想中的深沉、精准、圆熟效果。这其中，有太多的讲究，文字之间，结构之内，看似无意，实则有心；叙述之中，轻重深浅，前后呼应，最佳摆布；文气营造，既要各自为战，更需首尾相连、环环相扣，形成一个铺天盖地的大气场，直接拨响读者的心弦，冲垮读者的泪堤。总之，要把各种感觉深处的粗糙一一打磨光滑，才算一个珠圆玉润的精品。

这篇作品，篇幅不大，却费尽心力，但也颇有心得，颇有欣慰。应该说，这是我第一次在短篇报告文学创作中找到一种会心的感觉。

稿子交上后，《光明日报》马上安排。小悦编定稿子后，送交文艺部负责人。后来听说，当时报社文艺部主任正在调整岗位，暂由文艺部副主任单三娅负责审稿。单三娅，就是王蒙先生后来续弦的夫人。单三娅老师签字后，呈送总编辑。

时任《光明日报》总编辑苟天林当天值夜班。看过此稿后，似有感慨，便在报纸的大样上批示："报告文学及时、真切、感人。感谢春雷同志向本报赐稿，感谢作者的深情、笔力。天林，3月11日"。

这段文字，是对文艺部工作的肯定，更是对作者的鼓励。

第二天，小悦打来电话，向我传达了总编辑的批示。而后，经总编辑和报社有关部门同意，小悦把批示件的原件寄给了我。

至今，这件珍贵的批示原件，还收藏在我的书房里。

借斑显豹　以目传神

——《乡村的笑靥》赏析

◇ 王凤

弘一大师有言:“文以载道，岂唯辞华。内蕴真实，卓然名家。”

《乡村的笑靥》在完成“文以载道”的同时，动人之处并不在于“辞华”之美，其“内蕴真实”，结构浑圆、自然，借斑显豹，委婉动人。

这样一篇关于“两免一补”惠农政策的命题式报告文学作品，非“卓然名家”之大手笔是难以把控到位的。现实生活中，我们会遇到很多类似题材的报告文学，或者写一个单纯的故事，或者像新闻通讯一样，宣传一些形而上的大道理、列举一些成效数字以彰显其深远意义。诚如是，作品则缺乏艺术感染力，所谓的“报告文学”也便只有“报告”在位，而“文学”缺席了。

李春雷的这篇作品，却能别开生面，深深地触动读者的心扉，致使“情文相生，不能自已”，且富有时代气息的审美趣味，使报告文学达到一种妙不可言的境界。这是一种极其难能可贵的艺术追求。

品读《乡村的笑靥》，不禁想起鲁迅关于短篇小说创作的一段精辟的话:“只顷刻间，而仍可借一斑略知全豹，以一目尽传精神。”由此及彼，短篇报告文学同样需要短而精，短而妙；欲做到精短，就要像《乡村的笑靥》那样抓住精髓，透过太行山区贫苦农家求学小女孩儿孙红艳的个体现象，反映全局性的带有本质性的东西，即惠农政策给基层百姓带来的看得见、摸得着的实实在在的实惠；还要有具体生动的文学表达，使读者如身临其境，心往神驰。这样，便收到了小中见大，见微知著的艺术效果，使得小红艳的“目”尽传国家政策之“神”。

所谓抓住精髓，借斑显豹，不一定非要选取重大的题材，安排曲折的情节。

这篇作品可谓人小事小，平平无奇，但却反映出真实的现实生活，揭示出深刻的社会内容，平中出奇，看似无技艺，实则大技巧。生活中奇人奇事毕竟是少数，还是平凡人和平常事居多。这就要求作家学会从日常琐事和烟火人生中，发现、提炼人物的独特性和情节的典型性，做到平中见奇，借斑显豹。《乡村的笑靥》就是从小红艳的平常事件中，开掘出不平常的激动人心的主题，写出了令人难忘的乡村女孩儿形象。金圣叹在评《水浒传》时，常用“妙极”“神妙之极”的评语，对这篇作品，我想，完全可以用这样的话来称赞。

所谓具体生动，就是要在细节、氛围的描写上下功夫，巧妙花费笔墨。

作品中的例子比比皆是，当养父说供不起她上学时，“小红艳低着头，咬着嘴唇，酸酸涩涩的泪珠吧嗒吧嗒地打湿了鞋面”。养父出车祸去世后，她去找再婚的亲生母亲，“可怜的小红艳，提着邻居们凑集的半篮子鸡蛋，跪在亲娘的门口，哭求认母。但亲娘的屋门，最终也没有打开”。家境贫寒却阻挡不住她求学的渴望，“一个个汉字，一列列算式，一排排字母，像一群群敏捷的碎铁屑，紧紧地吸附在她记忆和思维的磁铁上。又像一窝窝嗡嗡翔舞的小蜜蜂，悄悄地在她的脑子里筑巢……”这些细节，通过独具匠心的文字渲染，营造了悲痛、凄凉的氛围，同时彰显了小红艳求知若渴的精神追求，文气越蓄越足，让人不知不觉中眼酸鼻辣，一下子就扣住了读者的心弦。倘若没有这些精彩的文学描写，作品的艺术魅力无疑会大打折扣。

英国诗人约翰·唐恩说：“谁也不能像一座孤岛，在大海里独居。每个人都似一块小小的泥土，连成整个陆地。”是的，个人与社会相互依存、密不可分。人都不是孤立存在的，而是生存在一个集体中的，需要互帮互助。就像《乡村的笑靥》中小红艳的笑靥，正是国家“两免一补”惠农政策的恩泽，才绽放了一个乡村求学孩子脸上的笑靥。

综上所述，此篇的“妙极”之处在于借斑显豹，通过一个孩子的切身经历，见证一项重大决策的开花结果。正像《光明日报》编者按所言：“太行山深处的小姑娘孙红艳的笑靥，也是大江南北 1.5 亿农村孩子的笑靥，是中国乡村欢欣的笑靥……”

此作真的是“神妙之极”啊！

永远的紫荆关

康金凯，从小就对紫荆关的故事耳熟能详。

紫荆关位于易县城西 45 公里的紫荆岭上，始建于战国时期，汉时称上谷关、五阮关，宋时为金陂关。金元时，因山多紫荆而易名。明朝定都北京后，更是大兴土木，屡屡扩建，驻军万人。

紫荆关之险，在于依山傍水。山是太行山，水乃拒马河。古来山间通道皆为水道，河流切开大山，河之岸即为人之路。所谓“太行八陉”，皆如此。择山河险峻处筑关守塞，是为京城和河北平原通往晋地和边塞之咽喉，故紫荆关被称为“畿南第一雄关”。

历史上，发生在紫荆关下的战争，逾 140 余次。血染城门，悲壮如绛。

如今，冷兵器时代早已结束，紫荆关变成了一座文物，一个退出历史舞台的道具。

但是，山河依旧。太行巍峨如昔，只是拒马河干枯了，而过去的岸路，也变成了一条 112 国道。不过，这条古老而又年轻的国道却是越来越重要了，不仅是京津冀连接晋陕蒙的主路，而且是减轻京城交通压力的主阀，北京奥运会期间，曾被国家列为唯一的交通保障通道。

112 国道最险要的地段在哪里？

仍然是紫荆关！

于是，保定市公路局专门设置了一个保障机构——紫荆关公路段。

而他，10 年前便成为这里的守关人。

身材高大，虎背熊腰，眼似铜铃，声若洪钟，现实中的康金凯，像极古典小说里的将军。他常常自嘲说，我是历史上级别最低的紫荆关守将。

是的，说起来，他这个段长，手下只有 32 个人，分六个道班，单独驻守。装备呢，仍然是冷兵器：钢钎、铁锨、扫帚、绳索等等，还有六辆人力三码车。如果动用修路设备，比如汽车、挖掘机和压路机，就需要请示上级，临时调用或租用。

他只是一个小小的股级干部，在国家庞大的干部体系里，根本不入流。

东汉建武二十一年（45 年）八月，北方游牧民族乌桓与匈奴、鲜卑联兵，自塞外入侵，攻至紫荆关下。汉光武帝刘秀命大将马援据守。马援诱敌入关，率三千将士突袭，斩杀敌酋数百人。乌桓联军大败而北遁，从此狼烟渐稀。

112 国道，还是晋煤外运的主要通道，是涞源铁矿群的出口儿，也是外地人前往清西陵、野三坡等著名景点旅游的必经之路。

康金凯负责的 43 公里路段，全是山路、险路，属于山区三级公路，宽度只有 8 米，每天的通行量达七八千辆，而且多是重载或超载，路面常常损坏，出现坑槽、涌包、开裂现象。这时候，他就身着橙红色的工作服，修修补补。

下雨天，大风天，山上偶有石头滚落，横在路面上，砸在车顶上，极危险。他连夜赶过去，排石。

个别路段，危石累累，必须进行特殊处理。先焊接编织一个硕大的钢筋网，罩在山体上，再喷灌水泥砂浆，厚厚的，铸为一体。这样，半壁狰狞的山崖就变成了一幅温柔的浮雕。

冬天里，零下 15 摄氏度，常常下雪。每次雪后，需要马上撒盐。他和养护工们推着三轮车，装满白白的盐粒，沿途均匀地撒开。天晴后，又要迅速把盐泥清理掉，用三轮车运送到附近的垃圾堆。若非，对路面、路基和两侧树木都有影响。

很多的日子里，他和伙计们汗如雨下，淅淅漓漓，汇入了眼前的拒马河。

拒马河古称涞水，汉时易名“巨马”，有水大流急如巨马奔腾之意，后又作“拒马”。无论“巨马”或“拒马”，均言其水势之大。拒马河流经紫荆关、野三坡，下游即进入北京境内，嫁海河，归渤海。

工业化的无序发展和环境因素，使得昔日的浩荡清波只剩下一条窄窄的溪流。近年来，河道两侧更是竖起了种种的厂房作坊，这里渐渐成了沿岸村庄的垃圾场。

每每看到这些，他的心里便会有一种莫名的拥塞。

……

其实，对于自己的现状，他很满足呢。

工作虽然辛苦，但工资不少；老伴儿跟着自己，衣食无忧；父亲八十高龄了，身体硬朗；女儿大学毕业后，在北戴河工作；儿子呢，也在公路部门，收入稳定。

平时，他喜欢在公路上漫步，既是工作巡查，又是放牧心灵。用眼瞧瞧路面，用脚踩踩边沟，用手摸摸边坡。路边的每一块石头、每一棵小树都是亲密的朋友，招招手，会心地一笑。山里的鸟儿很多，花花绿绿的，在头顶上唱歌，却不知道什么名字。更多的是麻雀，灰头土脑的，像自己平淡的人生。

山上多紫荆，六七月开花，蓝色，碎碎的。原来，他一直以为紫荆关的紫荆类似香港的市花，或是通常的紫荆树，颜色是玫瑰红的，像血，战场的气氛。来到紫荆关之后，他才明白，这里的紫荆就是最原始的荆条，是一种最普通的野生灌木。荆棘丛生，荆天棘地，披荆斩棘，不都是它吗，它长满了中国古代史。虽然很土俗，却是最坚韧，可以编筐、篓，是国人的性格和命运。

自己不就是一株土生土长、无声无息的紫荆吗？

金贞祐元年（1213年），成吉思汗率蒙古大军进攻金都燕京（北京），被阻于居庸关，久攻不下。蒙古军乃采用“声东击西”之计，暗移主力向西南，突袭紫荆关。攻克后，轻取易、涿二州。于是，金兵被击溃，燕京陷落。

史载，紫荆关一战，尸积成山，血流漂舻，拒马河塞，不能行船。

公元2012年7月21日。

白花花的大雨从早上开始，直到下午。

这一天，拒马河上游地区狂降暴雨，仅涞源县王安镇一带降雨量就达348毫米，创历史纪录。

一场百年不遇的大洪水，就要来了。只是，康金凯和人们都没有料想到。

下午5时，他站在紫荆关大桥上，观察水位。

这是112国道与拒马河相交的唯一的桥梁，修建于20世纪90年代。古时候，道路位于拒马河南岸，由于河流湍急，虽然一箭之遥，却是天各一方。现代桥梁拉近了世界的距离，但由于拒马河跨度较大，建一座钢构大桥投资过高，便只是修建了一座漫水大桥。何谓漫水桥？就是多拱石桥，平时水从桥下流走，如果洪水泛滥，就从桥上漫过。洪水过后，水落桥出，仍然故我。

紫荆关漫水大桥高出水面三四米，有十几个拱孔。往年汛期，水位从未过半。

康金凯想：今年的洪水可能漫过桥面吗？

不可能！他马上又否定了自己。

南岸的河滩上，商店和作坊林林总总，还有一家轧钢厂，几乎逼近了河中央。

大桥东北角的河沿上，是一家新开张的加油站。老板是一位精干的企业家，听说汽油价格要上涨，前几天斥资近百万，储备了三大油罐。

一辆大货车正在加油，敏感的油表像一台精准的点钞机，欢快地跳动着……

生活，按照既定的节奏，在不紧不慢地行走着……

明正统十四年（1449 年）八月，鞑靼瓦剌部首领也先在“土木之变”中，俘获明英宗朱祁镇。之后，挟持明英宗，骗开紫荆关，进逼北京，直杀到西直门、德胜门外，朝野震动。大部分朝臣建议弃城南逃，幸亏兵部尚书于谦力排众议，率守军死战。瓦剌军攻城失败，“也先遁去，复奉皇驾出紫荆关”，明王朝遂得以保存。

下午 6 时左右，手机响了：紫荆关大桥西侧约 800 米处路段被淤泥、浮石堵塞。

康金凯马上冒雨跑到现场。路北侧是一排陡峭的山崖，在雨水冲刷下，时有碎石和砂土滚落，侵占了路面 40 多米，致使东西双向 200 多辆汽车滞留，不能进退，其中一半是运煤货车，另一半是轿车。车窗后面，是一双双惊恐的眼睛。

他马上打电话，调集附近道班的 17 个养路工前来支援，又紧急租用一台备用挖掘机，火速赶来。

大雨还在哗哗，崖壁上不时有零星石块坠落。

大家看着他，毛骨悚然。

事情明摆着，必须首先排除危石，否则无法施工。而这样的天气，爬山排石，岂不更加危险？但此时，已经别无选择！

他命令：“李红有、何金虎、赵坡，上！”

三个人快速爬到山顶，用铁锤把钢钎深深砸进石缝间，拴紧绳索，再把另一头系在腰间。然后，战战兢兢地爬下山壁，寻找危石，用钢钎捅落。

轰的一声，一块牛头般的石头卷着白白的水花，呼啸而下。

半个小时内，排除了十多块危石。

三个人继续留在山腰，瞪大眼睛，随时报警。

这时，挖掘机启动，铲起路面上的碎石和泥沙，狠狠地抛进河道。康金凯和养路工们也纷纷拿起武器——铁锨，与石头、砂土作战。每一块石头，都是一个敌人。快些，快些，再快些！

挖掘机怒吼着，直累得气喘吁吁，满头大汗。

……

此时，周围的数十公里大山里，暴雨冲卷着碎石，像千万只饿虎咆哮，大山在剧烈地震颤着……

拒马河水又恢复了千年前的原始模样，像万千匹巨马奔腾。

河面在发酵般地涨大，转眼间，宽度由几米扩展至几百米……

崇祯十七年（1644 年），李自成进攻北京，分兵两路。一路紫荆关，一路居庸关。攻破紫荆关后，与从居庸关南下的义军响应，并截断崇祯皇帝南逃后路。明朝遂亡。

史载，李自成撤离北京时，曾谋划重兵据守紫荆关，以争取时间，在山西组织反攻。但“自成奔至紫荆关，遣降贼将唐通守之。（唐）通复降于清师。自成复至陕西，部署残兵”。紫荆关失守，加速了李自成的覆灭。

下午 7 时许，路面上的石头、泥沙，终于清理完毕。

他掏出手机，向上级报告，猛然发现手机没有信号。再向镇上看去，一片阴暗，原来方圆数十公里的高压线路已经全部倒塌。

通信中断！

霎时间，整个紫荆关变成了一座风雨中的孤岛！

洪水滔天，一切仿佛又回到了洪荒时期。

这时候，他感到一座黑黢黢的大山正向自己倾倒。

拒马河水已经逼近路基，河道里滚滚而下的树木，上游冲来的死猪、羊、鸡，还有桌、椅和衣服等在水边拥挤着、翻滚着。

人们已经彻底慌乱，老人、妇女和孩子们哭声一片，汽车们拼命地向前乱钻乱挤，试图夺路逃命。

交通骤然瘫痪！

刻不容缓，如果混乱下去，车队将更加缠成死结。如果不能在最短时间内撤退，后果不堪设想。

康金凯和十多个养路工，开始分头疏导交通。他和几个人拉着手，组成一道人墙，死死地拦截着出轨者，为分流的车辆挤出一条通道。

一个熟人司机上前对康金凯哀求："我孩子一个人在家里，求求你，帮我疏导一下，让我先走一步吧。"

"不行！按顺序走！"他不由分说。

还有一个越野车，猛冲上前，试图钻空。他举起铁锨，大吼一声，横在面前，像一个愤怒而又威严的将军。

汽车们都瞪大了恐惧的眼睛，看着他。

……

一个巨大的凶险，正在森然逼近！

如果紫荆关大桥漫水超过一米，所有车辆都将无法通行。如果水位再次提高，这一段公路都处于低洼，滞留在这里的车辆和人群，将全部遭受灭顶之灾！

洪水滔滔，像凶恶的敌军，咆哮着，直扑过来……

但此时，他的头脑，比雨中的石头，比雨中的紫荆关更加冷静。他明白，此时，他就是紫荆关上的将军，他必须镇静，必须高效，必须为所有人的生命负责，必须避免丝毫的错误决定……

他又猛地意识到，大自然无言却有心，人类的造孽，终会报应，现在，终于来了……

1939 年 11 月初，晋察冀军区部队将沿拒马河进犯的日军独立混成第二旅团诱于紫荆关附近的黄土岭，歼敌近千人，击毙中将旅团长阿部规秀。阿部规秀系日军在整个中日战争期间阵亡的最高指挥官。

1941 年 8 月，日军分十三路向晋察冀解放区进攻。紫荆关下，狼牙山上，五壮士战至弹尽路绝，宁死不屈，果断投崖，创中国抗战史上最壮烈的一页。

车辆在艰难地有秩序地双向疏散着……

现场再没有一个人说话，每个人都能听见自己怦怦如鼓的心跳声，每个人都在迅速地撤离着。

车辆快速启动的那一刻，车上的每一个人，都深情地回望一眼，为他祈祷。

但他，必须坚守到最后一刻！

河水已经漫过路面，渐渐逼近膝盖。

只剩下最后一辆斯太尔大货车了。车上装满了煤炭，30 吨重，熄火了。司机还在频频地发动，急得汗流滚滚，满头乱发熊熊燃烧。

康金凯喊他弃车逃生，他哭喊：“我贷款 30 万，新买的车啊。”

他大骂一声：“王八蛋，要钱不要命啊！”说着，一把拽住司机，拼命向东跑去。

桥头的加油站就在眼前，那是一块救命高地。

……

天已经黑沉了下来，远处是一种浑厚的呜呜声，像海啸，像地震，像冲上来敌匪的千军万马……

转眼之间，拒马河水已越过大桥两三米，水位直逼加油站的平台，汹涌的恶浪吼叫着、拍打着。

这时，康金凯感到脚下有一种异常的震颤，一团黑色的预感猛烈袭心，他大喊：“快跑，这里危险，往上游跑！”

众人跟着他，向更上方的紫荆关公路段跑去。

刚刚跑出几十米，只听得背后轰的一声巨响，整个加油站，竟然瞬间消失！三个几十吨重的油罐，像塑料瓶一样被席卷而去，随之而来的，是弥漫天空的浓烈的汽油味儿……原来加油站的地基，已被洪水淘空了。

所有人都目瞪口呆，魂飞胆裂。

事后得知，这一刻，拒马河流量高达 2580 立方米/秒，是有气象记录以来的最大值。包括紫荆关大桥在内的上千米路面，被洪水淹没达两米以上，汽车滞留处西部的路面地势较高，但有 500 多米坍塌。如果这 200 多辆汽车没有在洪峰到来之前疏散，将是一个毁灭性的悲剧……

这是一场惨烈的战争！

只是，这一次，由于撤离及时，紫荆关没有人员伤亡。

有时候，完整的撤离就是最大的胜利！

……

洪水就这样疯狂地肆虐了一个晚上。

第二天天亮的时候，波涛渐渐退去，像败逃的敌兵。紫荆关大桥终于又显露了出来。

康金凯眼前一亮，想欢呼一下，却发现嗓子已经彻底喑哑了。

他又想走过去，却已瘫软在地。

只是鼻子酸辣，眼前蓝花花的一片……

那是满山的紫荆，那是永远的紫荆关！

（发表于 2012 年 8 月 10 日《河北日报》副刊）

创作后记

2012年7月中下旬，北中国连降暴雨，尤以保定北部和北京一带为剧。位于保定市西部的太行山地区和河流下游地带，成为重灾区，损失严重。

一时间，各地支援，抗洪救灾。

保定灾情也牵动着广大文艺工作者的心。在河北省委宣传部统一部署下，河北省作协成立了“河北作家赴灾区采访团”，由省、市共12名作家组成。出乎意料的是，省作协党组决定由我任团长，副团长为大解和刘素娥。

这是我第一次出任代表团团长，既有些兴奋，又倍感压力。

人们常说水火无情、洪水猛兽。不亲历，绝难想象。平时看似温柔的弱水，一旦聚集起来，一旦形成规模，那种破坏力，便可载舟覆舟，便可翻天覆地，便可摧毁一切。在采访中，我们看到，一半半的山体被水淘空，一段段的路面被水掠去，一个几十吨重的大油罐被水冲出几千米。

在紫荆关下，我采访到这个故事。一个小小的公路段段长，在紫荆关下，冒死坚守、化险为夷的故事。那一刻，看着黑瘦的老段长，看着古老的紫荆关，我的脑海里忽然一道灵光闪过。

这本来是一个惊险却又普通的抗洪救灾故事，很容易写成好人好事和先进事迹。多少年来，大家都在常规地写作，少有新意。

如何使其文学化？如何使其出新意？

我思考再三，便有了自己的思路。把这个故事置入一个宏大的历史框架内，把凝固的历史与鲜活的现实结合起来，这样便有了一种说不出的纵深感和雄浑感。如何置入？我把那些闪光的历史碎片一一采撷出来，凭感觉嵌入到故事叙述中，再运用字体的变化，把这部分碎片变成楷体文字，像一枚枚晶莹剔透的玉石。这样，台前幕后，有主有次，有实有虚，虚实结合，形成一种特殊的效果，既不会导致阅读理解的混乱，更容易增强新鲜刺激的感觉，而且节省文字，简明结构，大开大合，干脆利索，格局辽阔，滴水藏海。

文章发表后，一些朋友打来电话，表示肯定并鼓励。

名家导读

突破与和谐

——《永远的紫荆关》赏析

◇ 相金科

其实，纪实文学是一种难度极高的创作。把最真实写成最精彩，这着实需要作家的功力。

刘勰在《文心雕龙》中就对内容与形式、文与质等关系进行了辩证的论述，抨击当时片面追求形式的文风，主张文学应有扎实的社会内容，做到形式、内容、情感三者和谐统一。

《永远的紫荆关》的创作对象，是一次抗洪抢险事件。普通和普遍的写作，就是叙述洪灾实情，写出英勇事迹，但这些很难写出文学的味道。如何创新？其难也巨。

但，作者是李春雷，我们就有了期待。

果然，他实现了，而且是重大突破。

作者精心设计，慧眼独开，把紫荆关置于一个历史大坐标上，把数千年历史上的一些战事碎片巧妙地插入。这样，既平添了文化含量，又增加了历史厚重感。主体内容虚实相生，古今镜头闪回推进。历史的天空遥远而浩瀚，现实的形势紧急而短暂，节奏上一张一弛，大开大合，给人一种新异的阅读享受，一下子开扩了读者的眼眶。

结构形式，乃是文学美的根本要素。英国美学家贝尔说："美是一种有蕴意的形式。"而别林斯基则说，现实的美，只在内容，而艺术则把它融化在优美的形式里。《永远的紫荆关》穿插人文历史内容的文本结构形式，过渡有序，错落有致，既丰富了纪实内容，又增添了文本层次的曲折多变，达到了平中出奇的效果。文中，那些穿插在康金凯段长带领养路工人抗洪抢险内容之间的历史碎片，看似“闲话”却万万不可小觑。这些颇具意趣的“闲话”写历史、接文脉，增添了知识性、趣味性、可读性，仿佛万绿丛中一点红，把枯燥的纪实文学点缀得丰富多彩，熠熠生辉，更把紫荆关置于大历史的坐标上，古与今、静与动、大与小，雄浑与细微、邈远与切近、历史与现实，像蒙太奇一样闪现在你的眼前。

这种鲜活的形式，不仅构成了作品叙述的立体框架，而且大大拓展了纪实文学的叙事空间，既机智巧妙又精雕细刻，有效地深化了主题，突出了人物，实在是纪实文学文本上的一个可贵的创新。

亦虚亦实，大张大弛，其实也是生活的自然节奏，如：山峦之起伏，色彩之浓淡，感情之喜怒，矛盾之两极……《永远的紫荆关》巧妙地完成艺术构思和现实情节的排列组合，合理处理了张与弛的关系，不仅增强了作品的节奏感，还使作品显现出波澜起伏、引人入胜的艺术美感。

从美学角度而言，也好像是一幅书画艺术品。作为一种视觉造型艺术，书法作品讲究变化与造势，比如快慢变化，就是线条要有节奏韵律感，书写时笔锋好似在纸上起舞，时快时慢产生音乐般的动感节奏，给人以自然波动的美感。亦如国画作品的构图，色墨呼应，景物的主次、斜正、疏密、虚实、穿插等要素的考量均要新颖大胆、严谨精到而自成法度，使之呈现出明显的层次感、秩序感以及富有时代气息的审美趣味。

如果用一个人来比拟，那么一篇作品的形式是骨架，内容是血肉，语言则是气质。《永远的紫荆关》的骨架比例匀称合理，血肉丰满，气质优雅。作者把“一切事实和思想的外衣”的艺术语言引进纪实文学作品中，采取艺术特写的表现方法，细致地刻画了人物和事件，再现场景气氛，突出主人公的活动和内心世界，使紫荆关公路段段长康金凯真实生动的性情和气质，给人以逼真的感受。

无疑，《永远的紫荆关》与普通的纪实作品和新闻通讯相比，更富文学色彩，更加惊心动魄，已经明显地突破了普通的纪实文学创作，是作家在创作实践中的一次鲜明突破，丰富了当代纪实文学的表现手法。

北海，你好！

在当今“工业立市”的主旋律中，北海市坚守着“生态至上”的思路，为我们这个到处弥漫着工业粉尘的世界保留了一份纯美的净土——

窗后是盈盈的一湾碧蓝，门前是渺渺的万里烟波，院内是烁烁的四季温暖。端坐在中国西南边陲的北海市，像一枚青青黄黄的杧果，静静地伸进南中国海里。又像一支敏感的温度计，在悄悄地测试着世界的凉热。

我对北海的了解，最初来自一个朋友的眉飞色舞。

那是1993年的春天。我刚刚大学毕业，在北方的一座城市里工作。我的好朋友，一位热血沸腾的业余诗人，一天晚上突然找到我，说已经辞职，要去闯荡北海。我大吃一惊，定定地看着他。他手舞足蹈地说，北海遍地是黄金，他的一位亲戚在那里搞房地产开发，他借了十万元钱，要去投资入股，肯定能发大财……

第二天，他就远走高飞了。

从此，我开始格外关注起了这个静卧于北部湾腹地的滨海小城。

说起来，北海是一座极具天赋的生态旅游城市，三面环海，四季鲜花。早在西汉时期，这里就是海上丝绸之路的起点；晚清时期，《中英烟台条约》签订之后，这里成了中国最早被开辟为通商口岸的地方之一。1984 年，北海又是国家确定的首批进一步对外开放的 14 个沿海城市之一。这里不仅有中国最大的海滨浴场——银滩，最年轻的火山岛——涠洲岛，还是中国最名贵珍珠——南珠的产地，最稀有鱼种——美人鱼的故乡，更有着国内最大面积的红树林……

曾几何时，这所有的美丽都让位于房地产的疯狂。因了某种倾斜的政策，仿佛一夜之间，地皮发烫，楼市火爆，全国 2000 多家房地产开发公司纷至沓来，连青海、西藏的地产商也不肯落下，连大街上的三轮车夫都在卖蓝线图、炒地皮，连银滩中心区的海潮线上也盖起了宾馆和别墅。整个北海市似乎失控了，人头攒动，车水马龙，焦煳的马路，浮躁的情绪，漫天飘舞着五彩缤纷的梦想泡沫。

巨大的泡沫在恶性膨胀着，很快就爆裂了。

一年后，我的朋友沮丧地回来了。由于国家宏观调控，银根紧缩，停止输血的楼市立时全面跳水，万千商人一夜间血本无归。

重创之后，他也失去了工作。为此，他常常借酒浇愁，醉酒后就开始痛骂北海。后来，为了还债，也为了躲债，他偷偷地到深圳一家电子企业打工去了。

那个时期，电视上关于北海的负面消息越来越多：野草丛生的圈占地，雨中锈蚀的烂尾楼，成群连片的毛坯别墅，以及毛坯别墅里圈养猪、牛、鸭的画面……市政府也背上了沉重的负担，年财政收入仅仅几亿元，而负债就达数十亿。理论界更严斥北海是头脑发热的典型，是泡沫经济的博物馆。

身受重伤的北海像一条被刮去鳞片的鱼，躺在岸边哭泣着，泪水像潮水一样泛滥。

我第一次去北海是 20 世纪的最后一年。

那时候，工业化的浪潮早已席卷全国，每一座城市都在想方设法地招商引资，拉项目、上企业，每一位市长都在渴望着 GDP 的无限增大。

在海边哭泣的北海也匆匆忙忙地投奔到了这个行列中，喊出了“工业立市”的口号。短短几年内便在市区周围建起了19个大大小小的工业开发区。一家年加工能力20万吨的炼油厂在城市西部投产了，并迅速扩建至60万吨；城市北部的廉州湾一带，还散布着十多家大大小小的色织、印染企业，浑黑的污水日日夜夜地流向澄澈的海湾。更多的是那些以小杂鱼、下脚料为原料的鱼粉加工厂，把浓浓的腥臭撒满了天空。

走在北海的街道上，到处可见川流不息的各式货车，特别是那些运送油料和饲料的重型汽车，声嘶力竭地吼叫着，累得满头大汗，不堪重负的马路在沉重的车轮下痛苦地挣扎着、呻吟着。粗粗细细、高高低低的烟囱里冒出红红黑黑的烟雾，像一条条巨龙在蓝天白云间张牙舞爪，连路旁的榕树、椰子树们也在摇头叹息。

更让我震惊的是，银滩上白白的石英砂正在变灰变黑，原本平缓的潮间带已经变得起伏不平，形成了一棱棱、一道道的积水槽沟。原来，银滩的中心地带竟然有38幢建筑物，形成了一道漫长而坚固的坝堤，紧贴着潮线，改变了海洋动力环境，影响了海浪对银滩的哺育，使得这个原本发育良好的丽质美女患上了恐怖的肌肉萎缩症。

在退潮后的银滩上，间或可以发现几只海蟹，有的挥舞着威猛的双拳，像暴力的泰森，欲与游客打斗；有的瞪着圆圆的眼睛，像怒目的金刚，在仇视着人类。

为了发展水产养殖，这里大片大片的红树林被铲除了。由于海水污染，灿烂的珍珠业也萎缩了，还有漂亮的美人鱼，已然不见了踪影。

望着在灰蒙蒙的空气中日渐扩大的北海，我心里真是有一种说不出来的悲哀。

时光的脚步在匆匆地行走着，我也在许多城市之间进行着自己的行走。见过了太多相同的工业化城市之后，同样弥漫在工业粉尘中的北海，在我的印象里渐渐地淡远了。

的确，工业化是社会发展的必经之路。它给人类带来了便捷，带来了舒适，但也带来了污染，带来了失衡。人类富裕了，进步了，却也冷漠了，麻木了，似乎变成了一个个被固定程序控制着的功能相同、欲望相同的机器人，失去了生命特有的丰盈和灵性，还有许许多多典雅的、鲜活的、敏感的人文情怀。

越来越多的人在怀恋曾经的生存环境呢。难道高高的大楼、宽宽的马路、飞快的汽车、精密的计算机和那一片片人工植造的绿色就是我们生活、生存和生命的全部吗？作为自然界的儿子，人类最需要的是大自然母亲那些原汁原味的制造，那些鲜活的空气，茂盛的森林，甘甜的泉水，暖香的阳光，蓝蓝的天空中那如狗似羊又像棉垛一样的朵朵白云，漆黑的夜晚里那圆润饱满又清新如镜的童年的月亮……

常常地，想到这些的时候，我真是有些迷惑呢。我不知道人类到底是进步了，还是退步了。

今年 10 月的一个晚上，我接到一个陌生电话：竟然是那位多年未曾谋面的深圳朋友。他说他的公司已迁居北海，希望我去看一看。

这真是有些出乎意料了。原来，他毕竟是一位聪明者，在深圳打工期间，凭着自己的机敏和业绩，成功地进入了那家电子企业的高层。又经过几年发展，已成为那家公司的副董事长了。近年来，由于国家产业政策的调整和西部地区廉价的生产力，东部的很多制造企业在纷纷西迁，而北海由于生态方面的特殊优势和特殊要求，一些以电子信息为主的绿色企业便成群结队地落户了。

电话里，他绘声绘色地向我介绍着，赞美着，全然忘记了十几年前的诅咒。他告诉我，他在北海购买了一栋 200 多平方米的别墅，他说这里绝对是中国最宜人居的城市，空气清新可以袋装出售，氧负离子的含量是内地的 100 倍……

盛情难却，我再一次飞向了北海。

我的朋友，曾经热血沸腾的业余诗人，现在已经是一位成熟、睿智的企业家了。他用自己的“宝马”，带着我，向我展示着他的北海。

我细细地打量着这似曾相识却又完全陌生的一切，那最新修建的环岛 50 公里的宽阔的海景大道，白亮如雪的银滩，湛蓝似梦的天空，海风中紫须飘舞的小叶榕，阳光下鲜红欲燃的三角梅……

原来，新世纪以来，北海重新确立了生态立市的思路，果断地关闭了所有色织、印染企业，将准备落户的制革、冶炼项目全部拒之门外，并将整个 40 平方公里城市建成区划定为禁燃区，规定不准使用煤炭或重油做燃料。作为广西最大的渔业重镇，以小杂鱼、下脚料为原料的鱼粉加工厂也全部被逐出了市区。

北海最大的手笔，莫过于斥资 3 亿元，将银滩上的 38 幢建筑全部炸掉、清除，彻底实现了还滩于大海、还滩于自然、还滩于人民，并以此为中心，进行国际招标，参照世界名滩的标准，聘请美国莫利斯公司进行全面规划，要把长约 24 公里的银滩实实在在地打造成世界第一滩，成为名副其实的“东方夏威夷”。

在城区北部的廉州湾里，那些破破烂烂的工厂全部拆迁，变成了一个大型的滨海公园，三五成群的人在垂钓。一条巴鲽上钩了，蹦蹦跳跳地从大海里游进了钓客的鱼桶里，游进了市民的欢乐中。高大茂密的马尾松树下，处处是闭目养神的老者，屏声静气，吞吐着海风；还有一群群的红衣少妇，在音乐中向海而舞；更多的是光脚走海的青年男女……

没有产业的支撑，就没有城市持久的美丽。北海市将原来的 19 个工业开发区全部进行整合，集中在出口加工区、高新技术产业园区和其他两个工业园区内，并抓住国家调整产业政策的机会，承接了东部转移过来的上百家绿色企业，进一步确立以电子信息为主的高新技术产业、以旅游休闲为重点的现代服务业及海洋生物制药、现代农业等作为城市长远发展的产业结构。

更大的工业区位于东部离北海市区 50 公里处的铁山港区。这里正在建造两个 20 万吨的货运码头和几个投资上百亿元的绿色工业项目。朋友告诉我，几年后，这里就是中国的“东京湾”和“鹿特丹”，将成为北海最直接的经济支柱。

在铁山港的码头前，突然发现绿莹莹的海面上漂来几个灰灰黄黄的“塑料垃圾袋”，我心内一沉。不料，朋友却惊喜地说，那是海蜇！细细看去，不错的，是一团团肉质的絮状生物，似乎正在海水里顽皮地嬉戏，开开合合、起起伏伏，丝毫不惧人类。

在这里，我终于见到了梦想多年的郁郁葱葱的红树林，那唯一生长在海水与陆地之间的奇特的树种，她们是海洋生态的保护神啊。在阳光下，在海风中，那么顽韧那么骄傲地站立着、蹈舞着……

密匝匝的红树林下，是一个温馨浪漫的生物世界。灰白的弹涂鱼，像猴子一样蹦蹦跳跳，居然能爬到树上去；螃蟹们横冲直撞，手舞足蹈，像抽奖现场猛然中奖的彩民；而黄鳝们则探头探脑，贼意狡黠，像股市上见机行事的老手……它们在这里无忧无虑地生活着，找寻着朋友，找寻着爱情，找寻着欢乐。这也是一个平静而丰富的世界啊，只是不知道它们有没有自己的语言，自己的忧愁，自己的工业化，乃至自己的科学发展观。

朋友告诉我，北海的珍珠业正在起死回生，国家一级保护动物儒艮（美人鱼）也回来了，她们或是微笑着躺在远处平静的海面上，拥抱着婴儿哺乳；或是扭动着娇美的身躯，在五光十色的海底世界里翩翩起舞，浅吟低唱……

那天的晚餐，在南万渔村进行。

海滩上用竹竿搭起一座简易木棚，下面就是潮起潮落的舞台了。雪白的浪花们聚聚散散，喃喃耳语，小螃蟹、小虾们俨然勇敢的弄潮儿，在浪花间嬉戏玩闹。退潮了，浪花们急急忙忙地向大海跑去，累得气喘吁吁，满头大汗，像一个个惊慌失措的孩子，寻找着母亲的怀抱。

这时候，浓厚的黑幕中，月儿升起来了，冰清玉洁，晶莹剔透，秋毫毕现，像新拭的明镜一样鲜亮。我陶醉在那遥远的、烘人的、迷幻般的海韵和月辉中了，如回童年，如历春梦，如温初恋，暖暖的，甜甜的，痒痒的……

晚饭后，我在小区内散步。朦朦胧胧的月光下，婆婆娑娑的树荫中，身着短衣、手执蒲扇的市民们正围坐在一起乘凉、品茶，灯影幢幢，笑语融融。不时有一对青涩恋人悄悄走过，便会引起蒲扇们一阵阵窸窸窣窣的碎碎低语。

我静静地站在那里，望着满天繁星下的灯火人家，心底一片温暖澄明。哦，年轻的北海，也像我年轻的诗人朋友，曾经激情过，莽撞过，迷失过，痛苦过，但是现在，他成熟了，理智了，终于找到了自己心灵的归宿。

此时，我心底不禁油然涌上了一句真挚的问候和祝福：北海，你好！

（发表于2009年2月7日《光明日报》副刊）

创作后记

2009年8月的一天，光明日报出版社社长朱庆打来电话，问我去过北海市吗。

北海，大名鼎鼎，我曾在10年前去过一次。

朱兄告诉我，前些年北海市因房地产业兴衰而出名，后来又因生态环境好恶而出名，这些年，北海市转换发展模式，着力绿色发展，生态环境全面恢复美丽，红树林又茂密了，美人鱼又回归了。他的好友在那里担任市委书记，邀请我们去感受一下。

正好，在此之前，我的一位在北海做生意的朋友也曾多次打电话，希望见面。

双重邀请，盛情难却。于是，我便有了一次美妙的北海之行。

我住在廉州湾。楼下是蓝蓝的海水，海边是翩翩的老榕树，老榕树下是蹦蹦跳跳的红男绿女。那几天，我们实地采访了北海市治理环境的具体做法，看到了一些正在消失的工厂遗址，还一起到合浦县去看红树林，到海滩上去挖沙虫。记得一个周末，朋友带着我们，在海边沙滩上的椰树下支起一个全套的茶桌，煮水品茗。茶香袅袅，海风悠悠。蓝天白云，椰林沙洲。

吃了沙虫，看了美景，我答应写一篇作品。怎么写？写工作经验？写经济数字？都不合适。还是从文学角度，从人性角度，这样更亲切，更真实，更自然。于是，我便没有写市委的部署和决策，而是从我的朋友着眼入手，写出北海“生态至上”的发展理念。

美文如美人，既要玉颜，又要智心，即秀外而慧中。所以要特别注意内容与形式的统一协调。而一篇文章，表面和内里都有太多的游离和失衡、生硬和艰涩，就好像一块儿粗糙、畸形的石头，要雕琢成一尊精美的佛像，要经过太多的刀劈斧削和精雕细刻，首先是身材轮廓上大致协调，而后是各部位比例的协调，再往后是细节的协调、衣襟的静动、皮肤的丰腴、眼神的凝聚、睫毛的灵性，等等。把这一切都做到位了，神韵自现。

北海的“趣味”

——《北海，你好!》赏析

◇ 朱庆

反映一个城市政绩工程的文学作品难写，写出优秀的纪实文学更难。

但《北海，你好!》却独辟蹊径，找准了一个角度：从一位与北海有密切关系的朋友入手、从生态变化入手、从一系列细节入手，用纯文学的笔法，写出了北海细细碎碎却又轰轰烈烈的变化，使读者品出被常人所忽视的纪实文学艺术旨趣和现代城市发展况味。这种富有艺术趣味的文本，增添了作品的美学元素，在纪实中表现出“化腐朽为神奇”的“魔力”，为当前的纪实文学注入了一股清新的气息。

作者巧妙地将一个朋友作为一条线索贯穿始终，让文章的气氛一下活了起来，为全文叙述找到了很好的头绪。朋友借钱到中国西南边陲的北海市淘金，随后仓皇逃离到深圳重新创业，事业有成后又迁居北海……

朋友的经历也是北海市一段时间里经济环境和自然环境的变化经历；朋友的经历和召唤，使“我”关注并踏访。作者设身处地，引领读者走进自己的所见所闻，分享自己的感悟体验：一是从内到外，由“我”及物，由“我”及人，通过自我在场体验而带读者领略北海市这个外部多变世界；二是从外及内，由人及“我”，由物及“我”，通过在场体验北海的变化启示自我。作品叙述以第一人称切入，“我”作为纪实事件的目击者，为这个城市的变化发展写下“证词”，叙述自己的亲见亲闻，去蔽、敞亮、本真，给人一种亲切的真实感，拉近了作品内容与读者之间的距离，具有现代性的审美趣味。

在我的印象中，记述一个地方历经千辛万苦而取得成绩的纪实性文章，大都会多给领导“镜头”。以反映一个滨海城市艰难而美好变迁的纪实文学作品《北海，你好!》，却把更多的精彩生动“镜头”对准了美丽的城市风景、不知名的普通百姓和海里欢快的“虾兵蟹将”及“美人鱼”们，让习惯露脸的领导们“潜伏”，这是我料所未及的。应该说，北海市的各级领导既是实施北海发展的决策者，也是城市建设过程中的参与者，其中的艰辛可想而知。处处提到他们，让出彩的地方有他们高谈阔论的风采；处处闪现他们，让艰苦的环境中有他们以身作则的身影……这，也无可厚非。文中却只字未提，这既是一种艺术手法，也暗示了魅力城市背后决策者们的高瞻远瞩，真是“此时无声胜有声”啊。

纪实性的文字叙述很容易把人带入枯燥的境地，这是类似纪实文字“工程”的“质量通病”。其实，作者面对的不过是北海这个城市前后变化中的一堆枯燥的成果数字、一套运作的经验做法、一摞先进的事迹材料……罗列数字、成绩、事迹并不难，难的是如何在纪实中用文学的手法生动地再现这一文明发展壮举。

《北海，你好!》能够吸引读者潜心看下去，并产生美的享受，还在于语言的文学感觉好，轻灵动人，芳香可人，为纪实文本注入了丰富的“趣味”。在中国古代的艺术审美中，“趣”是很重要的一个范畴，无论诗、书、画、乐都讲究趣味，并派生出旨趣、情趣、意趣、风趣等一系列从属范畴。如王夫之就提倡诗应“亦理亦情亦趣”。该作品将纪实、论理、状物、抒情及趣味巧妙地结合在一起，做到了“亦理亦情亦趣”。文章的旨趣体现在“此时无声胜有声”的书写，以及结构的圆润和谐上。情趣体现在词语的悦耳、生动、形象上：“窗后是盈盈的一湾碧蓝，门前是渺渺的万里烟波，院内是烁烁的四季温暖”“粗粗细细、高高低低的烟囱里冒出红红黑黑的烟雾”“朦朦胧胧的月光下，婆婆娑娑的树荫中，身着短衣、手执蒲扇的市民们正围坐在一起乘凉、品茶，灯影幢幢，笑语融融”。意趣体现在升华主题的议论抒情上：“这也是一个平静而丰富的世界啊，只是不知道它们有没有自己的语言，自己的忧愁，自己的工业化，乃至自己的科学发展观。”风趣体现在句子的拟人化比喻上：“连路旁的榕树、椰子树们也在摇头叹息”“螃蟹们横冲直撞，手舞足蹈，像抽奖现场猛然中奖的彩民”……作者的字词不生僻，极其常见，通过它们巧妙的排列组合，使枯燥的题材变得润泽、变得意味深长。

“北海，你好！”——结尾处，“我”的问候和祝福油然而生，意味万千。

现代化工业步步紧逼的今天，自然环境，真是一种最深的孤独了。我们既需要奏响“工业立市”的主旋律，也应该像北海市一样坚守着“生态至上”的思路，实现人与自然的和谐相处，踏上一条科学发展的光明大道。

我的中国梦

从珠海飞回沈阳的时候，已经是晚上8时了。

南北温差太大，冰火两重天。他体内虚火浮躁，满嘴起泡，唇角还淤结了一片不大不小的疮痂，黑乎乎的，像一粒溃烂的桑葚。

他打电话给妻子，说连夜赶去外地参加一个活动，月底结束，今晚就不回家了。

妻子问："十多天没照面，又要到哪儿去?"

他沉默了一会儿，"你别问了，保密。"

妻子不说话了，这是多年的习惯。但又不放心，就叮嘱一句："如果是在东北，务必带上棉大衣。"

他赶回办公室，处理了几个急件。然后，拿上棉衣和一件工装——海蓝色夹克，就披着浓稠的夜色，匆匆忙忙地奔向几百公里之外的基地。

作为中航工业沈阳飞机工业（集团）有限公司董事长兼总经理，他担任研制现场总指挥的中国第一代舰载机——歼-15，几天后就要公开在"辽宁号"航母上进行第一次起降训练了，那肯定是一个世界瞩目的事件。只是现在，还不能透露丝毫。

这一大，是2012年11月17日。

罗阳是部队大院里长大的，父母亲都在第三军医大学工作。

高考的时候，他成绩非常优秀，完全可以考取北大、清华，可他执意选报了北京航空航天大学、西北工业大学和南京航空学院。他是军人的孩子，他的梦想是国防军工。

进入北航读书，专业是高空设备制造。

在班里，他不仅文化课成绩好，体育也好：立定跳远 2.75 米，引体向上能做数十次，腹部竟然练出了八块坚硬的腹肌。他一米八的个头，身材清瘦，弹跳如簧，是班里的体育委员，是系排球队的主攻手。

1982 年，罗阳分配到沈阳飞机设计研究所，担任设计员。

这是共和国组建最早的飞机设计研究所，主要从事战斗机的总体设计和研究，中国空军现役的歼击机大都在这里设计定型。

那时候，所里正在进行歼-8Ⅱ的设计攻关。

有一年，罗阳与几位专家到美国考察。人家的航母甲板上，战机像蜻蜓一样飞飞落落，机翼像双臂一样收收放放。想起自己的落后，年轻的他急得直想大哭。

几十年前，冯如与莱特兄弟几乎同时开始研制飞机，而现在呢。

差距太大了，太大了！

要拼命追赶啊。

一个国家，没有安宁的国防，就没有安宁的一切。

我们的天空并不安宁。未来的威胁，最多的将来自天空。

没有人能够想象，这些年来，中国军机制造走过了一条怎样的艰难之路。

借鉴、消化、吸收、提升，失败、苦恼、汗水、泪水、血水……几十万中国航空人在追赶、追赶，苦思冥想，殚精竭虑，参悟天机，披星戴月，只争朝夕。

从二代机、三代机到四代机，由望尘莫及，到望其项背……

到达基地时，已经接近凌晨 1 点了。

舰载机应急保障队的队员们还在等待，他们将举行战机上舰之前的最后一次检测。

飞机跑道上，停泊着几架橘黄色的歼-15，都睁大眼睛，亲昵地瞅着他。他也用深情的目光，细细地抚摸着，紧紧地拥抱着。这些，都是他的心肝宝贝啊。而现在，又仿佛是待嫁的女儿，更好像是出征的儿子。

两个月前，中国第一艘航母“辽宁号”正式诞生，震惊世界。但航母是什么？它是以舰载机为主要武器并作为其海上活动基地的大型水面舰艇，是移动的机场，舰载机才是真正的战斗力。

说起舰载机的历史，国人真是汗颜啊，整整迟到了 100 年。

1912 年 5 月 2 日，英国人查尔斯·萨姆森第一个从航行中的战舰上起飞。第二次世界大战中，舰载机被广泛应用，特别是在太平洋战场上起到决定性作用，从日本海军偷袭珍珠港，到双方舰队自始至终没有碰面的血战珊瑚海，再到决定命运的中途岛海战，无不如此。

1991 年的海湾战争和 2003 年的伊拉克战争，美国尽管在中东没有足够的陆上机场，却依然能够利用其舰载机群进行主要攻击，并彻底摧毁敌国。

目前，全世界所有航母上的舰载机数量在 1250 架左右，其中美国超过 1000 架，俄罗斯、英国和法国排列其后。而中国呢，还是一片空白。

如今，这第一架，就要横空出世了。

美国媒体曾公开断言，中国的舰载机最少要两年后才能上舰。

而现在，才仅仅两个月。

他微微地一笑，忽地感到一团雾茫茫的困倦嗡然袭来。

自从投身这一片温热而浩瀚的海洋，他就再也没有回头。

20 世纪 80 年代，国家倾力于经济建设，军工萧条。好多专业人才下海了，转行了，可他依然坚守。趁着清闲，他自学俄语，每天抱着收音机听读，还试着翻译俄文军事资料。后来，他干脆又考回母校，读全日制研究生，专业更是飞机设计。

90 年代之后，军工航空的春天终于来临。

那个时候，他重点研究飞机座舱，侧重于舱盖玻璃和金属的老化疲劳问题。高空高速中，气流温度接近 190℃，材料选用至关重要。为了快速筛选，需要到广州和海南做试验。试验是在强烈的紫外线环境中，强度是海南最高值的 5 倍。由于防护简陋，身体的照射时间每天不宜超过两小时。可他，每天照射 5 个小时以上，烤得皮肤火辣辣的，生疼。半个月，收获颇多，他的脸虽然全部爆皮了，像一个烧伤病人，可仍然掩盖不住笑容灿烂。

他在科研上成绩骄人：在国内首次采用气动力分析法进行座椅的适应性分析；率先提出开展透明材料人工加速老化研究，填补了国内空白；主持了歼-8 系列飞机弹射救生系统重大技术攻关……

各方面的优秀表现，他一步步走上了领导岗位。10 年之后，他担任了这座国内最大的歼击机设计研究所的党委书记。

2007 年，人到中年的罗阳又肩负更大重任，出任中国歼击机生产基地——中航工业沈阳飞机工业（集团）有限公司董事长兼总经理。

沈飞，被誉为“中国歼击机的摇篮”，自 1951 年创建以来，这里创造了中国航空史上的无数个“第一”：第一架喷气式歼击机——歼-5，第一架喷气教练机——歼教Ⅰ，第一架超音速歼击机——歼-6，第一架双倍音速歼击机——歼-7，第一架高空高速歼击机——歼-8，第一架全天候高空高速歼击机——歼-8Ⅱ……

由设计军机到制造军机，罗阳承担着国家安全的一项特殊的神圣使命！

说起来，罗阳与军机似乎有一种天缘。

有两个数字，真是惊人的巧合：

他出生那一年——1961 年，正值沈阳飞机设计研究所成立。

而他的生日——6 月 29 日，竟然就是沈飞的诞生日！

起床后第一件事，就是细细观察天气，这也是多年的习惯了。

东天一抹银灰的鱼肚白，晴天，能够试飞。他的心里立时升起一轮太阳，明亮亮的。

8 时整，乘坐直升机，飞往“辽宁号”。

这是他第一次登上航母。但他早已通过图像和视频对这个庞然大物进行过千百次的熟悉，所以，对它的雄壮、繁华和先进性并不感到新奇。风大浪急，波涛汹涌，但航母不为所动，辗过喧闹，平稳前行。站在航母甲板右侧高高的舰岛上，凭栏远眺，有一种凌驾万物的感觉。

不知怎么回事，他总是豪迈不起来。

航母上的起落平台不及陆上面积的十分之一，且处于运动状态和微颠簸状态，舰载机要实现平稳且精准的起降，其难度远高于岸基。根据美国海军的说法，飞行员在航母上降落时的紧张程度甚至要超过空战的时候。

据有关资料显示，几十年来，为了舰载机的成功起降，美国曾损失上千架飞机。

一条极危险的血路，一次刀尖上的舞蹈。

这，正是他最揪心的。

现代化战争，制空权的重要性不言而喻。而在这个领域里，常规军机可以购买，通用技术可以借鉴，而最高尖的核心技术定然是国家绝密。

目前，世界上现役的舰载机主要有美国 F-18、俄罗斯苏-33、英国“鹞式”和法国的“阵风”。几年前，中国选择与其处于同一平台的歼-15 作为舰载机进行自主研制，无疑是一个巨大挑战。

中航工业集团牵头，以沈阳飞机设计研究所和沈飞公司为主体，组成精英团队，联合攻关。

按照常规程序，设计单位应在完成设计定型之后，再将生产定型的任务交给沈飞。

但是，为了提高效率和速度，罗阳另辟蹊径。他力主打破先设计、后制造的老规矩，将两个单位的研制人员整合为一个“飞鲨”团队，不分你我，不分先后，联合设计，联合制造。

制造单位与设计单位是一对矛盾体。设计者唯愿立足技术最前沿，而在工艺水平相对落后的我国航空制造界，设计意图很难完全工程化实现。

但作为新机研制生产现场总指挥的罗阳，总是给上游最大的创新空间。研讨设计方案时，他很少要求修改以降低制造难度，反而总是鼓励大胆设计，加工制造时遇到困难，他再去攻关。

“你们怎样设计，我们就怎么干！”这是罗阳常说的一句话。

制造一辆时速 200 公里以上且性能稳定的高级轿车，其难度系数是多少？而制造一架时速 2000 公里以上且性能稳定的舰载机，其难度系数又是多少？

老天知晓！

“工欲善其事，必先利其器。”这些年，在罗阳的主持下，沈飞集团已经逐渐拥有一整套国际先进水平的飞机装配、整机试验、可靠性试验、飞行试验的技术、设备和制造生产线，特别是在钛合金机械加工和大型复杂结构件的数控加工等方面已达到世界一流水平。

但是，千千万万个难关和险隘，横亘面前……

这里是高科技的极顶，是人类的至高玄奥，但这又是一个绝密的军事禁区！

所以，作为一个写作者，我无权窥探其中，也无法向读者描述，更不能臆想。

但，我们可以想象，想象那个邈远而神奇的高空世界。

舰载机的第一次公开起降训练，将由军方飞行员完成。

由于此次任务特殊，世界瞩目，军方、航空界高层及新闻界都亲临现场。所以，军方只邀请罗阳一人作为沈飞公司的代表上舰工作。

这样，他的担子更加沉重了。

虽然训练任务由军方执行，但作为研制现场总指挥，作为“孩子”的“父亲”，他必须对一切结果负责。

在这几天里，他不得不亲自检查全部机舱，查对数据，并对相关环节全面监测。

他拿着一个小本儿，日日夜夜地记录着和计算着，那些只有他明白的麻麻密密的数据……

由于工作紧张和舰上生活不习惯，他睡眠严重不足。嘴上的口疮时时蹿火，麻麻刺刺地疼痛，疮痂渐次扩大，像一枚风蚀的葡萄干。

新机试制部工程师韩崇杰的右脸颊上有一个红包，罗阳发现了。

飞机车间里，竟然还有“小飞机”——蚊子。

当天，他安排给车间所有人配上了花露水。

一位老技师患有糖尿病，他专门安排食堂准备无糖食品；深夜，看到车间加班，他叮嘱后勤一定要准时送餐；进入冬季，他又给外场人员每人配发了一个暖宝。

罗阳说，越是大干，越不能忽视大家的身体健康。

过去，除了特殊工种，沈飞人每三年体检一次。罗阳决定扩大员工体检范围，缩短体检间隔。从 2011 年开始，职工们每年体检。

对于“飞鲨团队”和特殊工种，罗阳请医生每周二上午到各个生产现场，为大家量血压，做心电图，随时监测身体状况。

从此，沈飞人的身体不仅有“年检”，还有了“周检”。

可他自己，却有两年没有体检了。

……

罗阳是一个极简朴的人。

他家住在家属院的六楼，没有电梯，是 20 世纪 90 年代初期的老房子。装修呢？仍是当年的模样，客厅的八个莲花灯，其中三盏从未亮过。最让人惊奇的是，他家的厕所里还是蹲便池，明显落后时代 20 年。

这些年来，他一直佩戴着一块卡西欧运动手表，表带是黑色布制的，边缘已经磨损，露出白色线边儿。他用碳素笔描成黑色，继续使用。

他唯一的爱好，就是待在各个车间里。

公司的工作服是一件海蓝色夹克，他长年穿在身上，即使到北京开会，也从不穿西服。不是不穿，是没有。由于缺少锻炼，他原本标准的身材略微发胖，过去的西服不合身了。

一次，省里开会，明确要求着正装。没有办法，他只得委托秘书上街买了一套，1390 元。

开完会后，这套西服就闲置了，挂在办公室里，只在会见外宾时穿一下。

他就是一个工人。

一个最特别而又最普通的蓝领工人。

采访时，罗阳的秘书给我讲过一个故事：

中秋节，他去看望母亲。父亲 7 年前去世了，他是唯一的儿子。他坐在床边，与母亲说话，不知不觉中，竟然斜靠在床上睡着了。秘书在客厅看电视，长久地听不到声音，感觉有些异常，便往里面看了一下。只见母亲轻轻地拿着罗阳的手，静静地看着他，不忍松开。屋里面，飘浮着他低沉而香甜的鼾声。他太累了！

好一会儿，罗阳猛然醒来，不好意思地笑一笑，告别。

23 日早晨，6 时。

罗阳爬上甲板，看天气。风小了，雪也停了，天边露出了丝丝缕缕的霞光。

今天，将有两架歼-15 公开训练。

8 时 30 分，舰岛上和甲板上聚集了数百双焦渴的眼睛。全副武装的飞行员端坐座舱，等待起飞信号。

头戴帽盔，身穿黄色外套的飞行助理经过细密的检查之后，下蹲屈身，左手握拳放于背后腰际，右臂上扬，指向前方。

飞机快速滑行，呼啸而出，直刺长空……

罗阳的心，猛地高悬起来……

制造车间的墙上，有一行字特别醒目：一手托着国家财产，一手托着战友生命。

某系统偶尔出现一次渗油现象，最终发现是由于胶圈沿用老标准，未达到新工艺要求。及时转换标准后，大家以为事情可以画上句号了。他却小题大做，召开质量大会，领导班子成员和一万多名员工，手持剪刀，一起动手，剪碎了剩余的两万多个老胶圈。

还有一次，某关键部件出现瑕疵。罗阳坚持不能原谅，从分厂厂长到车间主任，一撤到底。

拦阻系统综合试验时，有一个部件出现故障。有人认为，这只是一个偶然事件，更换部件就行了。罗阳说，绝不能这么简单下结论，故障原因不能有一丝一毫含糊！他连夜启动全系统普查，进行对比分析，最后发现，故障确非偶然，原因在于对设计思想理解不到位，造成产品存在不确定因素，如果只是简单处理，就会留下致命隐患。

罗阳始终盯在现场，经过几天几夜攻关，这个部件重新研制，达到了完全可靠。

他揉着红肿的眼睛，开心地笑着，“这才是我想要的。”

从此之后，生产中无论出现什么故障，罗阳都会严厉地说：“要找出原因背后的原因，问题背后的问题！”

是的，对于罗阳来说，所有的努力，没有及格和优良，只有两个成绩：满分，或零分。

满负荷运转，超极限爆发。

武器系统、火控系统、通信系统、动力系统，起落架、机翼折叠、阻拦钩等等关键技术……

一个个钉子拔除了，他们日夜兼程！

每每有重大突破，他们也会忘情地庆贺。

只是，他们的庆贺不是在酒店里，而是在办公室里、在楼道里。他们泪流满面，相互拥抱，大喊大叫，歇斯底里。但走出大楼，走出厂区，却又面沉似水，守口如瓶。

他们的痛苦和快乐，不能与亲人分享。

9 时 03 分，一架歼-15 飞临航母上空。

大家指着那个时隐时现的黄色斑点，兴奋地小声议论着。

罗阳仰起头，瞪大眼睛，心脏剧烈地跳动着……

甲板上的飞行助理用手势指挥着，舰上的降落指示灯也在闪闪烁烁地提示着。

1000 米，500 米，200 米，越来越近了。飞机进入环型航线，降低高度和速度，放下起落架、襟翼和空气减速板，伸出阻拦钩……

发动机的轰鸣震天撼地，撕心裂肺。而罗阳的距离，不超过 20 米。

巨大的战机扑向甲板，尾钩牢牢钩住阻拦索。一阵狂飙，飞机瞬间降速至零，像鹰爪抓枝，稳稳停下，而后折叠机翼，缓缓地向指定位置靠拢……

这个场面，那么熟悉，宛若在影视里。不！那是他 20 多年前在美国亲睹的。

人群顿时沸腾起来。

50 分钟后，第二架歼-15 再次成功着舰。

17 时，罗阳参加总指挥部例会。他拿着厚厚一摞数据表，认真审阅。机械系统，正常！电传系统，正常！液压系统，正常……

从设计发图，到新机下线，歼-15 创造了中国航空史上研制速度的奇迹。

但是，如果你认为罗阳只是完成了一个歼-15，那就大错特错了。

他是多个型号的研制现场总指挥，歼-15 仅是其中之一。只是由于保密原因，我不能深入采访。但我坚信，每一个型号的背后，都是一串惊心动魄的故事。

最近 5 年，沈飞研制了超过过去 50 年总和的新机型。从陆基到舰载，从三代机到四代机，托举了中国歼击机研制生产的半壁江山。

另外，沈飞的民用飞机生产任务也同样繁重，每天都会有一架飞机出厂。而民用飞机，同样容不得半点瑕疵。

安全生产、工艺创新、严防泄密、国家责任、竞争世界……

一座座大山，压在肩上，压在心上。

数万个零件，经过几千道严密的工序，构成一个个整体，联成一架架飞机，最终将飞出厂房，飞向高空，以 2.3 马赫的时速，巡航领空，保卫国家。

他们是一群什么样的人?

作为这个群体的领导人，罗阳又是一个什么样的人?

24 日上午，继续进行歼-15 起降训练。

今天进行三个架次。

又是三次过山车般的肝胆欲裂。期盼—焦急—紧张—兴奋，波峰波谷，大开大合……

12 时 03 分，参加本次训练的最后一架飞机成功着舰!

将军和列兵，专家和员工，所有的人，纷纷拥上甲板，忘情地握手、拥抱、流泪、手舞足蹈……

平生内敛儒雅的罗阳，此时再也控制不住自己，涕泪滂沱，泣不成声。他面对苍天大海，放声呐喊："我们的孩子，成功了！成功了!"

当天下午，亢奋中的罗阳致电岸上的几位副手，通报喜讯，并特别嘱咐一定要办好明天的庆功宴，要喜庆，隆重，喝茅台。

这时，他想起了妻子，便打去一个电话，平静地告诉她活动结束，放心吧。

“你在哪里?”妻子问。

“我明天赶到大连，晚上回家。”

妻子和母亲，是他事业最坚定的支持者和知心人，却从来不是知情人。这么多年来，她们仅仅知道他在研制飞机，而进一步的内容，他从来不说，她们也从来不问。该公布的，国家自然会公布，看电视新闻吧。

……

罗阳是什么时候开始发病的，已经没有人能够知道。

他的异常，是在第二天早上返航时出现的。码头上锣鼓喧天，彩旗飘舞，所有的人都在狂欢，只有他一反常态，无精打采，特别是嘴角大片的疮痂，像一颗干瘪瘪的黑枣，格外触目惊心。

但是，即使如此，谁也没有多想，谁也不会多想。大家都在忙于准备庆功宴，单纯地以为他近日太过辛苦，需要休息。

这次盛宴，由沈飞公司在大连主办，下午 4 时开始。是啊，这是中国航空界多年的渴望，这是中国军工业重大的突破，这实在是一个特别值得庆贺、值得铭记的日子!

谁也想不到，仅仅半个小时之后，他病情发作。

立即送往大连友谊医院!

两个小时后，宣布不治。

医院公布的死因：急性心肌梗死、心源性猝死。

一切，竟是这么突然!

罗阳的去世，让所有人备感意外。

他正值壮年，爱好运动，体质良好，向来没有检查出什么病症。于是，大家不得不想到了他近几年的过度疲劳和心理压力。特别是今年，尤其是最近。

且看他临终前三个月的行程：整个 9 月和 10 月，都在忙于另外两个重点型号的研制任务，这是两项和舰载机同样巨大的工程，提心吊胆，夜以继日；项目成功后，未及休整，8 日即直赴珠海，参加第九届国际航空航天展览会；17 日傍晚返回沈阳，没进家门，就连夜赶往基地；第二天早晨，又马不停蹄地奔上了“辽宁号”。

医学专家进一步分析，罗阳的生理和心理长期处于亚健康状态，再加上刚从珠海归来，马上置身于冰冷的北国海上，两地温差达到 40 多度，血管骤冷骤热。还有，海上的不规律生活和巨大的情感起伏，更加剧了这种失衡……

即使是钢铁，也有疲劳限度。超过承载，就要断裂。罗阳本人就是研究玻璃和金属疲劳的专家，却没有意识到自己的身体。

这是一个遗憾的疏忽，这是一个罕见的偶然，却不幸发生在了罗阳身上。

为了在遗体僵硬之前换上一件正装，让他体体面面地上路，伙计们在他的行李箱中翻找。没有西服领带，只有那一件海蓝色夹克。

他原本就是计划穿着这件工装出席庆功宴会的。

伙计们面面相觑，再次号啕大哭。

于是，大家一起动手，把这件他最喜爱的海蓝色，穿在他身上。

这是他最深的牵挂，这是他永远的梦想！

庆功宴前，大将倒下。

现场的气氛，骤然由大喜转至大悲。原本丰盛的晚宴，顿时索然无味，草草收场。

当天傍晚，中国航空工业集团公司董事长林左鸣率各路大员，陪同罗阳遗体从大连返回沈阳。原定直接送往龙岗殡仪馆，但沈飞和沈阳飞机设计研究所的战友们，坚决要求他们的罗阳最后一次回家看看。于是，大家决定，遗体在厂区内绕行一周。

当车队进入沈飞大门时，已是晚上 8 时了。

长长的试飞跑道上，没有一盏灯，黑黑的。大家自发地把上千辆私家车整齐地排列在跑道两侧，打开大灯，雪白雪白，照亮着他回家的路。那一夜，雪花飘飞，银屑满地，上万人默默无语，泪流满面……

灵车驶出厂区之后，突然有人想起了罗阳的母亲。79 岁的老人家只有这一个儿子，而罗阳更是一个大孝子。这最后的时刻，应该让他们母子见一面啊。

于是，大家紧急商议：让罗阳轻轻地从母亲的窗外走过，悄悄地看一眼。

于是，浩浩荡荡的车队，熄灭大灯，禁止鸣笛，蹑手蹑脚。

罗阳的母亲就住在三楼，就是临街的那一扇窗，里面灯光明亮，笑语喧喧，电视里正在播放一台庆典晚会。老人家已经从儿媳处得知儿子今天晚上就要回家的消息，正在满心喜悦地等待着。她多么祈望儿子的平安归来啊，多么希望疲累的儿子能躺在自己的床上，像婴儿一样酣酣地睡觉、打鼾，而她，就那样微笑着静静地看着儿子，看着儿子……

但是，可敬的可怜的母亲啊，您不知道，您的儿子此时就在窗外，就在窗外，只是他已经永远永远地睡着了……

……

2012 年 11 月 25 日，中国官方正式宣布："辽宁号"航母顺利完成舰载机起降训练任务，舰机适配性能良好，达到设计指标要求。

至此，歼-15 舰载机终于拨开神秘的面纱，展示在世人面前。同时，这也表明，作为中国自行设计研制的首型舰载机，歼-15 已经完全具备与世界各国现役舰载机并驾齐驱的能力！

罗阳陨落了。

但他的梦想已经起飞。

他的笑容，他的笑声，写满了中国的万里空疆！

祖国，终将选择那些忠于祖国的人！

祖国，终将记住那些奉献于祖国的人！

（发表于 2013 年 1 月 9 日《人民日报》）

创作后记

应该说，在我近几年的创作经历中，这篇作品最为仓促。

接受任务的时间，是 2012 年 12 月上旬。当时，我刚刚写完一本书，两个月的极度疲惫，根本没有精力和心情看新闻，对当时电视和报纸上宣传的罗阳事迹几乎没有什么印象。所以，当中国作协创联部邀请我赴沈阳采访时，我心里一片茫然：罗阳是谁？

更出乎我意料的是，12 月下旬，当我们到达沈阳时，素材也不够充分，与我想象的差之甚远。

首先，我们没有踏上航母，无法感受罗阳临终前工作的情景。

其次，罗阳的任何家属，包括妻子、母亲和女儿，都无法采访。因为她们正处于极度的悲痛中，沈飞方面没有安排，我们也不忍打扰。不仅他的家属没有见到，就连近几年与他一起工作的秘书和司机，也没有见到。因为这几个紧密的人，都成为新闻焦点，被记者围拢。而且，当时中央有关部门组织了一个“罗阳事迹报告团”，正在紧急准备进京和赴各地宣讲，他们封闭训练，根本不让外人接触。所以，对生活中的罗阳，我们无法进一步了解。

再次，沈飞及罗阳之前工作的沈阳飞机设计研究所，都是高度保密的军工单位。任何人走进会议室和核心场区，手机信号屏蔽；任何文字发表，都要经过严格的保密审查。两个单位的任何人接受采访，都是思考再三，语焉不详。所以，对工作中的罗阳，我们的采访只能粗略而笼统。

最后，罗阳去世后，由于新闻单位采访太多，沈飞宣传部已经形成一个定式，复印了很多新闻素材，装在塑料袋里，人手一份。他们是以对待记者的方式在对待作家。而且，我们一行 11 个人，无法单独采访，全是采取答记者问的形式接受询问。可想而知，这种场合，只是常规的介绍，根本问不出什么完整和鲜活的故事。而且，正值年底，被采访人都很忙碌，从主席台下来后，就不见人影了，再也约不到。

所有这一切，对我们的创作，特别是以真人真事真细节为生命的报告文学创作来说，是一个巨大的困难，简直无法翻越。

还有一个情况，我并不是军事迷、发烧友，对最新型的军机军舰等武器知识，知之甚少。

所以，当时我想，肯定写不出满意的报告文学，就写一篇 2000 字的散文交差吧。

可想起临行前中国作协领导的期望，想起此行机会难得，想起这些困难对我来说又是一次考验一次超越，而我过去都是这样一步步走过来的。于是，我还是下定决心，勇闯难关！

虽然不能采访罗阳家属和身边人，但可以通过间接渠道获得。沈飞提供的大量的已发表的文字材料，我都认真研究，从这些资料的缝隙中去寻找有用素材，去串联，去发酵。

在这种情况下，我格外重视每一次采访。每每听到被采访人介绍情况时有只言片语的闪光点后，我就抓住不放，趁他下台时、上车前，赶紧走上前去，再深问几句。有时候时间晚了，被采访人也会陪我们吃饭，这是最好的机会，虽然酒桌上人很多，但我总是借着敬酒的机会，请他再谈谈某一件事。笔记本，从来不离左右。

另外，我临阵磨枪，向代表团里的几个军事迷学习，特别是我们代表团团长黄传会，他是海军创作室主任。每天晚上更是上网查阅资料。就这样，在最短的时间内，我也初步熟悉了当今世界最先进飞机舰艇方面的一些知识，虽然只是皮毛。

但是，即使如此，这一切也都只是片片段段、各自游离的碎片，构不成通畅滑润的故事链条。

面对这一系列难题，动笔之初，我苦恼至极。

我明白，读者希望了解罗阳的人生经历，更期望了解他临终前在舰上几天的生活和工作，同时也希冀了解舰载机的有关情况。

按照通常的报告文学写法，可以按时间顺序，写他的人生经历、工作和生活，直到最后时刻；或用倒叙或插叙的手法，先写他临终前的壮烈场面，而后再交代他的精彩人生，中间插写一些军事知识。

但这是常规的写法，而且如果用这种写法，因为我搜集到的素材并不丰富，形不成完整链条，这样写就会断层，就会露怯。

我必须寻找一种新的写法。

经过认真设计，我采取了目前这种结构。

用两条线索，一条是罗阳的人生经历，一条是生前几天的场景。一慢一快，一动一静，泾渭分明、缠绕推进，相互闪回，相映成辉，相得益彰，而且开开合合，张弛有度，最后融为一体，掀起高潮，形成强烈的气场和余韵。

这样，就可以把这些间间断断的碎片有机地串联起来，既实现了内容的饱满，最大程度地展现了读者希望了解的内容，又给读者带来了全新的阅读感受。

当然，这样写的难度也很大，要避免繁芜庞杂，给读者带来阅读混乱。在语言上，更要注意节奏的轻重缓急，避免生硬和孤立。

总之，就像写字和作画，那种感觉和效果，只能心摹手追，而言语又说不明白，更说不清楚。所以，文学艺术的感觉往往妙不可言，欲说无言。

以上就是我创作《我的中国梦》的零星感受。

名家导读

为《我的中国梦》喝彩

◇ 北奥

近日上网，我看到一篇被很多博客和网站争相转载的报告文学《我的中国梦》，相当震撼人心。一查作者，竟然是我的好朋友、中国报告文学学会副会长李春雷先生。

我与春雷是在两年前认识的。他随中国作家协会访美代表团来到洛杉矶，我们成了好朋友。李春雷的报告文学，在美国洛杉矶华文作家协会和华人社区里很有知名度，特别是他的《木棉花开》和《夜宿棚花村》广为流传，还数度被登载在很多的华人杂志上。我曾写过一个博文，称李春雷是“中国报告文学的希望”。可以说他是继徐迟等前辈之后在报告文学界后起之秀中最闪亮的一颗新星。他被公认为“中国短篇报告文学之王”，我想是当之无愧的。

从这篇报告文学《我的中国梦》中，足以窥见其“王者风采”。

“歼-15”总工程师罗阳，是党的十八大之后推出的第一个先进典型。面对这样一位新时期的楷模，李春雷跳出新闻通讯的表象宣传，规避了绝密的军事禁区，把看似寻常的素材打碎融汇并予以提升，用文学的形式去报告罗阳及其中国梦，引领读者近距离地走近中国梦、走近罗阳的世界，感受他为了圆梦付出的血与汗、智慧与生命，彰显了一种精神的力量。

作品在注重新闻性、真实性、思想性的同时，精心修炼艺术品质，用别具特色的切入视角叙事，层层推进、扣人心弦，简洁、写实而文学地报告了罗阳短暂而光辉的一生，且作品语言朴实、精妙、感人，可读性强、艺术感染力强，是一篇难得的艺术精品。

作品叙事巧妙，两条线索，一脉真情，相互补充，相得益彰。作家打破惯常的按照时间顺序或倒叙等单一叙事方式，从罗阳生命的最后一段时光切入，设置了舰载机起降训练与罗阳成长历程两条线索。两条线缠绕推进，相得益彰，交叉叙述，累加蓄势，最后达到高潮。这样，使得文本结构生动丰满，内容环环相扣，跌宕起伏，引人入胜。进而，罗阳的个人形象跃然纸上。文学作品中的各种人物，都应该用典型化的方法去创造。报告文学同样需要塑造个性化的人物形象，《我的中国梦》中，李春雷选择提炼关于罗阳的具有典型意义的事实情节、细节、语言，最大限度地概括生活，准确地反映事物的本质，包含着一个作家对社会人生的思考和认知。

让我印象深刻的是作品语言精准、美妙，诗意盎然。正是这样的语言赋予生活化细节以典型意义，使罗阳的人格魅力和英雄形象呼之欲出，过目难忘。中秋节时罗阳去看望母亲，说着话竟然在床上睡着了，“只见母亲轻轻地拿着罗阳的手，静静地看着他，不忍松开。屋里面，飘浮着他低沉而香甜的鼾声。他太累了！”罗阳去世后，灵车绕厂区一周，人们自发地打开私家车灯，“照亮着他回家的路”；最后，“让罗阳轻轻地从母亲的窗外走过，悄悄地看一眼”等细节，感人至深，不忍卒读。此外，罗阳因“体内虚火浮躁”，嘴角淤结的那片“不大不小的疮痂”贯穿始终——起初，“黑乎乎的，像一颗溃烂的桑葚”；再见，“疮痂渐次扩大，像一枚风蚀的葡萄干”；最后，“嘴角大片的疮痂，像一颗干瘪瘪的黑枣”。正是这些看似微小的细节，能在细微之处点化出有关主人公的生命的转折及精神风貌，具有借斑显豹、以小见大之功效。

说报告文学这种文体是文艺百花园中的“轻骑兵”，在于它能及时、快捷地报告社会生活，播撒社会生活中需要的时代精神。《我的中国梦》以独有的视角和文笔，记录罗阳的光辉人生，挖掘和讴歌他丰富而崇高的精神世界。这一点，恰似中国画。尽管国画表面是一种线条、笔墨艺术，但其背后却是一种文化和精神。

这篇作品弘扬了罗阳的精神品质，传递了正能量、唱出了正气歌、产生了正反应，给时下国人一种精神的力量。而精神的力量是无穷的——精神，是一个人的灵魂；精神，也是文艺作品的灵魂！

党参沟纪事

黄土高原深处的一个偏僻山沟，却在演绎着顽韧的中国精神。她的微笑，自然也是灿烂的中国微笑——

今年五月，我在甘肃省定西市采风。

出临洮县城，东南行。此地属黄土高原深处，沟壑纵横，梁峁起伏。过窑寨镇，土路颠簸。约十里，浑然进入一个山坳。四周坡面高高低低，皆梯田。层层田畦，叠叠青翠，向山顶蔓延，宛若巨人登天的阶梯。梯田角落处，栖息着一簇簇人家。

路人告诉我，这是翻山村。

在小村南头，我叩开了一户人家……

杨德茂老汉正在小院角落里喂骡子。黑黝黝的骡子，抬起头，诧异地看着我，宛若天外来客。清澈纯净的眼睛，像一个婴儿。

他的妻子，高高的个头儿，健实的身板儿，看到我进门落座，便喜盈盈地端出一盘黄灿灿的油馍，一杯绿茵茵的茶水。

这是一座精致的四合小院，高门大窗，遍贴瓷砖，水泥地面，平展洁净。屋内更是一尘不染，摆满了时尚用品，冰箱彩电，音响电脑。中堂和四壁，则张挂着几幅精致的字画。在这深山里，竟然包藏着这么一个充满现代文明气息的院落，真是让我惊奇了。

但，大大出乎意料的是，58 岁的老杨，和他的妻子，居然目不识丁，且满口土语，难以沟通。

我猛然醒悟，这里毕竟是远离世界的深山一隅。

虽然不识字，却识数，会写阿拉伯数字，千千万万地计算，都难不住。几十年来，蜗居在黄土深处，生存和生活，算计和计算，只是一种本能。

虽然不识字，却知足而乐，脸上铺满着舒展的笑纹，一如阳光下的黄土高原……

黄土高原从何而来?

长期以来，“风成说”渐成共识：黄土来自其北部和西北部的蒙古高原以至中亚等浩瀚的干旱沙漠区。亿万年来，冬春季节，这些地区西北风盛行，狂飙骤起。粗大的石块儿，留守原地，成为戈壁；较细的沙粒，落在附近，聚成沙漠；而细微的粉沙和黏土，纷纷向东南飞扬。当风力减弱或遭遇秦岭和太行山地的阻拦，便飘落下来，积累成一片 62 万平方公里的深厚黄土。

生命和生物开始繁衍，文化和文明渐渐发酵。于是，寄生在这片土地上的人群，便与这片土地染成一色，融为一体，成为一个民族最鲜明的胎记和宿命。

黄土高原，中华民族的胎盘!

翻山村的历史，只有几十年。

陇中苦瘠，甲于天下。史籍上，“禾麦无收”“民大饥”“人相食”“积尸梗道”的记载，比比皆是。而这里，更是处于陇中最偏远的地方。

民国十八年（1929 年）早春，为了躲避血腥的战争和兵匪抓丁，杨德茂的爷爷伙同尹姓、魏姓几个青年，从临夏州和政县一带，逃进了这片荒无人烟的深山。走过一道道山谷，终于在谷底发现一注拇指粗的泉眼。于是，几个人掘土为穴，盖起几间草房，决定就此定居。而后，一人留下看守，别人各自回家，搬迁家眷。男人们挑着全家的行李，翻山越岭，日夜奔走，双肩磨得姹紫嫣红；女人们三寸金莲，更是血肉模糊。

野山无主，取名大峪沟。

大峪沟内，只有一丛丛稀稀疏疏的荆棘，爬满了所有的山坡，是这里千年的主人。人们披荆斩棘，放火烧荒，开垦野田，播下种子。

生命一如荆棘，在贫瘠的山坡上扎下了根。

四面黄土高坡，就是他们生存的世界。于是，由近及远，一块块巴掌田、眉毛田、卧牛田、草帽田浮现了。于是，土豆、小麦、谷子、糜子、胡麻和荞麦们，悄悄地安家了。

后来的岁月里，老家的亲属和邻居陆续迁来。渐渐地，这里形成了一个遗世独立的自然村落。

小村叫什么？有人说，我们翻山而来，就叫翻山村吧。

大河流过，嫁与高原，是为黄河。

几十万年，黄河与黄土高原，形成了一个固定的结构和体系，像一棵根深叶茂的大树，绽放出一枚枚神秘的生命之花，孕育了这一方水土的生物进化，于是，东方农耕文明早期的曦光出现了，女娲、黄帝、伏羲们影影绰绰地登场了……

亿万条沟壑，千百条支流，汇于一身。黄河浩浩东流，一个广袤的大平原形成了。若干的朝代，若干的文化，若干的英雄，苦难与辉煌，流成了一曲唏唏嘘嘘、纷纷繁繁的历史……

20 世纪 60 年代，这里已经繁衍成一个四五百人的小村了。四面山坡上，是多年开垦的 4000 多亩坡耕地。

此地土壤颜色灰黄，俗称白土、傻白土，有机质含量低，且土质疏松，抗蚀力低，是典型的低产田。

最主要的是干旱。

全村人吃水仍是依靠那一眼山泉。只是，泉眼在谷底，人们住在四周的山坡上，挑水上山，格外苦累。

更苦累的是耕牛们。山坡上耕种，特别费力。由于受力不均，牛脖子被缰绳勒磨得鲜血淋淋。更有饥渴难耐、筋疲力尽的牛儿，站立不稳，头重脚轻，从山坡上滚落下来，立时毙命。

比牲口更加饥渴的是庄稼们。本来都是耐旱作物，但从正月到六月，常常晴天丽日，空空无雨。满坡的小麦，稀稀黄黄，弱瘦如牛毛，不能结籽儿。这时候，赶紧犁掉，种上荞麦、糜子。这样的年景，只能种一坡，收一车，打一斗，煮一锅。

饥饿，干渴，疾病，苦累，杨德茂的爷爷、奶奶、大伯等长辈，大都是中年离世。

在生活和生产中，人们越发认识到土豆是生命和生存的最好伴侣。

土豆，又名洋芋，俗名山药蛋，康熙年间从东南沿海传入，因其耐旱，高产，且亦粮亦菜，成为当地人的主食。婴儿认识世界，第一个是母亲的乳房，第二个便是土豆。

坡耕地种土豆，正常年份亩产 2000 多斤，拳头大小。旱年呢，只有三五百斤，大的像鹌鹑蛋，小的像羊粪球儿。

最稀缺的是水，最浪费的也是水。

全年的降水，多集中在七八月。突然电闪雷鸣，黑云压顶，天兵天将，骤然而至。雨水奔流而下，在山坡上，在耕田上，冲出一道道沟壑，像一刀刀血淋淋的伤口。

苦苦期盼的雨水，化作满沟黄黄的泥浆，流走，流进山那边的洮河，流入更远处的黄河……

看着匆匆而去的流水，村民们是多么无奈啊。

清同治、光绪年间，左宗棠任职陕甘总督十二年，多驻防兰州。戎马倥偬之际，左氏颇兼顾地方民政。

光绪初，陇中连年大旱，赤地千里，野无绿色，饿殍遍地。

光绪二年（1876 年），左宗棠在写给皇帝的奏折中发出了“辖境苦瘠甲于天下”的哀叹，希求“各省关协济”。

杨德茂生于 1955 年。

赤贫，村里又没有学校，他生来便与读书无缘。

虽然不识字，却识得各种野菜：苣麻、蕨菜、马齿苋、婆婆丁、小根蒜、猪毛菜……他每天的工作，就是背着荆条筐，攥着小铁铲，在山坡上盘桓。这些野菜，都是他儿时的伙伴。

村西头是尹家，生下一儿一女。儿子脑瘫，智商停滞在婴儿阶段。女儿桂兰却是眉目清秀，人见人爱。

儿子长到 10 岁，吃遍山间草药，仍然不见起色。尹家母亲每日长吁短叹，以泪洗面。

桂兰 12 岁时，母亲去世了。

20 世纪 70 年代，村人终于认识到，命运是可以改造的，梯田可以蓄水，梯田可以丰收。

于是，全村的青壮劳力，便开始了愚公移山般的修造梯田工程。

死土深翻，活土还原；大弯就势，小弯取直——这是工程要领。全村只有两辆架子车，大量的土依靠背篓搬运。荆棘编成的背篓，装满了黄土，从这里到那里，从坡下到坡上。三百六十天，天天拼命干。

……

几年过去了，桂兰出落成一个葱俊的大姑娘，身高一米六八，是公认的“村花”。

杨德茂和尹桂兰，共同参加生产队劳动，一起修梯田。每个男人每天要背运 10 方土。女人呢？8 方。背不完，不许回家。

桂兰个头高，有力气，又勤快，总是第一个完成任务。后来，全村姑娘组成一个整修梯田突击队——“铁梅队”，她被选为队长。时时刻刻流大汗，日日夜夜修梯田。

但她毕竟是一个姑娘啊，有着自己的心事，自己的苦恼。看着背不完的大山，背不动的夕阳，想着自己的未来。夜静时分，面对大山，尹桂兰常常痛哭，“把我嫁出去吧。”

是的，山外提亲的媒人很多，男方条件也很好，甚至还有吃商品粮的。这些，都摇晃着她的心。

但镇定后，还是不忍。父亲呢？傻哥哥呢？

饥饿的高原，干渴的大山。沟底，是一条通往公社的路。从那里，又通往县城，通往兰州。

但，那是一条泥泞的土路，太遥远了……

1972 年到 1973 年夏天，定西一带连续 22 个月无雨，数百万人缺粮缺水。国务院总理周恩来十分震惊且忧戚：“解放几十年了，老百姓还这么困难，我有责任啊。”说到这里，潸然落泪。

1974 年，又一份灾情报告放到面前。刚刚做过癌症手术的周恩来，在报告上连续写下九个“不够”和三个感叹号：“口粮不够，救济款不够，种子留得不够，饲料饲草不够，衣服缺得最多，副业没有，农具不够，燃料不够，饮水不够，打井配套都不够，生产基金、农贷似乎没有按重点放，医疗队不够，医药卫生更差，等，必须立即解决。否则外流更多，死人死畜，大大影响劳动力！！！”

在山区里，一个大男人，倒插门到女方家里，是一件很落面子的事情。但他有什么办法呢，总不能打光棍儿啊。

尹家父亲的心思，就是招一个上门女婿，改换姓名，延续后嗣，为自己养老，同时照顾脑瘫的儿子。

在村人的撮合下，杨德茂成为首选。他的个头不高，比桂兰还要低半头，但他老实，勤快，手巧。

1978 年冬天，两人结婚了。没有一杯酒，只有一碗菜：土豆和土豆粉条。

像两根苦命的荆条，缠绕在了一起。

作为新婚的纪念，两人决定去一次县城。临行前，父亲给了两元钱。凌晨 3 点就出发了，步行 8 个小时，才走到临洮。那是他们第一次看到外面的世界：柏油路、自行车、汽车、商场、学校……午饭，每人用 1 角 5 分，吃了一碗臊子面，这是他们有生以来的第一顿美食了。在商场里，桂兰惊异地看中了一个手电筒，按一下开关，光柱雪亮，能照明，走夜路。想买下来，却需要 2 元 5 角。她吐吐舌头，赶紧缩回手。

第二年，分田了。他们家分到 15 亩地，和一头小骡驹。

这 15 亩地，除了 3 亩梯田，全是坡耕地，分 12 块，零零散散地挂在周围的山坡上。

杨德茂和尹桂兰算计了一下，梯田和一半坡耕地，栽种土豆和小麦，这是生活的根本；另一半坡耕地，则种植糜子、油麻、豌豆和饲草，这些都是生活的枝叶。

小杨有的是力气，最不惜汗水。坡耕地干旱，夏日雨水存不住，冬天的冰雪倒是有办法。于是，从冬天开始，他把屋前屋后、村路两侧的积雪和冰块，都背到自家坡地里，堆成一座座冰山，等待融化为春天……

这一年，老天帮忙，没有旱灾。坡耕地的小麦亩产超过 300 斤，而梯田小麦则破纪录地达到 600 斤；土豆呢，坡耕地亩产 4000 斤，梯田竟然达到了 8000 斤。

这是祖祖辈辈的最好收成了。

此地属黄土高原丘陵沟壑第五副区，海拔 2200 米左右，平均年降雨量 380 毫米左右，年蒸发量高达 1500 毫米以上，干旱少雨，生态环境酷劣，水土流失严重。

1982 年夏天，联合国粮农组织有关专家来到定西一带考察，临别时留下一句沉重结论：这里不具备人类生存的基本条件。

孩子们陆续出生了，女娃名叫海霞，男娃取名海军。

日子刚有彩色，却阴阴晴晴，捉摸不定。

海霞聪明可爱，长到 4 岁，却突发癫病。频频到县城治疗，总也不见好转，时时发作。

桂兰哥哥的脑瘫，更是无可救药，而且随着年龄增大，脾气越来越暴躁，常常摔碗砸锅。一年冬天，竟然出走，直到四天后，才在邻县的山谷里找到，双脚冻得溃烂。父亲帮着用中药水洗脚，他却骂骂咧咧，屡屡踢翻水盆。

桂兰父亲原本病弱，在极度的郁闷中，气竭而亡。

而可怜的海霞，在耗尽家财之后，也不治而去。

生活，一下子濒临绝境。

所幸儿子是健全的。只是巨大的丧女之痛，无处排遣。这时，好心人上前耳语，邻近康乐县山村里有一穷汉，连生三个女娃，生活难以为继，希望有人抱养。于是，杨德茂和尹桂兰东挪西借，凑齐 100 元钱，又送上两袋小麦，换回一个女婴。女婴叫什么呢？仍然取名海霞。

海军和海霞逐渐长大了，都送到邻村上学。他们夫妻没有文化，但决计要让孩子们读书。

按照婚前约定，儿子随女方姓——尹。但儿子上学时，同学们常常在背后指指戳戳。此时，饱经磨难的他们，已经看透世俗，不再顾及。桂兰毅然决定，让儿子改归父姓——杨。

有一天，女儿跑回家，哭着说，别人都说她是抱养的，呜呜。

尹桂兰一把抱紧女儿，他们瞎说，你是妈妈的亲女儿！

真的吗？

真的！真的！

女儿仍是委屈地哭。桂兰拿出一块儿糖，塞进女儿嘴里。这是女儿第一次吃糖，这原本是女儿过年的礼物。

女儿笑了，嘴里甜甜的，心里甜甜的。两腮绛紫的高原红，变成了两抹鲜红的胭脂。

……

孩子们上学走了，夫妻便下地种土豆。

4月初，从窖中取出种薯，放在温暖处催芽。几天后，薯芽萌动，用刀将薯块儿切开，每块儿各带一个芽眼，像闭着的婴儿的眼。草木灰搅拌，晾干后即可播种。

入土一个月，发芽儿，叶呈卵圆形，类似荆棘。

六一过后，太阳渐热，地温渐高。株苗像儿童发育一样，迅速长至少年，三四十公分高。

7月中旬，开花了，一簇簇，像喇叭筒，或紫或白，烂烂漫漫。但这些花啊，只是绽放美丽，与果实无关。每一朵花凋谢之后，蒂结成一枚青胎，似珊瑚球儿，又像青樱桃，要及时掐掉。

8月，雨水集中，正是土豆长身体的时候。娃子们在地下日日夜夜地歌唱着，膨胀着。只需一个多月，俱已成年。

一夜秋风，满山金黄。打开黄色的土地，全部是金黄色的土豆。这些粗粗糙糙的东西，在山民们心中不啻一块块足赤的黄金呢。于是，他们的心中便填满黄金色的满足了。

土豆，像木讷的兄弟，或父亲，憨厚，木讷，饱满，有力气，无怨言，朴实无华，默默而大，养育着人类。

哦，土豆，真是一个伟大的种族啊！

……

1996年，国家在干旱半干旱地区实施“121雨水集流工程”：每家建立100平方米左右的屋顶和庭院集流面，打两眼水窖，发展一处有灌溉保障的庭院经济。由国家无偿提供主要建材，农户只需自备砂料，并出工出力即可。

此项巨大工程，基本解决了这类地区的人畜饮水问题。

人畜饮水问题解决了，但土地呢？庄稼呢？

山乡的教育水平总是不及。1999 年，海军高考落榜了。

落榜第二天，他就随着父亲，默默走上了山坡。他似乎早就意识到了这一天。他的个头不高，和父亲差不多，但他有着自己的打算。

仅仅一年，海军便掌握了全套农活儿。面对家里众多坡耕地的种植，他接管了父亲的指挥权。

3 年后，海霞也落榜了。

她更没有气馁，决心去南方打工，闯一闯山外的世界。

海军终于亮出了主见：3 亩梯田全部改种党参！

党参是传统中药，有养血益气、生津止渴等作用。近几年，村里一些农户开始在坡耕地上种植，自己家也试种了两亩。由于水土条件没有保证，收成并不稳定，亩产成品只有 100 多斤。价格呢，每斤只有五六元。但海军有着一种别样的预感。

父亲不同意。小麦是四季的主食，必须保证。梯田全种党参，将来吃什么？

这是父子的第一次争执。

但儿子的决心，像大山一样坚定。

2001 年春天，杨家的 3 亩梯田，遍植了党参。

党参是什么样子呢？略呈纺锤状圆柱形或长圆锥形，嫩白，晾干后呈淡黄色，多环状皱纹。气微香，味甜，嚼之无渣。《植物名实图考》载："党参，山西多产。蔓生，节大如手指，秋开花如沙参，花色青白。"

出去 3 个月，海霞寄钱回来了。同时寄回的，还有一张照片。照片中的女儿，已经完全变了模样：穿着花裙子，留着披肩发，脸上的高原红也消失了。女儿在杭州一家超市当收银员，豪言要扎根城市，不回农村了。

这一年秋天，杨家党参亩产达到 400 多斤，是坡耕地产量的 4 倍。

截至目前，我国耕地面积 18.26 亿亩，其中坡耕地 3.59 亿亩。

据测算，半个世纪以来，全国因水土流失毁掉的耕地达 5000 万亩，平均每年 100 万亩，其中绝大部分为坡耕地。

有关专家据 2000 年数据分析，水土流失一年的经济损失至少在 2000 亿元以上，相当于当年全国 GDP 的 2.25%。

山外的世界，渐渐丰饶起来。

党参不仅具有极高的药用价值，更是城里人美容、美食、养生的尤物。医药学家经过反复研究，终于发现优质党参的最佳生长条件：海拔 1800～2300 米，气候阴凉，降水量 400 毫米左右，疏性土壤。而陇中地区，最适合。

此地出生的党参，长约一尺，独条，毛根稀少，白嫩如处女，俗称“白条党”。

这，正是党参家族的上品！

……

党参价格一路看涨。

村里的梯田全部种上了党参。

2008 年，国家进一步推动“坡耕地综合治理”工程。甘肃省更是一马当先，制订了 5 年新修 500 万亩梯田规划，对每亩新修梯田补助 400 至 1200 元，并由各级水利部门牵头落实。

一时间，各地再次掀起修造梯田的热潮。

时代进步了，推土机、挖掘机的巨手和神力，早已替代了人工。过去每人苦干一个冬天，只能修造二分梯田。现在，一台推土机，五天即可造田一亩。

小村人开始了痴情的等待。

这一年，杨海军再次提出一个惊人计划：自费修梯田！

杨德茂目瞪口呆。国家鼓励修梯田，而且有补助，为什么不等待国家优惠政策呢？自费修造，每亩成本最少 1400 元，全家 12 亩坡耕地，需要多少钱？

儿子说，国家规划优先从大流域开始，循序渐进，蚕食死角，我们这里最偏僻，且地形复杂，处于规划的末端，等待国家补助，遥遥无期。

钱呢？那可是一大笔资金啊！

早一年修成梯田，种上党参，一年就全赚回来了。

可是，眼下，从哪里筹集这么多钱呢？家里的外债，刚刚还清。

父子俩激烈地争论着。

这时候，尹桂兰说话了。原来，每年年底，女儿都会孝敬她一笔钱。尹桂兰悄悄藏起来，分文未动，准备用在将来的某一天。

如今，在梯田问题上，这个当年的女子突击队队长，鲜明地站在了儿子的身后。改变祖祖辈辈的困境，她早已迫不及待了。她决定把多年积攒的女儿的嫁妆钱和自己的养老费，全部拿出来！

2009 年冬天，杨家人耗资 2 万元，雇来一辆推土机，开始了一项家族史上最大的建设工程。

两个月后，杨家 12 亩坡耕地，全部改造成标准化梯田！

水土保持的原理，就是利用工程措施和植物措施，把地势变得平缓，改变微地型，消化径流，使水不下坡，水不出沟，最大限度地消弭洪水灾害。

这其中最好的办法，就是在适宜地区将大面积坡耕地改造为梯田！

据测算，每亩梯田可以拦蓄 40～70 立方米雨水。

梯田，不仅保持水土，更从根本上改变了农业生产条件。

果然，2010 年，党参时代到来了。

2011 年，每斤价格涨到 30 元；2012 年，更高达 40 元。

与此同时，整个大峪沟的坡耕地，通过国家补助和自家修建两种形式，几乎全部改造成了梯田。埂宽地平、满目青翠，像一条条舒缓的缎带，缠绕在梁峁之间。

海霞在杭州打工，几番梦想，几番碰撞。后来，干脆回到临洮县城。

这一年，她结婚了。

尹桂兰不仅为女儿置办了一套丰厚的嫁妆，还把女儿几年来的孝敬金，全部还给了她。

女儿跪在母亲面前，泣不成声。母女连心，只有她，明白母亲心底的苦和愿。

这期间发生了一个插曲。女儿的亲生父亲，竟然找上了门，以亲戚的身份参加了婚礼。这个当年的穷困汉子，如今已经养羊致富，酒醉后，叫嚷着要认下女儿。杨德茂和尹桂兰赶紧冲上前，捂住了对方的嘴巴。原来，双方曾有一个严格约定：只要尹桂兰在世，女儿不能认亲！

从此之后，尹桂兰常常郁闷：女儿知道自己的身世吗？知道后怎么办呢？

【《人民日报》2011 年 8 月 3 日消息】记者从全国坡耕地水土流失综合治理工程会议上获悉，我国将加大坡耕地综合治理力度，到 2020 年建成 1 亿亩标准化、规模化高标准梯田，使项目区增产粮食 100 亿公斤，有效控制水土流失，缓解江河湖库泥沙淤积，稳定解决山丘区群众的生存和发展问题。

农历二月初十，大地刚刚解冻。整个大峪沟，开始忙碌了。

第一道工序是挖苗。从去年培育的苗圃里，把党参幼苗挖出来。鲜鲜嫩嫩的小白条，像茸毛，像银鱼。扎起来，埋在阴凉的湿土里。

第二道工序是整地。梯田已经苏醒，雪水、鸟粪、腐草，经过一个冬天的阳光，积攒了足够墒情。再把二铵、尿素、复合肥、农家肥敷满，用犁铧翻埋到地下。

第三个工序就是摆苗了。耙平地面，开沟，把苗儿整整齐齐地摆放在沟沿上，株距 2～3 公分，而后覆土。

……

每天早上5点钟，杨家全体出动。

本来，依照山里的风俗，嫁走的姑娘泼出的水，娘家田产自动放弃。但杨德茂夫妻做主，所有梯田一分为二，平时由他们夫妻和儿子耕种管理，收获后兄妹平分。海霞住在县城，农忙时节，回来帮工。

天蒙蒙亮，尹桂兰就起床了，炒几个菜，有鱼有蛋，或炖一锅羊肉。然后，叫醒孩子们，美美地享用。

美餐后，老杨牵着骡子，海军开着三码车，车上坐着母亲、妹妹、媳妇、肥料和党参苗，还有一天的吃食，下地去。

直到太阳下山，才回家。

这样的忙碌，要连续一个月。

……

党参种下15天，默默发芽，类似于土豆的叶片。

枝条呢，匍匐在地，互相缠绕，极像荆棘。是的，党参与荆棘同属藤本。但品质、作用和命运，不一样啊。

农历七月，党参开花了，青青白白，花苞像小铃铛，内里似乎藏匿着一个小小气囊，踩上去，像过年时的炮仗，啪啪直响。花儿凋谢之后，结籽儿，紫红色，像跳蚤。

霜降过后，万物枯萎，割除枝条。

这时候，开始挖党参。

男人挖，女人捡，稠稠密密的，白白胖胖的，鲜鲜嫩嫩的，有一种醇厚的药甜味儿，氤氤氲氲，在大地上弥漫……

如今，甘肃省梯田总面积接近4000万亩。

梯田，不仅改善了农业条件，更改善了环境。生活在陇中的人们，有一个明显感觉，降雨量明显增多。

数据显示：清代末期，陇中地区降水量每年200～300毫米；20世纪80年代为300～400毫米；而这些年，降水量达到了400～600毫米。

是何原因？

生态变了！

采访的时候，我见到了尹桂兰的哥哥。他的病情早已稳定，去年办了残疾证和五保户证，国家每月补助350元。

我问尹桂兰，这篇文章如果透露了养女的身世，你会介意吗？

她坚定地摇头：不会！俺已经想通了，现在谁家都是好生活。孩子认下亲生父母，更好，可以享受两份亲情。她，永远是俺的女儿！

……

平展如毯的梯田上，党参们像一簇簇绿色的火焰，在阳光下跳跃着。

高原无言，吐出亿万青翠，就这样平静着，微笑着。那是中国的笑颜。

哦，绵延万里的黄土高原，那是中国的皮肤、肌肉，也是中国的性格、命运。

不是吗？千百年来，正是在与黄土的相依相持和砥砺开发中，才诞生了丰满而顽韧的中国智慧，和中国精神！

（发表于2014年8月6日《人民日报》）

创作后记

2003年10月，我应北京方面邀请，到甘肃定西一带采访水土保持工程。世人皆知，定西位于黄土高原深处，苦旱贫瘠，甲于天下。我重点走访了庄浪、定安和临洮三个区县。说实话，如果从典型意义来说，庄浪首屈一指，那里有“中国梯田第一县”之称。临洮是最后一站，给我的印象，除了贫穷、偏僻，就是梁峁纵横，土路坎坷。

当天傍晚，我灰头土脸地赶到县城。刚刚住下，便有人告诉我，县长听说来了一位作家，要陪同吃饭。我一惊，因为是文人采风，蹑手蹑脚，几天来并没有地方主官出来会面。

说话间，一阵豁亮的笑声推门而入，“欢迎，欢迎作家回家！”

几乎同时，一个壮实的身影站在了我的面前。

我细细端详，中等身材，微微发福，略略谢顶。最突出的印象是满面红光，精神亢奋，俨然正在辐射着一波波热量。那是青春、健康的标志。

这位44岁的青年，就是临洮县人民政府县长柴生芳。

柴生芳看我有些纳闷，便解释说：“天下李氏出陇西，临洮就是秦汉时期的陇西郡治。你姓李，不是回到老家了吗?”

我猛然醒悟，脱口而笑。再看他，立时便有了一种“家人”的感觉。

那天晚饭，我们一见如故，共进晚餐。

晚饭后，意兴未尽。他又来到我的房间，品茶聊天。我们的确有着很多共同点啊，年龄相仿，出身相仿，爱好相仿。我弟兄四个，没有姐妹，生于贫寒农家，儿时父母多多苦累；而他更是凄惶，兄弟六个，母亲早逝，全凭老父独身孤掌抚养。他回忆读中学时的情景，学校离家30多里，每周步行回去一次。父亲粗手粗脚地烙6个大大的灰黄锅盔，就是一周的吃食。没有钱，不吃菜，几粒盐，兑开水，常年如此。言及于此，他汪然出泣，哽咽难声。我们的手紧紧地握在一起。

相顾倾谈，竟至夜半。

第二天早晨7点30分，本是约定的早餐时间。由于贪睡，我起床晚了，直到7点50分才下楼。却不想，他静静地站在餐厅门口等我。

他说："想着你昨晚熬夜了，就没有叫醒你。"

我不好意思，赶紧请他进去一起用餐。可他说，8点钟约了群众在办公室等着，不能失约。说完，就急匆匆地离开了。

我这才知道，他7点30分就来了。正是由于我的懒床，让繁忙的他没有吃到早饭。现在想来，心里真是愧疚啊！

从此之后，我们就成了朋友。

第二年4月，由于感觉上次采访点多面广，缺乏深刻，北京方面与我商量，决定选择其一，深层挖掘。自然，确定的是庄浪县。可当我订好机票，准备出发的时候，庄浪方面打来电话，当地突降大雪，灾情严重，不能前往。但是，我的日程已经不能变更。没有办法，便打电话给柴生芳，临时决定把采访对象改在临洮。

真是天公有眼又有心，让我缘定临洮！

于是，我便开始了在临洮的采访。在县委常委、宣传部长王在凯的陪同下，我走进了长城脚下的一个小山村，走进了一户特殊的人家……

8月6日，这篇报告文学《党参沟纪事》在《人民日报》整版发表。

当天，柴生芳发来长长的信息，表示祝贺，并向全县推荐阅读。

第二天，《定西日报》全文转载这篇作品，并在第一版配发消息："……文章一经刊发，便受到社会各界的广泛关注，并在临洮县广大干部群众中引起了强烈反响。《党参沟纪事》用平凡人的视角，以生动的笔触和真挚的情感翔实地记述了临洮县窑店镇翻山村普通村民杨德茂一家同恶劣的自然条件做斗争，修梯田、护水土、种党参，改造环境、勤劳致富的历程。文章中，杨德茂、尹桂兰夫妇半生的经历正是临洮县山坪区群众不惧困难、战天斗地、脱贫致富，过上幸福生活的缩影。该报告文学字里行间展现了一幅黄土高原特有的风土人情画卷，刻画了黄土高原上发生的时代巨变……"

但是，我万万没有想到，就在此文发表一周之后，柴生芳因劳累过度，猝然去世！

听闻噩耗，我痛哭失声，含泪写下一篇祭文《痛祭柴生芳》。

真是奇巧，就在我刚刚修改完祭文的当天傍晚，《光明日报》社总编辑何东平给我打电话，问我近期有什么作品。我便把此文的背景讲给他。他听后，马上让我把文章发过去。第二天，此文发表在《光明日报》头版。

此后，全国各地纪念和宣传柴生芳事迹的文章纷纷发表。很快，柴生芳被中央树立为重大典型和“时代楷模”。

应该说，《党参沟纪事》和《痛祭柴生芳》一样，都是对柴生芳的深切纪念。

关于《党参沟纪事》，还有一个故事。

也是在该文发表的 8 月底，我在中国作协会议室开会，遇到《人民日报》社文艺部主任刘玉琴。她告诉我，该报总编辑李宝善对《党参沟纪事》有一段批示，给予肯定。

第二天，文艺部便将李总编的批示复印件发来。李总编的手迹为：“一口气读完这篇报告文学。可以确认的是，这是到《人民日报》几个月来审稿中读到的最好的报告文学。细细想来，也是多年来读到的最好一篇。文学性、思想性俱佳，是其成功的原因，特别是文学性。这些年，多数报告文学作品缺的就是文学性。”

细看批示，特别温暖。感谢李宝善总编辑的鼓励和肯定！

实际上，李总编的鼓励和肯定，正是我这些年的努力方向。作为文学作品，报告文学除了应具有真实性和思想性，还更应具有文学性。报告文学的文学性，就像歌之旋律、鸟之羽翼。而这些年，由于作家心态浮躁、功底欠缺等种种原因，大多数报告文学作品缺少艺术的精美，“报告”多，“文学”少，从而寡淡了芳香，减损了魅力，缩小了市场。

在真实性的基础上，“报告文学”首先应该是“文学报告”，同时再报告现实，报告问题，报告真理。若非，就是情况报告、数字报告、问题报告、调查报告……

小人物演绎大情怀

——《党参沟纪事》赏析

◇ 丁晓源

一口气读完短篇报告文学《党参沟纪事》，回味悠长，如品佳茗。

作品以平凡人的视角、生动的笔触和真挚的情感，翔实地记述了临洮县窑店镇翻山村普通村民杨德茂一家同恶劣的自然条件做斗争，修梯田、护水土、种党参，改造环境、勤劳致富的历程。文章中，杨德茂、尹桂兰夫妇半生的经历正是黄土高原深处群众不惧困难、战天斗地、脱贫致富，过上幸福生活的缩影。该报告文学字里行间展现了一幅黄土高原特有的风土人情画卷，刻画了黄土高原上发生的时代巨变。

作品切入点细小，以小寓大，见微知著，足见作者在创作上驾驭大题材的能力、在艺术上举重若轻的功力。

《党参沟纪事》将“时代报告”和“文学艺术”巧妙地融合在一起，兼具时代性、艺术性和思想性，摇曳多姿、丰润可读。据作者介绍，应水利部邀请，他曾两次到甘肃定西一带采访。这里位于黄土高原深处，自古以来干旱少雨，生态恶劣，是天下皆知的贫瘠之地。作品所反映的就是：这些年，通过艰巨的水土保持工作，生态环境发生了翻天覆地的变化，人们的生活质量业已彻底改变的现实。

在我看来，此类题材属于“宏大叙事”的范畴，极不适合文学描写。作者深入实地采访，当地各级政府肯定会提供几年来关于水土保持、改善生态环境的事迹材料、经验做法，以及面对现实困难，基于什么认识，采取什么措施，投入多少人力、物力，收到什么良好效果，得到什么深刻体会等等，这些都属于公文范畴，如果作者跳不出这些材料的拘囿，只是简单列陈、整理，肯定枯燥无味，缺少可读性——因为它们不是文学，没有艺术感染力。

李春雷的高妙之处就在于，能够把这样的“宏大叙事”巧妙化解。这需要非凡的社会阅历、政治敏感和文学功力。他从走访的辽阔地域中，选取了“黄土高原深处的一个偏僻山沟”；从走访的若干个家庭中，选取了山沟中具有代表性的一个杨家，作为黄土高原上这场伟大变革的一个缩影，“演绎着顽韧的中国精神”。这样的以点带面，书写起来具体、实在，不空虚、不乏味，纪事、抒情有了可触摸的载体，可让读者身临其境地参与进去，感受变革的前因后果，赋予纪事以艺术魅力。著名报告文学评论家李炳银先生说得好：“报告文学毕竟不是新闻，不是机械的照相技术表现。在尊重事实的基础上，报告文学作家区别于记者的地方就是有对事实的整理、辨识、链接和表达的权利。”

在《党参沟纪事》里，李春雷对笔下的纪事进行了文学的“整理、辨识、链接”。他的表达是生动的，致使这篇作品完全区别于、超出于新闻作品和公文材料。

作品采用小说的笔法、立体的架构、文学的语言，演绎推进关于党参沟的纪事。不管是报告文学还是其他体裁的作品，“标题”像一个人的帽子，又像一件衣服的领子，醒目且至关重要。纵观李春雷的报告文学标题，大都非常艺术，纪事、纪实，简洁、深刻、大气，不玄虚、不万能，切合报告文学这种文学体裁。就像这篇《党参沟纪事》，现实中的“大峪沟”在标题中被称作“党参沟”。读罢全文，你会感到作者匠心独具，意味深长。

作品的结构设置回环曲折，紧贴社会环境和笔下人物行进，引领读者设身处地，呼吸到黄土气息。他用翻山村恶劣的自然环境变迁和村中杨德茂老汉的家族变迁“两条线索”穿插推进，营构了立体、多变、有吸引力的纪事空间，进而赋予所纪之事以丰富的精神内核。

作品的语言简短质朴、言简意赅，如：“几十年来，蜗居在黄土深处，生存和生活，算计和计算，只是一种本能。”“黄土高原，中华民族的胎盘!”“大河流过，嫁与高原，是为黄河。”“看着背不完的大山，背不动的夕阳，想着自己的未来。”这些精准的句子，有微言大义之功效。

掩卷沉思，启迪多多。从黄土高原的陇中一隅的沧桑巨变，管中窥豹，可见一斑。从中触摸到“中国的皮肤、肌肉”，也感知到“中国的性格、命运”，更使我们懂得:“千百年来，正是在与黄土的相依相持和砥砺开发中，才诞生了丰满而顽韧的中国智慧，和中国精神!”

妙哉，此文!

寻找“红衣姐”

不能成为一棵大树，做一株小草也好啊，只要心是绿的。

只要拥有一颗翠绿的爱心，自己，就不是穷人！

前些天，作家深入广东省中山市小榄镇采风，在一个杧果树覆盖的深巷里，遇到了一个特殊的女人——

吃完早饭，她去缴纳社保金。出门时，竟然鬼使神差地穿上了那件崭新的红上衣。她已经好多年没有这般心情了。

镇上的社保所，就在她居住的小巷口。小巷里挤满了一棵棵粗大的杧果树，蓊蓊郁郁，浩浩渺渺，像童年斑斓的记忆，像青春蓬勃的梦想。

小榄，是中山市的一个镇，毗邻深圳、珠海、香港和澳门，以盛产菊花闻名，更是珠三角的工商重镇。一座小镇上，并列着六七家上市公司和20多个“中国驰名商标”。不啻说，这是一个财富的世界。

但是她啊，却是一个苦命女人。

1959年，她生于一个偏远农村。少女时期，她是村里最漂亮的姑娘，人见人爱，花见花开。只是家里太穷了，兄妹五个，她是老大，又是女娃。初中没毕业，她就回家种田了。和大多数农家姑娘一样，她，也向往城里的光鲜生活呢。

1985年，经人介绍，她嫁给了小榄镇上的何汝标。丈夫在一个建筑队上班，没有多少文化，只是拥有城镇户口。这在当时，似乎就意味着幸福。

结婚那天，鞭炮铿铿，锣鼓锵锵。父母陪送的嫁妆，除了几件衣被，只有一个折叠沙发。她穿着红红的，心里美美的。那一天，她终于吃到了菊花肉。那是小镇的名吃，也是她的最爱。

嘴里香香的，心里甜甜的。未来，也会如此香甜吧。

可是，她错了。

缴纳社保金的人太多了，队伍又粗又长。看来，即使在这里，也是穷人多多啊。

她叹一口气。回去吧，反正自己最富裕的是时间。

婚后，她和丈夫居住在一间逼仄的小屋内，那是婆家分给的唯一财产。

几年后，两个儿子相继出生。生活，变得愈发逼仄起来。更逼仄的是，随着社会变化，国营企业纷纷转制，丈夫下岗了。原来引以为豪的城镇户口，彻底贬值。

最可怜的还是自己，既没有城镇的户口，也没有农民的土地，更没有分文的收入。

那些年的苦日子，真是羞于言说啊。家里连一台电视也没有，孩子们的童年里，没有玩具，没有春晚，没有铁臂阿童木。

后来，她和丈夫把住房一分为二。临街开起一个小吃店，经营最简单的饭菜。此外，还买来一台电磨，加工大米，做米浆、米粉，或酿酒。经营面积呢，只有10多平方米。

这，大概是中国最小的饭店吧。

更说不出口的是，全家四口人，只能挤住在一张床上。

小店的门口，是一条小河，鱼儿嬉戏，历历可数。河水清清，流动着黑黑白白的日子……

她继续往回走着，拐进了小巷里。

前些年，这里陆续开办了各种各样的饭馆、美发店，热闹得像集市。霓虹灯闪射着诡谲的光亮，给这座城市的富足和欲念，涂抹上了一层暧昧的色调。

她和丈夫决定扩大规模。他们把家底全部押上，又借款5万元，把原来的房屋拆除，重新盖起一栋上下两层的楼房：80平方米；上层居住，下层经营。

这样一来，生意渐渐红火起来。

但是，不知从什么时候，门前的小河浑浊了，鱼儿消失了。一年四季，每每有浓浓的腥臭，纠缠小店。她感觉，这日子，越来越变味儿了。

5年前，因为环保和旧城改造，小吃店关闭。

似乎是转眼间，两个儿子长大了，先后考上大学，一个在广州，一个在中山。每年的费用，要两万元。而家里的外债，还没有结清呢。每当孩子开学的日子，都是她最尴尬的时光。

丈夫老实、木讷，没有技术，只得去做“摩的佬”。而她呢，不得不去捡废品。

不消说，她是小镇上最贫穷的人了！

某一天，猛然发现，镜中的自己，已是鹤发鸡皮。

满腹惆怅，霎时肿胀成一座城池。忽地，又像一枚熟透的杧果摔落，哀艳艳，破碎一地。

唉，一掬酸泪，祭奠青春。

现在是早晨9点30分，小巷里仍然空空荡荡。人们或在安睡，或在早茶。小镇的人啊，总是那么悠闲呢。

她常常在这儿拾废品。刚开始不好意思，慢慢地也就无所谓了。这世界嘛，干什么的都会有，你开奔驰，我骑单车，各行其道，自得其乐。塑料瓶、废报纸、旧纸箱，都是她的宝贝呢。唉，这些年，什么价格都上涨，只有废品在降价：一个塑料瓶，过去卖 1 角，现在只值 5 分；一斤废报纸，以前售 4 角，眼下只卖 3 角。

可别小看捡废品，每月都有百元进项呢。这，正好是全家的菜金。

她也感谢这个小巷呢。这是她的领地啊，每天生产那么多的废品，那么多的财富。

夏天太热了，汗流不止。可她，从未买过一瓶矿泉水。有时候，看看街边商铺里芳香四溢的菊花肉，嘴巴馋馋的，肚子咕咕叫。但这时，她马上就痛骂自己：猪婆，一盒儿菊花肉 50 元，勿要乱想！

于是，摇摇头，默默走开。

日子灰灰暗暗，总感觉有一群蝙蝠，在头顶上盘绕……

突然，一个黄衣男子驾驶摩托车飞奔而来，急火火的，似有天大事件发生。丈夫有时候也这样毛毛躁躁，她总是嗔怪呢。

果然，“啪”的一声，男子口袋里掉下一沓钱。红花花的，撒落一地……

社区干部调查走访后，为自己一家办理了“低保”，还为她安排了工作，在一家商场当清洁工，每月 1400 元。

自己的工资，正好是大儿子的学费和生活费。而丈夫的辛苦，又可以供养小儿子。

两个儿子长大了，个头超出丈夫，再也不愿意与自己睡在一张床上。于是，打开折叠沙发，挤住在客厅。

常常地，儿子会开玩笑：“妈妈，咱们家的生活水准，绝对不亚于李嘉诚。”

她和丈夫，面面相觑，不解其意。

儿子的意思是，大老板吃厌了鲜肉，回到家里，多吃萝卜蔬菜。而这些，正是他们家永远的主食。

但，儿子毕竟是大学生，又是孝顺仔，马上又说：“咱们家虽然穷，却能培养出两个厅长呢。”

她更纳闷了。

儿子哈哈一笑，“我们常年住客厅，不是‘厅长’吗？你更厉害，是两个厅长的妈咪。”

她猛然喷饭，爆发出难得的笑。

她已经好多年没有如此开心了。

只是少顷，笑容又像枯干的蒜皮，纷纷扬扬地飘落下来……

她惊呆了，看着地上散落的钞票，足有上万元。

她大喊：“佬细（老板）、佬细，丢钱了，丢钱了！”

可，“黄衣男”戴着头盔，根本听不见，风一样，跑远了，像在躲避一个抢劫的嫌犯……

说起来不好意思，一直到前几年，家里才有了一台电视。那是亲戚淘汰的废品，值不了几十元。还有冰箱，更是20世纪80年代生产的“东芝”。全中国，也许找不到第二台了。

平时，她在商场做清洁工，每天8小时，拖地，扫地，装货，卸货。业余时间，就是捡废品。

废品就放在楼下关闭的小吃店，有上万个瓶子，数千斤纸箱和报纸。她盘算着，如果涨价，一定能卖一个好价钱。别人在炒股票，炒房产，炒黄金。而她，在炒废品呢。哪怕每斤上涨5分钱，她的储藏也能多赚几百元呢。那是她，最热切的梦想……

还有那台电磨。邻居们来磨米，每次都留下三元两元的。小巷里，弥散着米粉和米酒浓浓淡淡的香甜。那是南国的味道，生活的味道……

她的双脚，紧紧地踩住钞票，唯恐被风偷去，被人抢去……

她瞪大眼，呆呆地站着，不敢弯腰，双手死死地按住身上装有自己社保金的口袋。她害怕混淆、说不清楚。唉，这个善良的女人啊！

大儿子去年毕业，到一家灯饰厂打工，每月竟然拿到2800元，是自己的两倍。儿子有知识，有技术啊。

前些天，儿子悄悄告诉她，喜欢上了一个姑娘。

一想到娶媳妇，而且要娶两个，她的头就膨胀了：哎哟哟，受不了，受不了，那需要多少钱啊？

足足过了5分钟，“黄衣男”终于急火火地跑回来了。

她还在那里站着，直挺挺的。

她吼道：“你带这么多钱，为什么不小心？喊得我喉咙疼。”

20多年来，在人前，她总是自卑，畏畏缩缩的，像刺猬，像含羞草。而现在，那么理直气壮、堂堂正正。这在她的人生中，绝对是第一次。

“黄衣男”的脸，红彤彤的，蹲下去，低着头，快快地捡钱。

“你的钱一张也没有丢！你慢慢捡吧。”她再次大声说，那么笃定。

说完，她就转过身去，走了，走进了小巷深处。像一尾小鱼，唼喋一下，游进了水底……

……

这件事，就这样过去了。压根，也算不上什么新闻。

我们的身边，每天不都在发生着这样细细碎碎的故事吗？这就是庸庸常常的日子，这就是原汁原味的生活！

只是，事件现场的远处，正好有一个看风景的人。他感觉好奇，便掏出手机，顺手定格了这一瞬间。

这一举手之拍，便使得原本的风平浪静，惊起了满城风絮。

这位不知名的旁观者，虽是有心人，却不够专业。他只是拍了两个背影：一个穿红上衣的女人，双脚踩住钞票，等待失主到来，而后悄然走开。

这是一个自媒体的时代，人人都是记者，手机就是报纸。

微博发表之后，最开始，只有他的朋友圈关注，几个人，最多几十个人。但，谁也没有想到，很快，就产生了剧烈的蝴蝶效应。是啊，这件事虽然平常，却又不平常，在这么一个物欲横流的社会生态中，在一个金钱至上的南方小镇上，却发生了这样一件温馨小事，真情！暖人！于是，手指一点，转过来，传出去。

于是，小镇上的数十万根手指，不谋而合地揿动着同一个程序……

一颗心，感染另一颗心；一群人，感染另一群人。这股热流，一夜之间，蔓延了小镇，成为人们当天晚餐的热议。

第二天早晨，这则消息，赫然登上了本地报纸。

这一来，风声更大了。

这是一个信息时代啊，人与人之间，相距那么远，又那么近；人心那么冷漠，又那么热切，那么敏感。敏感得，就这么一件小事，却把全城人的心，悉数激活了。

似乎，人们一下子又变得简单起来、真诚起来。

于是，小镇上的 20 多万人群情激奋，纷纷感叹，纷纷呼吁，要求政府出面，把这个“红衣姐”找出来！找——出——来！

而，我们的主人公，根本无意识。

她只收旧报纸，不看新报纸，更不关注新闻。

这股风，越刮越猛烈，大有山雨欲来之势。第二天中午，已经成为全城的呐喊。以至于，镇政府不得不决定，借助公安，循着街头沿途监控，全城搜寻。

这个“通缉犯”，似乎在刻意地玩悬疑，躲猫猫。她只留下一个红色的背影，像一簇火苗，像一面国旗，又像一团迷雾。

数个监控录像显示，这簇火苗，这团迷雾，在社保所门口，露一下头，撤出；离开事件现场，向小巷走去；而后，拐进了一条河边小路；再往后，就彻底消失了，像拉登，像萨达姆，像卡扎菲……

当天下午，当地众家媒体和镇政府一起，组织数十个人，开始在附近地带进行地毯式搜寻，把所有晒红衣服的家庭都问遍了，把所有的门板都敲响了……

傍晚时分，仍然没有踪迹。

大家有些失望了。

此时的太阳，如同一个没落的君王，在迷乱的云层中颠沛流离，做着最后的抵抗，最终被吞噬净尽。天空，陡然颓败成一片雾霾般的铅灰。

她家的小楼临近河边，屋门紧闭着，像一个缄默的嘴巴。

一位阿婆前来磨粉，敲门，无声，便大喊："阿娣，阿娣，磨粉呢。"

"好呢。"门开了。她，探出头来。

这时，在河边一筹莫展的记者发现了她，急忙跑上前，"阿姐，你认识这个人吗？"说着，打开报纸。

她一看，惊呆，"你找她干吗？"

记者敏感地捕捉到她脸上的闪电，"阿姐，这是你吗？我们是记者。"

她吓得脸色煞白，"出了什么事？"

记者已经认出她，一把上前抓住，唯恐她跑掉似的，"终于找到你了！"

她更害怕了，浑身颤抖，惊骇万分，"是不是钱少了？妈祖做证，我没有拿，连腰也没有弯一下！"

"阿姐，不是的，不是的。你误会了！"

……

一会儿后，她开心地笑了，笑成了一朵花——菊花。

那，是小镇的图腾！

该晚，大儿子打来电话："红衣姐，你真棒！"

而小儿子，则戏谑地与她谈判：以后称呼要变一变，不唤妈，改称姐，哈哈。

半夜时分，"摩的佬"也回来了。昨天以来，他的手机也频频收到类似信息，他也在密切关注小镇上的这一“突发事件”。只是，他万万没有想到，事件的主角，竟然是自己的老婆。今天，他的生意格外好，赚了 70 元。回家的路上，他狠狠心，用全部的收入，全身的豪气，买下了一盒儿上等的菊花肉。他双手高捧着，敬献给自己一生一世的爱人：“红衣姐，给你！”

她一时无语，脸色竟然羞红，像新婚。

自己的丈夫啊，还是那个憨人、闷头货，但是蛮可爱的。那是她的最爱，那是她的生活——踏踏实实的生活！

是啊，生活正在变得好起来。自己的工资，上个月已经涨到了 2000 元；门口的那条小河，也在渐渐清澈起来，小鱼们又回来了；儿子的对象基本确定了，这件红上衣，正是女孩儿前几天主动送她的；还有，楼下积累如山的废品，更是潜力股呢。

小巷里的杧果树，在悄悄结籽儿。小小的青胎，像一个个感叹号，像一枚枚宝葫芦，更像一颗颗普普通通却又朴朴实实的心……

是的，不能成为一棵大树，做一株小草也好啊，只要心是绿的。

只要拥有一颗翠绿的爱心，自己，就不是穷人！

……

我们的主人公，名叫冯欢娣，系中山市小榄镇新永广场的清洁工。

这个故事呢，发生在 2014 年 6 月 17 日。

如若单从新闻角度而言，似乎有些过时。可是，她的蕴含和意义，永远鲜活！

（发表于 2015 年 4 月 15 日《人民日报》）

创作后记

2014年元宵节过后，应广东省中山市有关部门邀请，前往采风。

对于中山，我有一种特殊的情感，因为这里是孙中山先生的故里。这么多年来，我一直有一个谋划，写一部真正反映孙中山人生追求和内心世界的大书，以此深层反思中华民族的命运。我甚至想，这部书，也许能成为我人生的代表作。

我采访的对象是关于社会主义核心价值观内容。在这里，我走访了不少社区和个人，比较全面地感受了中山市的文化传统和文明新风。但要写一本书，总感觉还有欠缺，欠缺厚重和震撼。

正在这时，在一次饭桌上闲聊时，偶尔听说发生在小榄镇上的一个拾金不昧的小故事。拾金不昧，屡见不鲜，但小榄镇是一个远近闻名的富裕之地，主人公却是一个贫困户，而且，主人公在拾金不昧的过程中还有一些楚楚可爱的小细节。

平时，报告文学界总是在强调题材取胜，瞩目大题材、大事件、大人物。而这些年，我却一直在试图反其道行之，专写小题材、小事件、小人物，越写越有兴趣，有心得。这一次，我何不把“小”进行到底呢？写一个最小的人物，从最小中挖掘出最大。

于是，我立即赶往小榄镇。在一个深深的小巷里，找到了腼腆的主人公。

她的家，真是太穷了：一家四口人，只有几十平方米；全家月收入不足4000元，还供养着两个儿子读大学；家里简陋不堪，电视、冰箱都是20世纪的旧货，家具也还是主人结婚时的嫁妆。即使在北方偏远的农村里，也少有这样的贫困。

但即使是这样，女主人公仍有一颗朴实、善良的心。

我想，何不通过女主人公的人生际遇和命运沉浮，写出这个时代的变化呢。

于是，我从最细微处着眼，写她生命坎坷的细细碎碎，写时代变迁的窸窸窣窣……

只是，这需要更细密的观察，更细腻的沉思，更细微的玩味，更细致的表达。不过，我似乎已有兴趣，已有心得，已有经验。谢谢经验！

看似寻常最奇崛

——《寻找“红衣姐”》赏析

◇ 李延青

生活纷纭复杂，一团乱麻。

作家的文学创作，必须化复杂为单纯，以单纯表现复杂，这是文学反映现实生活的一个基本规律。世界著名短篇小说大师莫泊桑说，作家“应该使用一种十分巧妙、十分隐蔽，看上去又十分简单的手法”，“为了表现他所追求的效果，也就是以单纯的真实来感动人心”。

这里的“单纯”，是一种形式，是一种美。

但是，单纯并不是单薄，也不是单一化，而应当是通过单纯的形式表现丰富的内容和高远的意境，提升作品的思想内涵。由此，再来品读李春雷的短篇报告文学《寻找“红衣姐”》，我的切身感受是：事实是寻常的，表现形式是单纯的，所揭示的内容却是丰富深刻的。可谓：单中见复，平中见奇。

司空见惯的拾金不昧的好人好事，被李春雷的大笔渲染得风生水起，小中见大，颇具可读性。从中，看到时代的背影、社会生活的变迁。更可贵的是，让人们从中看到了艰辛中的微笑、困境中的奋进、贫穷中的高尚……

这篇作品，通篇洋溢着正能量，向真向善向美，用文学艺术的魅力感染读者，使冯欢娣这样一位平凡的“红衣姐”，以一抹真诚的微笑，在岭南水乡划出了一道诚挚的良知和信任之光，谱写了一曲善美人性之歌。

作为一篇记取一件好人好事的报告文学，看似简单，却是一项极有难度的创作，因为一不留神就会写成先进事迹材料。所以这也是一个让作家们畏难的题材。但李春雷在寻常事物中创造出奇崛的效果——虽然是写了一个小事，却写出了一个家庭、一座城市、一个时代的精神风貌，把小事件写出大境界。作者紧紧围绕冯欢娣这个平凡的“红衣姐”拾金不昧的前因后果这条主线，以她的贫穷而温馨的家庭生活为副线，结构形式上采用双线交织并进，到后半部分结合，营造了一波三折的叙事空间，增添了新闻事件的审美趣味。

作品精选了“红衣姐”的一些生活场景和细节，用文学的手法去描写好人好事的来龙去脉以及主人公清贫而幸福的家庭生活，起承转合，有故事、有波折、有人性、有思考，趣味性、可读性强，彰显出新闻报道所不能触及的深层次开掘与解读，传递出一种触动人心的精神力量。

《寻找“红衣姐”》的语言不仅有极大的涵盖量，富有张力，更有独创性和亲和力，生动而形象。作品多用“红衣姐”所在的小榄地区的方言，以“红衣姐”的口气，亲切，自然，使文章兼具自然的画面美、人文的底蕴美、人情的纯真美，美美相融，使得读者与主人公心神交会。

面对他人丢失的上万元，生活极端困窘的“红衣姐”为失主守护，“唯恐被风偷去，被人抢去”的担忧，“呆呆地站着，不敢弯腰，双手死死地按住身上装有自己社保金的口袋。她害怕混淆”的坚守，“脸色煞白”的神态，“浑身颤抖”的动作，“惊骇万分”的反应，把“红衣姐”的单纯和善良刻画得淋漓尽致，像一个个特写镜头，定格在读者的脑海。“太阳，如同一个没落的君王”“积累如山的废品，更是潜力股”“青胎，像一个个感叹号”“笑容又像枯干的蒜皮，纷纷扬扬地飘落下来”……类似的语言，生动形象，出人意料，却又心领神会。

此外，透过一幅幅温暖的画面，我们感受到的是含泪的微笑，是乐融融的温情。“生意格外好”，也仅“赚了 70 元”，一家四口的生活状态可想而知。所以，那“狠狠心，用全部的收入，全身的豪气”包含了作者对他们多么深层的理解！一盒儿菊花肉，竟然能让她脸色“羞红，像新婚”。多么朴实的生活要求！作者正是这样将人物放在平常的生活中，酸甜苦辣的真情感受中，把故事写得入情入理，构成世俗生活的一部分，人物才会走进读者心里，也凸显了她的社会意义。

金圣叹评《水浒传》中的阮小七，说：“使人对之，龌龊销尽。”又评李逵时说：“令人读之，油油然有好善之心，有谦抑之心……”这就是文学作品对灵魂的净化、精神境界的升华。

品读《寻找“红衣姐”》，也是如此。你会不知不觉地被“红衣姐”所感动，“油油然有好善之心”，感觉自己的灵魂得到净化，境界得到提升。

这里，“红衣姐”无疑是一个符号，一个社会生活中美丽的符号，诠释了这方水土的厚实和淳朴，也如润物细无声的春雨，默默濡染着我们心灵的田地。

朋友

——习近平与贾大山交往纪事

农历癸巳年末，河北作家康志刚在其博客上贴发了中共中央总书记习近平于1998年发表的一篇悼念文章《忆大山》，记述了一段尘封的往事，情真意切，感人肺腑。文章经《光明日报》及多家报刊转载后，引起国人强烈关注。腊月二十三，我赶到正定，拜访了几位当事人。旧事重温，感慨良多……

1982年3月，习近平到正定县任职后，登门拜访的第一个人就是贾大山。

但是，两人的初次见面并不顺利。

关于这次见面的地点和人员，坊间流传多种说法：有说是在大山家里，有说是在其办公室；有说他正在与众文友聊天；还有文章明言在座者只是李满天。

采访中，笔者曾多方考证，得到的事实是：当天晚饭后，习近平请李满天陪同，一起去寻访大山；先是去家里，不遇，后又赶往其供职的县文化馆。

李满天不是他人，正是经典歌剧《白毛女》故事的第一位记录整理者，时任中国作协河北分会主席，在正定县体验生活，是大山无话不谈的好朋友。

彼时，大山正在办公室里与几个文友讨论作品。他当过老师、编剧、导演和演员，博闻强记，口才极佳。那是一个文学的年代，到处是文学青年，到处是文学论坛。他的屋内，更是常常访客盈门。

李满天是常客了，不必客套，而习近平穿着一件褪色的绿军装，虽然态度谦恭，满脸微笑，但毕竟年轻啊，像一名普通的退伍兵，又像一个青涩的文学青年。或许正是因此，当两人进来的时候，谈兴正浓的大山就没有停止他的演说。

近平悄悄地坐下来，静心地听，耐心地等。

等了一会儿，趁大山喝水的间歇，李满天上前介绍。大山这才明白，面前这位高高大大、清清瘦瘦的青年，就是新来的县委副书记。

接下来，贾大山的反应让习近平印象深刻。2009 年 7 月号出版的期刊《散文百家》，整理发表了他 2005 年回正定考察时的录音："我记得刚见到贾大山同志，大山同志扭头一转就说：'来了个嘴上没毛的管我们'……"

我们实在无法臆想当时的场景，抑或大山的语气和表情。但可以肯定的是，此时的贾大山还不到 40 岁，已获得全国大奖，作品收入中学课本，声名正隆，风头日盛，加之天生淡泊清高的性格，面对这个比自己年轻 10 多岁的陌生的县领导，有一些自负是可以想象的，也是可以理解的。

但是，习近平并没有介意，仍然笑容满面。

现场的空气停滞了一下，似乎有一些尴尬。但不一会儿，气氛就重新活跃起来。主人和客人，已经握手言欢了。

习近平在《忆大山》一文中记录了当时的情景："虽然第一次见面，但我们却像多年不见的朋友，有说不完的话题，表不尽的情谊。临别时……我劝他留步，他像没听见似的。就这样边走边说，竟一直把我送到机关门口。"

那是一个早春的晚上，空气中飘浮着寒意，也一定弥漫着芳香。因为，所有的花蕾，已经含苞待放了……

正定古称常山、真定，春秋时期为鲜虞国。秦立三十六郡，常山有其一。自汉至宋元，真定始终居于冀中南龙首之位，与北京、保定并称“北方三雄镇”。明清至民初，包括石家庄在内的周围 14 个州县，皆属正定府辖区。

正定城墙周长 24 华里，设四座城门。每座城门均用青条石铺基、大城砖拱券，并设里城、瓮城和月城三道城垣。这种格局十分鲜见，足以说明正定作为京南屏障的特殊地位。高大的城圈内，有九楼四塔八大寺，更有着众多的商铺、戏院、酒肆和茶楼。“花花正定府，锦绣洛阳城”，此之谓也。

古城正定，敦厚、传统且深邃，像一株繁茂的大槐树，绽放着细密的叶芽和花穗，散发着浓郁的清香和氧气。

贾大山 1942 年 7 月生于古城西南街，祖上经营一家食品杂货店铺，家境小富。说起来，他的出世颇具传奇。父母连着生产八个姑娘，直到第九胎，才诞下这个男丁。他从小备受宠爱，吃、穿、玩、乐悉听尊便。他喜欢京剧，爱唱老生，还能翻跟头、拿大顶。他更爱好文学，中学期间便开始发表作品。

高中毕业后，因为出身历史等原因，大山未能走进大学。他先是去石灰窑充当壮工，后又被下放农村。

正是这种特殊的人生际遇，他熟悉了市井文化和农村文化。这两种文化交融发酵，蒸腾升华，促使他成为一名作家。1977 年，他发表短篇小说《取经》，震动文坛，并在首届全国优秀短篇小说评奖中折桂，成为河北省在“文革”之后摘取中国文学最高奖的第一人。无限风光，一时无两。

大山身材中等，体魄壮实。关于他的面貌，他的朋友铁凝曾经有过一段精准的描述：“面若重枣，嘴阔眉黑，留着整齐的寸头。一双洞察世事的眼：狭长的，明亮的，似是一种有重量的光在里面流动，这便是人们经常形容的那种‘犀利’吧。”

贾大山，的确是一位奇才。

他的创作习惯也迥异常人：打腹稿。构思受孕后，便开始苦思冥想，一枝一叶，一蘖一苞，苞满生萼，萼中有蕊，日益丰盈。初步成熟后，他便邀集知己好友，集思广益。众人坐定，只见他微闭双目，启动双唇，从开篇第一句话，到末尾最后一字，包括标点符号，全部背诵出来，恰似京剧的念白。他的记忆，犹如一个清晰的电脑屏幕。朋友提出意见后，他仍在腹内修改。几天后，再次咏诵。

三番五次之后，落笔上纸，字字珠玑，一词不易，即可面世。

几天后的一个晚上，贾大山走进了习近平办公室。

关于他们相约的方式和过程，我专门采访了当年的县委办公室副主任朱博华和王志敏。他们告诉我，那时没有别的通信手段，是近平打电话到文化馆，与大山约定的。

县委大院在古城中心，坐北朝南，历史上即是正定府衙所在。走过门口的两棵老槐树，在过去正堂的位置，是一座主体建筑——穿堂式组合瓦房。瓦房的北面，是两条甬道，甬道中间和两侧，共有三路五排平房，灰砖蓝瓦，南北开窗。近平的办公室兼宿舍，就在西路最前排的东段。

只有一间屋子，两条板凳支起一个床铺，一张三屉桌，两把砖红色椅子，一个暖瓶，一盏灯泡。没有书架，成群的书们，或躺在桌面上，或站在窗台上。屋内最醒目的物品，是窗台上的两尊仿制唐三彩：一峰骆驼和一匹骏马，那是北京朋友赠送的纪念品。

坐下之后，他们认真地互通了年庚。大山属马，近平属蛇。大山年长 11 岁，自是兄长了。

然后，开始一边喝茶抽烟，一边聊天。茶是那种最普通的花茶。烟呢？名曰“荷花”，每包 2 角 6 分钱。聊天的内容由远及近，先是古往今来、国外国内，后来便集中于正定的历史和现实。

他们的确有着那么多的相似啊：

都曾因家庭问题而下乡。“文革”开始后，年少的近平受父亲冤案的牵连，挨过批斗，受过关押，到陕北农村插队时还不满 16 岁；大山因为出身商人之家，被打入另册，1964 年即被迁出县城。

都在农村里风雨磨砺。那些年，近平种地、拉煤、打坝、挑粪，什么累活儿脏活儿都干过，窑洞里跳蚤多多，他被咬得浑身水泡；大山一年四季干粗活儿，秋后种麦拉石砘，两个肩膀红肿如绛。

他们又都在磨砺中收获成果。为了拓广农田面积，寒冬农闲时节，近平带领乡亲们修筑淤地坝。他还组织村里铁匠成立铁业社，增加集体收入。后来，他被群众推举为大队党支部书记。大山在村里担任宣传员，自编自演了多部小戏，不仅搞活了小村的文化生活，还多次获得河北省和华北地区文艺会演一等奖。

最让人称奇的是，他们的知青岁月，竟然都是 7 年。

对现实问题，他们也有着惊人的相同看法。比如对正定“高产穷县”的剖析，对如何修复和整理正定文物，对社会上某些不正之风……

两人分手时，已经凌晨 3 点了。

县委大院已经关闭，门卫的窗户漆黑漆黑。大门两侧是两个高大威武的砖垛，中间是两扇铁门。铁门下部是生硬的厚板，上部是空格的栏杆，足有两米高。

两人面面相觑。夜半天寒，实在不忍打扰熟睡的门卫。

这时，近平蹲下身去，示意大山上去。大山不知所措，却又别无选择，只得手把栏杆，小心翼翼地踩上肩膀。近平缓缓地站起来，像是一台坚实的起重机，托起了大山。大山练过功夫，身手矫健，双手一撑，噌的一下，便翻越而过……

两人相视一笑，隔门道别。

以后的日子里，每隔一段时间就要约见一次。有时是在近平办公室，多数是在大山家里。

晚饭过后，近平安步当车，款款而来。

走出县委大院，沿府前街南行，路东是常山影剧院和百货商店，路西则是一些小商铺、酱菜厂和服装厂。府前街尽头是中山路，西北拐角处便是大山家世代经营店铺的原址。西行 20 余米，路南是文化馆、印刷厂和建筑公司，北侧则是各种杂货门市和住户。走到育才街，向南 300 米，左边一个低矮的门楼，便是贾府了。

大山老宅是一个东西狭长的院子，院内有一棵大槐树。夏天到了，槐花如雪，满院馨香。

近平见过大山爱人，颔首，微笑，称一声“嫂子”。

嫂子和大山便把客人迎进北屋。这是大山夫妇的卧室兼会客室，只有 10 平方米。里面有一床、一柜、一桌、一对沙发和一张茶几。

宾主落座，女主人在茶杯中注满开水后，便到隔壁孩子房间休息去了。

总是有着说不完的话题。

大山是地道的正定通，对家乡历史的来龙去脉，每一座塔、每一尊佛都了如指掌。初来乍到的近平，在不长时间内也能对本土文化说古论今、谈笑自若，着实让大山刮目相看。大山 20 多年来潜心钻研戏曲、文学等，但没有想到的是，近平对这些领域的阅读和思考同样广泛深入，很多见解令人耳目一新。大山年届不惑，历经坎坷，对社会、人生深有体悟，然而，比自己年幼 10 多岁的近平，很多看法竟然不谋而合。

当然，他们也有着诸多差异。

近平看书多且杂，多侧重于政治、哲学和经济，而大山尤专注于文学、史学和佛学。对于现实，近平是一个积极者，即使身处逆境，前途迷茫，他也始终乐观，胸怀梦想。当时，知识青年“返城热”余波未了，城市青年“出国热”高潮渐起，别人都在想方设法地回城或出国，他却主动申请回到农村，从基层干起。而大山则是一个逍遥派，淡泊名利，无心仕途。他上学时未入团，上班后未入党。省作家协会多次调他去省城工作，他坚决不去；专门为他举办了一次作品研讨会，他居然没有出席。

但大山毕竟是一名作家，职业特点就是关注现实，解剖现实。他得奖的《取经》《花市》等作品，就是以政治视角描写基层干部和普通农民。对这座县城、这个国家、这个民族，他有着深深的热爱和关注，心如烈火燃烧，眼似灯盏明亮。

所以，在根本上，他们又是相同的。

同与不同，相互沟通，互通不同，通而后同。

这样的聊天，不知不觉就到了午夜两三点钟。

为什么总是这么晚呢？他们都是“文革”的过来人，开会到凌晨是家常便饭，而且当时也没有别的娱乐形式，读书，或与好友聊天是知识分子最好的消夜方式了。最关键的，还是他们心意相通，志趣相投，言之有味，言之有物，相守难舍。

出门后，大山会执意相送。于是，他们便接续着刚才的话题，一路边走边聊，直到县委门口。如果大门关闭，大山会自然地蹲下去。这时，近平也不再客气，踩上肩膀，轻手轻脚地翻越过去……

关于他们聊天的日期，我也常常疑问。近平身为县委领导，每天工作繁忙，而且又是嗜睡的年龄。他们相约深谈的时间，是否多在周六晚上？因为只有这样，他才能利用第二天的休息日（当时每周只休星期日一天），补充睡眠。

我曾就此询问时任副县长的何玉女士，她说这属于私人交往，工作日志没有记载。而大山夫人则说，大山没有日记，具体日期无法查询。

这期间，正是近平最忙碌的时候。他马不停蹄地奔走于各个公社和大队之间，以最快速度熟悉着县情。

县委有两辆吉普车，他很少乘坐。他总是骑着自行车，穿梭于滹沱河两岸。从河北到河南，是一片大沙滩，常常需要扛着自行车前行。

老干部张五普回忆说：“那时我在西兆通公社任书记，他一个人来调研，骑一辆旧自行车，下自行车就和我握手。我问，‘习书记怎么你自己来了，你认得路啊？’习书记用衣袖擦一擦满头大汗，说，‘打听，派，不仅擅写小说，而且很有行政能力，最关键的是他对文化事业有着近乎痴迷的热爱。但大山不是党员，无意仕途。不过，经过这么多次的深入交往，他对大山的个性又是了解的。于是，在多方征求意见并与主要领导沟通后，在常委会上，他提议大山担任文化局局长，并获得了通过。那天晚上，他就是前来通报的。

近平说："你不能只是自己写小说，还要为正定的文化事业做贡献啊，而且要把你的好作风、好思想带到干部队伍中。"

大山难以置信，"可是，我不是党员啊。"那个年代，党外人士在县里担任领导干部，而且是部门正职，是不可想象的。

近平说："你不用担心，组织已经有了安排。"

原来，县委常委会已经形成决议：文化局由局长主持全面工作。

第二天上午，非党人士贾大山，从文化局下属的文化馆副馆长，连升三级，直接上任文化局局长。

正定历史上，这是绝无仅有的！

习近平在《忆大山》一文中，全面评价了他此后几年的工作："上任伊始，他就下基层、访群众、查问题、定制度，几个月下来，便把原来比较混乱的文化系统整治得井井有条。在任期间，大山为正定文化事业的发展和古文物的研究、保护、维修、发掘、抢救，竭尽了自己的全力。常山影剧院、新华书店、电影院等文化设施的兴建和修复，隆兴寺大悲阁、天宁寺凌霄塔、开元寺钟楼、临济寺澄灵塔、广惠寺华塔、县文庙大成殿的修复，无不浸透着他辛劳奔走的汗水。"

士为知己者死。大山是一个文化人，却又是一个血性汉子。

在这里，且讲述几个细节。

常山影剧院，被称为正定的"人民大会堂"，县里重大会议都在此举行。但这座新中国成立之前的木结构建筑，已成危房。近平提议重新建造。为了保证质量，为了保证工期，大山毅然决然地把铺盖搬到工地，日夜监工，虽然他的家就在千米之内。

正定隆兴寺是闻名世界的宋代大型寺院，更是一处国保单位。但由于年代久远，破破烂烂。若要全面修复，需要资金3000万元。如此巨大的投资，是当时全国文物系统除了布达拉宫项目之外的第二大工程。为此，近平频频出面邀请国内权威专家前来考察评估，而大山则奔走于京城、省城和县城之间，往返数十趟，直累得心力交瘁，胃肠溃疡。他蜷卧在吉普车后座上，牙关紧咬，冷汗直流。由于长期出差在外，药罐只得带在身边，白天跑工作，晚上熬中药。最后，终于得到上级部门大力支持，落实巨资。

这项浩大的工程，还需要征地60亩，拆迁60户。其中困难，可想而知。

经过千难万难，隆兴寺修复工程终于圆满完成。

至此，隆兴寺真正成为正定最鲜亮的文化名片！

春节期间，是别人最欢乐、最放松的时候，却正是他最紧张、最揪心的时刻。九处国保单位，全是砖木结构建筑，最易着火。每逢此时，他昼夜巡视，废寝忘食。别人劝他，他说："祖宗的遗产，国家的宝物，我负责守护。出一点点问题，我就对不起正定，对不起县委，对不起习书记啊！"……

正定的文化事业，进入新中国成立之后的最辉煌时期。

历史已经证明，贾大山用自己的聪明才智，按照自己的理想，为家乡的文化事业尽到了最大力量。虽然极其苦累，但也极其快活，极其酣畅。

不啻说，贾大山是那个时期全中国最得意、最幸福的文人！

……

这期间，近平升任县委书记，工作更忙了。但他仍然忙中偷闲，一如既往地和大山相约见面，夜聊。

春雨润青，夏日泼墨，秋草摇黄，冬雪飞白。岁月如歌，他们共同享受着友谊的芬芳……

1985年5月的一个午夜，大山已经休息。突然有人敲门，近平请他去一趟。

原来，近平要调走了，第二天早晨7时乘吉普车离开。白天交代工作，直忙到半夜，送走所有同事，才腾出时间约见老朋友。好在，这个时间，正是他们最畅快的时光。

关于这一次离别，大山后来从未提起。倒是在近平的笔下，有一段清楚的记载："……那个晚上，我们相约相聚，进行了最后一次长谈。临分手时，俩人都流下了激动的泪水，依依别情，难以言状。"

两人分手时，正好又是凌晨3点。近平最后一次送他到县委门口，四目相对，心底万千话语，口中竟无一言。与往常不同的是，这一次，县委大门敞开着。

采访时，大山妻子告诉我，那天晚上，大山回来时，怀里抱着两尊唐三彩：一峰骆驼和一匹骏马。他一言不发，倒头便睡，直到第二天中午。起床后仍是呆呆地发愣。

妻子以为他病了，催他吃药。他摇摇头，慢慢地说一句："习书记调走了。"

49岁那一年，大山辞去局长，功成身退，回归文坛。

这个时候，整个文学评论界惊奇地发现，他的小说已经发生了脱胎换骨的蜕变。"梦庄纪事"和"古城人物"系列数十篇短篇小说，微妙而又精确地发掘出文化和人性的敏感共通之处，禅意浓浓，芳香四溢……

大山已经完全醉心于文学。如果说早年的他曾有过文人孤傲的话，那么后期的他，则十足是佛面佛心了，慈眉善目，与世无争，笑看风云，其乐融融。

这其中，有一个细节让人惊叹：大山名闻遐迩，却从无一本著作出版。那些年，文学市场清凉。虽然出版界和企业界不少朋友主动提出帮助，但他总笑笑说，不要麻烦你们了，还是顺其自然吧。

贾大山，肯定是全中国唯一没有出版过任何图书的著名作家！

他的书房里，悬挂着两句自题诗：小径容我静，大路任人忙。

近平在南方的工作越来越繁重了，但他没有忘记正定，没有忘记大山。每遇故人，都要捎来问候；每年春节，都要寄来贺卡。

但大山却鲜有回应。他知道，他的年轻的朋友，肩上有着太多太多的担负。除了满心的祝愿和祝福，他不忍心有任何打扰。

1995年底，大山不幸患染绝症，近平十分挂念。1996年5月，他听说大山在北京治疗，便特意委托同事前往探视。春节之前，近平借去北京开会之机，专门去医院看望。近平后来写道："我坐在他的床头，不时说上几句安慰的话，尽管这种语言已显得是那样的苍白和无力……为了他能得以适度的平静和休息，我只好起身与他挥泪告别。临走，我告诉他，抽时间我一定再到正定去看他。"

近平没有食言。仅仅10多天过后，1997年2月9日，正是大年初三，他专程赶到正定。在那个他们无数次晤谈的小屋里，两人又见面了。

还是那张桌子，那个茶几，那一对沙发。只是眼前的大山，枯槁羸弱，目光暗淡，再也没有了当年的红光满面和言辞铿锵。

近平强作笑颜，佯装轻松，提议合影。大山说，我这么难看，就不要照相了吧。话虽这样说，他还是努力地坐起来，倚靠在被垛上，挺直身子。近平赶紧凑过去。

11天后，大山走了。

这是大山在人世间的最后一张留影。陪同他的，是他的朋友，他的好朋友。

癸巳年末，我去正定采访。

大山的家里，一切依旧，还是30年前的模样。当年的房屋，当年的木床，当年的书桌，当年的茶几。坐在那里，凝视时空，如幻如梦。

恍恍惚惚中，我仿佛看到了当年的影子；隐隐约约里，我似乎听到了那时的笑声。唯有那两尊唐三彩骆驼和骏马，依然新鲜如初，精神而挺拔地伫立着，伫立在时光的流影里，相互顾盼，心照不宣，像一对永恒的朋友……

哦，朋友，朋友，两心如月，冰清玉洁，肝胆相照，辉映你我。

（2014 年 4 月 20 日新华社通稿播发；几天内，近千家报刊转载）

创作后记

习贾之交　辉映你我

——李春雷谈《朋友——习近平与贾大山交往纪事》创作前后

4月21日，著名作家李春雷的纪实文学《朋友——习近平与贾大山交往纪事》被新华社以通稿形式发表，《光明日报》、《人民日报》（海外版）、《中国青年报》、《经济日报》等近千家报刊相继转载，在海内外引起强烈反响。

据悉，新华社以通稿形式发表一篇文学作品，《光明日报》在头版头条刊登一篇文学作品，在其历史上均属首次。而且，一部文学作品在短时间内被近千家报刊转载，这种现象也是前所未有。《光明日报》连续发表四篇评论文章，认为《朋友——习近平与贾大山交往纪事》"突出了厚德载物的责任感和使命感，彰显了以核心价值观为内涵的中国精神，树立了领导干部交友的光辉典范，展现了纪实文学独特的艺术魅力"。香港《华夏纪实》总编辑王彤认为"《朋友——习近平与贾大山交往纪事》具有深刻独特的思想意义和精妙绝伦的艺术价值，是一篇不折不扣的传世名篇"。

近日，本报联系作者，请他讲述作品背后的故事。

一、千载难逢的友谊

2013年10月，河北文学馆改陈布展，偶然发现习近平同志于1998年在《当代人》杂志上发表的一篇悼文《忆大山》，情真意切，十分感人。省作协党组书记魏平是一位“老宣传”，马上意识到这篇文章的珍贵及其独特的现实意义，便请文章的责任编辑康志刚贴发在其博客上。

果然，该文引起《光明日报》关注，于2014年1月13日转载，立时引起社会广泛关注。

但是，受限于篇幅和角度，该文并没有展开。我和很多读者一样，感觉意犹未尽。这时候，魏平同志找到我，希望深入采访，创作一篇纪实文学。于是，春节之前，我赶赴正定。

由于有组织介绍，正定方面勉强接待了我。原来，总书记去年7月来访时，出于谦虚和低调，曾半开玩笑地说过，他在正定工作时的事情不要过多宣扬。这毕竟是总书记的嘱托。不过，他和贾大山的真情故事，在正定早已不是秘密，只是流传着几个版本。

鉴于故事真实存在，又实在是正能量，而且也实在有必要正本清源。我采访时，几位当年的知情人一起坐下来，认真地、反复地回忆，多方佐证、考实，基本还原了当年的真貌。

在正定的最后一天夜里，我特地沿着总书记当年拜访贾大山的行走路线，又细细地踩踏了一遍，寻找感觉。

通过采访，我进一步受到触动。从习近平上任后的第一次登门拜访，到贾大山人生终点的最后一次登门探望，这个故事真实、感人且完整，是任何天才作家也虚构不出来的。而且，它拥有着独特的现实意义，和永久珍贵的历史价值。

于是，我决心打破传统，用纯正的文学笔法去书写，为历史留下最真实、最精美的记忆。

但是，当真正动手创作时，却发现困难如山。这是一个全新课题，主人公又是特殊人物。自从改革开放以来，国内作家用文学笔法描写在任最高领导人，还从未有过。

二、严苛的真实性

过去，对于领袖人物，我们总是自觉不自觉地习惯于高大全，写他们的伟岸与光辉，而恰恰是这种写法，让很多作品脱离了群众，淡薄了人气。所以，创作之初，我就下定决心，从人情人性的角度切入，写出生活中、工作中本色的习近平。他与大山是朋友，与我们也是朋友。他的微笑和真诚是面对大山的，也是面对大家的。所以，在文中，除了必要的时候，我大都直呼其名。

说到纪实文学的真实性，其实也是相对的。比如《史记》中，描写陈胜、项羽和刘邦等人的场景和对话，写到将相和、鸿门宴和霸王别姬，司马迁明显带有个人感情色彩并有虚构。再比如《哥德巴赫猜想》，写到党支部书记给陈景润送苹果，是在成功前还是成功后，存有争议。

但在《朋友——习近平与贾大山交往纪事》里，不能有任何虚构和想象。比如习贾第一次相见的地点和在场人员，现有报道中众说纷纭，有说在贾家，有说在文化馆；有说习独自寻访，有说在座者众多，有说在座者只有李满天。采访时，我反复考证，最后确认：习请李陪同，先去贾家，不遇，又去文化馆。

又如习近平唯一的那次去贾家用餐的具体时间，过去都语焉不详。我感觉这是一个重要节点，应该尽量交代清楚。于是，我多方查找资料，最后在该县原文保所所长的日记中，确认是 1982 年 12 月 23 日下午。

还有更多材料，我全部依据当事人的口述或文字，进行交叉印证。

三、两进中南海

节后上班，我将作品送交省作协党组。

党组提出意见并修改后，报送光明日报社。报社十分重视，审阅通过后，按有关程序于 2 月 12 日报送中央办公厅。

但在后来的两个多月里，没有音信。我以为作品就此永远休眠了。毕竟题材太特殊了。而且，中办通行公文体，而我是文学语言，他们能认同吗？还有，文内的称呼大都是“近平”，是否会有犯忌？

正当我心灰意冷之时，北京方面通知我进京面谈。

于是，我心怀忐忑，第一次走进了中南海。

会面在中南海内部一个小型会议室进行。出乎我意料的是，中办有关人员首先肯定了作品。而后，他们提出几点修改意见，大致有三：文中应对李满天这个人物更多着墨；建议在写法上略加修改，一些闲笔要适当删节；文内一些语句要认真推敲斟酌。

李满天原名林漫，是经典歌剧《白毛女》故事的第一个作者，时任中国作家协会河北分会主席，在正定县挂职县委常委，是习贾相识的见证人。

本文是文学作品，不是新闻宣传，所以我借鉴了古典散文的笔法，看似闲笔，实则别有用心，是在不动声色地交代叙事，更是在增加艺术效果。如果直白直露，文学品质就会减损。

在其后的一周时间内，就以上问题，我和负责审核稿件的同志通了无数次电话，又相约第二次面商。

可以说，文内每一句话，都进行了反复推敲。不能模糊，不含虚浮，都要言之有据，准确适当。比如原文写到习贾初见时，我这样表述："习近平到正定县任职后，拜访的第一个人就是贾大山。"此句虽然突出了习近平尊重人才、思贤若渴的心情，但细细想来，并不精确。设想，一位县委副书记上任后，首先拜访的应该是主要领导、同事或老干部，怎么能是一位基层文化工作者呢。在对方的建议下，我在"拜访"之前加上两个字："登门"。这样一来，就合情合理了。

又比如，在写到近平到南方工作后，每年都寄来贺卡，而贾大山为了不打扰朋友，鲜有回应。在此，我原文写道"他知道，他的年轻的朋友，是属于这个国家的，是属于这个民族的"。但那位同志说，当时习只是福建省委副书记，这样用语显然不妥，即使当时大家都看好他的前程，即使他现在果然担任了党的最高领导人。于是，改为"他的年轻的朋友，肩上有着太多太多的担负"。

审核部门的认真和严谨，让我惊叹。这一点，的确值得学习！

我最担心的是写作方法上的改弦易辙。如果那样的话，这篇作品的文学价值就丧失了。庆幸的是，在我的再三解释下，他们最终尊重了我的意见。

最费周折的还是李满天。在我精心设计、增加笔墨后，中办又提出一个问题：核对李满天与林漫的关系。李满天原名李春芳，创作《白毛女》时，曾用名林漫，在正定任职时，也沿用此名。而从1980年当选中国作家协会河北分会主席始，正式用名李满天，直至去世。虽然明知两个名字系一个人，但中办明确指示，要找到权威记载。李满天已于1990年作古，档案杳无影踪。我马上请正定方面从组织档案中查找。但他们查遍档案，却无李满天其人其名。我找来一本正定县志，终于找到了林漫的任职记载。但怎样证明两名系一人呢？我请教省作协魏平书记。她告诉我，李满天的儿媳妇就在省作协财务处工作，可请她出证明，再由省作协盖章。

四、破格发表

说到发表，实在出乎预料。此稿由《光明日报》报送中办，原计划在该报首发。

4月20日中午，我忽然接到中宣部新闻局电话，告知稿子正在履行程序，可能近日发表。

当天傍晚18时30分左右，我收到南京一位朋友短信，说在新华网上看到《朋友——习近平与贾大山交往纪事》。我马上查看，果然占领了各大网站头条。夜半时分，正在办公室值班的《光明日报》总编辑何东平托人给我发来信息，请我方便时回复电话。他告诉我，以新华社通稿形式发表效果更好，并向我表示祝贺。

刚放下电话，又发现省作协魏平书记发来祝贺短信。我马上打电话过去，向她表示感谢。

第二天，全国很多报纸纷纷刊发《朋友——习近平与贾大山交往纪事》。后来，据不完全统计，有数百家之多。

20 世纪 60 年代初，《县委书记的榜样——焦裕禄》由新华社通稿播发，红遍全国。但据考证，该稿播发时体裁为长篇通讯，署名为新华社记者穆青等三人。

如此，《朋友——习近平与贾大山交往纪事》应是新华社历史上以通稿形式发表的第一篇文学作品。

五、正定之交

说到《朋友——习近平与贾大山交往纪事》的思想性，我确实别有用心。

作为一个现实主义作家，在当前这个不尽如人意的社会生态中，我试图通过总书记与贾大山的“正定之交”给社会特别是官场提供一些思考。无论从尊重文化、尊重人才的角度，从勤于读书、善于学习的角度，还是从勤政廉政、干事创业的角度，抑或从端正友谊、完善人格的角度。当然，如果从党的群众路线教育实践活动的角度，则更具现实意义。

同时，写作之初，我还有一个梦想，那就是创造一个成语，像高山流水、管鲍之交、三顾茅庐等历史上的著名成语一样，为中华文明史留下一段佳话。我曾设想这个成语叫“午夜之交”，但不合适。文章发表后，网络上有人注册“习贾之交”，也有些直白。现在我倒是觉得“正定之交”更有表现力，又具地域色彩，也通俗易记。总之，这是一段千载难逢、感人至深的友谊，是古代经典故事在现实生活中的翻版和提升。我相信，肯定会有一个最恰当最准确的成语，把这个故事表达出来，流传下去。

当然，我还有一个梦想，就是用文学的力量进一步光大习近平总书记的形象：不仅雄才大略，见筋见骨，而且儒雅慈祥，有情有义，有血有肉，极富人情味儿。

习近平总书记上任后，展示给世界的更多是前一种形象，而这一篇作品展示的则是后一种。两者结合起来，才是真正的中国领袖形象。我相信，这种形象应该是立体的，有正面的，有侧面的；有政治的，有经济的，有军事的，更有文化的。而文化，是最深入人心的。

近日，美国《时代周刊》高度评价了习近平的执政风格和理念，并预测他将成为“中国第一位真正的全球领袖”。这些天，我也注意到，西方媒体对《朋友——习近平与贾大山交往纪事》格外关注，也比较认同。这其中，就包含着这种文化因素吧。

（原载 2014 年 10 月 13 日《中国纪检监察报》）

名家导读

精妙的文学名篇

——读《朋友——习近平与贾大山交往纪事》有感

◇魏平

李春雷的纪实文学《朋友——习近平与贾大山交往纪事》一经发表，便在全社会产生巨大反响。《人民日报》《光明日报》《河北日报》等数百家报刊予以转载和评论，中宣部《活页文选》重点推出，中国言实出版社又出版了两种单行本，上海海派连环画中心也正在积极准备改编成连环画……这种情形，用盛况空前来形容，也不算过分。

《朋友——习近平与贾大山交往纪事》之所以誉满天下，除了题材重大之外，其展现的精妙绝伦的艺术风格，也是重要原因。

近年来，不少报告文学作品让人诟病，究其原因，还是“广告”多，“歌德”多，浮光掠影，粗制滥造。但是，作为鲁迅文学奖历史上最年轻的报告文学作家，李春雷在报告文学，特别是短篇报告文学创作上独辟蹊径，大胆探索，走出了一条极富特色的创新之路。

著名诗人、评论家叶延滨曾就此专门撰文《报告文学的文体思考》，特别指出李春雷作品的文本意义，即报告文学应首先具备“报告”的特性（真实性）；在此基础上，又必须是向读者进行“文学报告”（艺术性）；再就是报告文学应该惜墨如金，不宜片面追求大篇幅。对此我十分有同感。从春雷近时期的短篇创作来看，他确实是在努力追求、实践和实现着这样一个目标，这在《朋友——习近平与贾大山交往纪事》的创作中体现得更加充分。

由于春雷长期自觉沉浸于中国古典散文、古典小说的熏陶浸润，有很好的散文功底，所以作品语言清新洒脱而又极富韵律，结构浑然天成而又开合自如。精致、富于表现力的白描又使他寥寥几笔就可以勾勒出人物性格、环境特点，使人感觉到明清白话小说刻画描写之韵味。有人说贾樟柯是把电影（故事）当作纪录片来拍，那么我要说，李春雷在艺术地记录事实与史实，读他的作品可以得到古典散文、小说的享受。这种鲜明的艺术特征在《朋友——习近平与贾大山交往纪事》中俯拾即是，熠熠生辉。

如写贾大山耿直、孤傲、狷介，写第一次见面的波折，大胆而又不失分寸，正是大家手笔。

写习近平，“穿着一件褪色的绿军装，虽然态度谦恭，满脸微笑，但毕竟年轻啊，像一名普通的退伍兵，又像一个青涩的文学青年”，“悄悄地坐下来，静心地听，耐心地等”，着墨不多却十分传神。写近平的办公室，简洁而富有深意：“只有一间屋子，两条板凳支起一个床铺，一张三屉桌，两把砖红色椅子，一个暖瓶，一盏灯泡。没有书架，成群的书们，或躺在桌面上，或站在窗台上。屋内最醒目的物品，是窗台上的两尊仿制唐三彩：一峰骆驼和一匹骏马，那是北京朋友赠送的纪念品。”年轻好学又沉稳朴实，虚怀若谷而意志坚定——鲜明、立体、可亲的美好形象跃然纸上。

贾大山的家宴，则又是另一番景象：简朴而不失热情好客，罗列琳琅而清爽雅致：“大山准备了几个精致的小菜：雪里蕻炒肉、莲藕片、花生米和凉调菜心。主食呢，就是涮羊肉。没有专用火锅，把铝盆放在蜂窝炉上，权当涮器。虽然器具简陋，但材料，却不含糊：麻酱、韭花、蒜末、香菜、酱豆腐一应俱全。”

写大山和近平的离别，采取侧面映衬，避实就虚：“那天晚上，大山回来时，怀里抱着两尊唐三彩：一峰骆驼和一匹骏马。他一言不发，倒头便睡，直到第二天中午。起床后仍是呆呆地发愣。”“妻子以为他病了，催他吃药。他摇摇头，慢慢地说一句：‘习书记调走了。’”——人物、动作、语言、心理，言简意赅，恰到好处。唐三彩两次出现，前后照应，点染了情节，完善了结构，凸显了友情。更重要的，是巧妙留白，删繁就简，实写大山回家，虚写道别的场景，既有效恪守了报告文学绝对真实的原则，又给读者留下足够的想象空间，堪称老到蕴藉。

纵观《朋友——习近平与贾大山交往纪事》，作者调动各种艺术表现手法：在整体行文叙述上，借鉴吸收古典小说、古典散文的笔法，变换视角，延伸思绪，杂以闲笔，多用短句；在结构布局上，空间切换，远近结合，追求自然、圆浑的效果，看似随意，实则有心，创造出瑰丽的艺术效果，充分展示了李春雷报告文学的魅力。读这样的作品，没有迟滞感、生涩感，有的是娓娓道来的叙述、生动感人的情节，情感细致入微，人物质感丰满。作品所产生的巨大艺术感染力，沁人心脾，震撼人心。

细览篇幅，仅8000余字。可以说是以小见大，以少总多，简短精约，如连城玉璧，温润晶莹又光彩夺目。这较之于应景附和之作，判若云泥，立分高下。刘勰说“以少总多，情貌无遗”，刘知几说“睹一事于句中，反三隅于句外”，王安石则有诗句“浓绿万枝红一点，动人春色不须多”，讲的都是这个道理。

我们呼唤既是“报告”又是“文学”的报告文学精品。因此可以说，李春雷在这方面的实践具有很强烈的现实价值。从这个意义上讲，我们完全可以做出这样的判断：以《朋友——习近平与贾大山交往纪事》为代表的李春雷系列精短报告文学创作，具有里程碑式的重要意义。